NOCH MEHR KÜCHENIRRTÜMER

LUDGER FISCHER

NOCH MEHR
KÜCHENIRRTÜMER

eichborn

Dr. Ludger Fischer, geboren 1957 in Essen, Politikwissenschaftler und Kunsthistoriker, Politikberater in Brüssel, zuständig für die Hersteller von Lebensmitteln in Kleinbetrieben, in Bäckereien, Konditoreien, Metzgereien, Eisdielen etc., Mitglied der »Beratenden Gruppe für die Lebensmittelkette« der Europäischen Kommission, des »Beratungsgremiums der Interessenvertreter bei der Europäischen Behörde für Lebensmittelsicherheit EFSA« (Parma) und anderer EU-Gremien zu Fragen der Lebensmittelsicherheit, Kochmythenzerstörer und Autor des wertvollen Aufklärungswerkes *Kleines Lexikon der Küchenirrtümer* (Eichborn 2009).

1. Auflage 2010

Umschlaggestaltung: Christiane Hahn
Lektorat: Sabine Rock, www.druckreif-rock.de
Ausstattung und Layout: Cosima Schneider
Satz: Greiner & Reichel, Köln
Druck und Bindung: CPI – Clausen & Bosse, Leck
ISBN 978-3-8218-6513-3

FSC Mix
Produktgruppe aus vorbildlich bewirtschafteten Wäldern und anderen kontrollierten Herkünften
www.fsc.org Zert.-Nr. GFA-COC-001223
© 1996 Forest Stewardship Council

Eichborn Verlag, Kaiserstraße 66, D-60329 Frankfurt am Main.
Mehr Informationen zu Büchern und Hörbüchern aus dem Eichborn Verlag finden Sie unter www.eichborn.de.

So etwas wie eine Widmung

Sie haben's gut! Sie können alle Schlauheiten, die in diesem Buch stehen, lesen. Sie können sie glauben oder nicht, sie befolgen oder nicht, sie ausprobieren oder nicht. Aber stellen Sie sich mal meine Frau vor! Carina ist eine hervorragende Köchin und Anregerin. Sie muss sich trotzdem täglich meine Besserwisserei anhören. Schlimm! Ich glaube, ich sollte ihr wenigstens dieses Buch widmen. Und wissen Sie was? Das mache ich auch!

A

Alle Irrtümer in diesem Buch sind frei erfunden

Falsch! Das Gegenteil ist der Fall. Aber so ist nun einmal der Aufbau eines Irrtumslexikons. In der Überschrift steht ein Irrtum, eine Fehleinschätzung oder eine haltlose Behauptung, der beziehungsweise die anschließend penibel widerlegt wird. Vielleicht fragen Sie sich: »Wo hat dieser Fischer bloß all diese Küchenweisheiten her?« Ich werd's Ihnen sagen: vom Hörensagen. Das Hörensagen spielte sich früher an kleinen und großen Stammtischen und in Kaffeeklatschrunden ab, heute vorwiegend in Chatrooms und Foren im Internet. Ich bin an solchen Diskussionen nie aktiv beteiligt, spiele aber gerne Mäuschen und lese, was dort so geschwatzt wird. Nach harscher Kritik werde ich auch nie wieder die in solchen Foren geförderte Rechtschreibschwäche monieren. Macht man nicht, habe ich mir sagen lassen. Also lasse ich es.

Die Irrtümer, die hier widerlegt werden, habe ich mir also nicht ausgedacht. Sie sind jeweils mit einer Quelle oder gleich mehreren Quellen belegt. Und wenn ich gelegentlich testweise im Bekanntenkreis herumgefragt habe: »Sag mal, hast du das auch schon gehört?«, bekam ich zu meiner Verblüffung oft die Antwort: »Na klar, das mach' ich auch immer so!« Es gibt verschiedene Arten von Irrtümern: Manche betreffen die Lagerungs- und Zubereitungstechnik, manche die Benennung, andere lassen sich auf eine Form der politisch korrekten Borniertheit zurückführen. Andere Irrtümer ergeben sich daraus, dass auf den ersten Blick total praktische und gute Tipps einfach nicht funktionieren, weil sie physikalisch oder chemisch einfach nicht funktionieren *können*.

Auch die Behauptung, dieses Buch sei nur geschrieben worden, um nach dem sensationellen Erfolg des *Kleinen Lexikons der Küchenirrtümer*[1] den Markt noch einmal abzufrühstücken, ist ein Irrtum. Es ist zumindest nicht der einzige Grund, warum ein weiteres Buch nötig war. Nach dem ersten Lexikon sind uns noch viele andere Dinge aufgefallen, die in Küche und Haushalt tatsächlich noch immer für richtig und praktisch und notwendig gehalten werden, die aber längst durch neuere wissenschaftliche Forschung oder praktische Erfahrungen widerlegt sind. Gesellschaftliche Verhaltensweisen ändern sich, und Küchen, sowohl gewerbliche als auch private, sind von der Gesellschaft stark geprägte Orte. Es gibt eine riesige Kluft zwischen dem, was tatsächlich dort stattfindet, und dem, was viele wünschen, das dort stattfände. Auch in der eigenen Küche verhalten sich Menschen nicht so, wie sie wünschen, dass sie sich verhielten. In Umfragen wird natürlich immer angegeben, dass man vorwiegend frisch koche, Produkte aus der Region bevorzuge und den Bauer, den Metzger und den Bäcker seines Vertrauens aufsuche. Die Verkaufszahlen der großen Lebensmittelketten sprechen da eine andere, ehrlichere Sprache. Trotzdem haben fast alle Menschen den Eindruck, dass sich in ihrem Kaufverhalten und in ihrem Küchenverhalten seit Jahrzehnten wenig geändert habe. Das hat einen einfachen Grund, den Helene Karmasin kennt: »Es ist eine wichtige Funktion der Küche, uns Sicherheit in einer sich schnell ändernden Welt zu geben. In Küchen findet sich also mehr Kontinuität als in anderen sozialen Bereichen«.[2] Ich möchte ergänzen, dass Menschen sich diese Kontinuität auch vorgaukeln.

Das mit den Küchenirrtumsbüchern geht jetzt aber, auch wenn Sie gerne Gewohntes lesen, nicht so weiter.

Bloß, weil Sie das so schön finden, kann ich nicht ein Buch nach dem anderen schreiben. Außerdem haben sich mittlerweile ja auch andere Leute aufgemacht und rücken dem Wahn der angeblichen Wahrheiten in Küche und Kosmos zu Leibe. Wenn man einmal den Schneeball des Zweifels losgeworfen hat, wird er schnell zu einer Lawine des Skeptizismus und alle Wahrheiten geraten ins Rutschen.

Auch Omas irren

Das ist ausnahmsweise mal kein Irrtum, es steht aber an dieser Stelle, weil's auch so eine Art Einleitung ist. Angesichts der Weisheit so vieler Großmütter wage ich es, meinen mäkelnden Mund zu öffnen und zu fragen, ob sie (die Weisheit) auf mehr als auf Hörensagen beruht. Ich finde das ganz schön mutig von mir. Großmütter können grausam sein, nicht Ihre und meine auch nicht, aber ich habe von alten Frauen gehört, die Zweifler zwischen ihren Zehen zerquetschten (weil's so schön alliteriert). Trotzdem melde ich Zweifel an vielen Weisheiten an, die durch nichts anderes als Tradition begründet sind.

Ein Geständnis vorneweg: Ich bin kein Hausmann. Genauso wenig ist meine Frau Hausfrau. Wir organisieren unseren Haushalt nach besten Kräften und ohne fremde Hilfe. Jeder macht das, was er am besten kann. Meine Frau kann mehr, also ist die Arbeit gerecht verteilt. Das ma-

»Fenstereimer, Zink, fein lackirt, in Holz- oder glatten Farben, mit Aufschrift und Verzierung, mit einfachem oder doppelwandigem Griff, 14 cm Durchm., 23 cm hoch.« Sind das jetzt Eimer mit Fenstern oder Eimer, die am oder in der Nähe eines Fensters installiert werden? Und warum steht so deutlich drauf, dass es sich um Fenstereimer handelt? Oma hätte das gewusst.

chen wir schon eine ganze Weile so und um eine Aufgabenverteilung hat es noch nie eine Diskussion gegeben. Echte Hausmänner dagegen und natürlich auch echte Hausfrauen sind verglichen mit uns Profis. Sie wissen erstaunlich viel. Sie sind erschreckend effizient. Sie suchen fast nie Rat, jedenfalls nicht in Haushaltsfragen. Sie schlagen nie in Ratgebern nach und stellen sich bei Titeln wie *Was Oma noch wusste* nie die Frage: »Woher wusste Oma das denn?« Angeblich kannte Oma 1001 Haushaltstricks und -kniffe von ihrer Mutter oder wiederum von ihrer Oma. Das nennt man »mündliche Überlieferung«. Mündliche Überlieferung ist wichtig und notwendig. Seit etwa 4000 Jahren gibt es aber zusätzlich noch eine Möglichkeit, Informationen zu übermitteln. Diese Zusatzmethode ist wesentlich sicherer. Es treten kaum Hörfehler auf und die Überlieferung wird nahezu sicher. Ich meine natürlich die Schrift. Gut, Oma las nicht gern und schrieb noch seltener, also sollten wir uns auf das verlassen, was sie uns erzählt hat oder hätte erzählen können.

Damit kommt aber schon die zweite Frage schnurstracks hinterher: Wenn Oma diesen ganzen Kram noch wusste, warum hat sie ihn dann nicht ihrer Tochter oder ihrem Sohn erzählt oder, was das Einfachste gewesen wäre, direkt mir? Unsere Lebenszeit hat sich zum Glück um mehrere Jahrzehnte überschnitten und da wäre doch Gelegenheit genug gewesen, mir was beizubringen! Ich könnte Geschmack an Speisen bringen, müsste mir nicht die Finger verbrennen, mich nicht mit hartnäckigen Flecken herumquälen und auch nicht mit schlecht programmierten Internetseiten. Halt, stopp – damit kannte Oma sich ausnahmsweise mal nicht aus, das haben wir ihr voraus. Wir quälen uns mit Haushaltsproblemen und mit Softwareproblemchen obendrein. Dafür haben wir ihr (wir sprechen noch immer von »der« imaginären Oma) voraus, dass wir Informationsquellen nutzen können, von denen sie nicht einmal träumen konnte. Warum also trat in der mündlichen Überlieferung angeblich ein Bruch ein? Meine Vermutung: Es gab überhaupt keinen Bruch! Millionen von Omas geben auch heute noch ihre Tipps an die nächste und die übernächste Generation weiter. Bloß: Die heutzutage mögliche Sammlung von Tipps von Tausenden von Omas erweckt den Eindruck, dass eine Riesenmenge an Erfahrungswissen verloren gegangen wäre. Erst die Menge macht's!

Und der Buchmarkt bietet eine ganze Menge Haushaltstipps: 333 erprobte Retter in der Not[3], 365 Haushalts-Tipps[4], 500 Haushalts-Tipps[5], zweimal 555 Haushaltstipps[6], 666 gute Haushaltstipps[7]. Wer bietet mehr? Nehmen wir für ein wenig mehr Geld doch gleich 1000 Haushaltstipps, die wirklich helfen[8] oder 2500 Haushaltstipps und erhalten damit den »ultimativen Wegweiser durch alle großen und kleinen Katastrophen im Haushalt«[9]. Amerikanern reicht das offensichtlich nicht mehr, denn sie geben sich allenfalls mit 10 000 Haushaltstipps für Küche, Haus und Garten[10] zufrieden.

Gewährsfrau für all die wundervollen Tipps und Tricks ist natürlich die Großmutter oder Oma. Sie gibt Haushaltstipps[11], natürlich nur die besten[12] und die für fast jede Lebenslage[13]. Ihre Tipps sind altbewährt[14], zumindest aber bewährt[15], gesammelt in den guten alten Zeiten[16] (wann waren die je gut?). Sie bringt dieses Wissen zur Not in Kalenderform an Mann und Frau[17] und heißt womöglich Mathilde Esser[18] oder Claudia Richter[19]. Wenn Männer Haushaltstipps geben (sie machen das nicht so häufig), betonen sie, dass diese durchaus ernst gemeint sind.[20]

Können Millionen Omas nicht irren? Das Dumme ist: Sie können sehr wohl irren! Unzählige Sammlungen von Haushaltstipps werden mit Begründungen veröffentlicht, wie zum Beispiel »Warum sollten wir uns nicht der altbewährten Kniffe unserer Omas bedienen, die schon fast in Vergessenheit geraten sind?«[21] Ich kann Ihnen sagen, warum nicht: Weil unsere Omas viel wussten, eine Menge ahnten und noch mehr glaubten und weil unsere Omas weniger Möglichkeiten hatten, die Plausibilität der ganzen Tipps zu überprüfen. Sie konnten nicht mal eben im Internet nachsehen, was die geschwätzige Netzgemeinschaft tendenziell bei einem speziellen Problem empfiehlt. Sie hatten einen mühsamen oder gar keinen Zugang zu wissenschaftlichen Veröffentlichungen. Wissenschaftliche Erkenntnisse drangen, wenn man's genau nimmt, so gut wie nie zu ihnen durch. Dafür waren sie umso empfänglicher für eiskalt erlogene Werbeaussagen, halbgare Erklärungen physiologischer Vorgänge und ganz heiße Luft, wenn es um traditionelle Haushaltstechniken ging.

Allein, die gesammelten Haushaltstipps »der« Großmutter als einen großen Schmu und Schrums zu entlarven, das wäre nun wirklich zu einfach. Großmutters mangelnde Kenntnisse in Chemie und Physik aufzuzeigen, wäre geradezu peinlich. Hier aber geht es doch darum, den gemeinsamen Nenner zu finden, mit dem all die wohlmeinenden Tipps als ein System erkennbar werden. Allen Tipps ist nämlich eines gemeinsam: Sie bieten Hilfe in prekären Situationen an. Und diese Hilfe wird mit den einfachsten, immer und überall vorhandenen Mitteln ermöglicht. Flüssigkeiten helfen gegen andere Flüssigkeiten, Pulver und Fette gegen Verbrennungen, Hochprozentiges gegen fast alles andere. Das Wichtigste: Alles muss allzeit verfügbar sein. Mühsam zu beschaffende Substanzen oder Geräte kommen nicht infrage.

Außerdem gibt es natürlich noch viele Verständnisfehler, überholte Küchentricks und solche, die noch nie funktioniert haben. Lesen Sie selbst.

PS: Bitte entschuldigen Sie die künstliche Anfangsposition der ersten beiden Einträge. Sonst hätten diese Abschnitte eben »Vorwort« und »Noch ein Vorwort« heißen müssen, und wer liest schon Vorworte? Dass die Überschriften nicht einmal alphabetisch richtig einsortiert sind, hätte Sie schon stutzig machen sollen. Sie müssen aber auch ein bisschen aufpassen!

Absinth ist verboten

Das Zeug schmeckt scheußlich! Mir jedenfalls. Eigens für dieses Buch und um Ihnen das gefährliche Experiment zu ersparen, habe ich es auf mich genommen, Absinth zu mir zu nehmen. Das mit einer geheimnisvollen Aura umgebene Getränk profitiert noch immer vom Ruf, den es durch sein achtzigjähriges Verbot erlangt hat. Das Verbot wurde mit der angeblich verheerenden Wirkung von Absinth begründet. Was das Verbot angeht, kann ich Sie hier auf den neuesten Stand bringen: Es existiert nicht mehr. Sie können Absinth fast überall problemlos kaufen. Bevor Sie das machen, lesen Sie aber bitte die folgenden Warnhinweise oder fragen Sie Ihren Arzt oder an der Theke.

In den 1920er Jahren gab es die Modeerscheinung, sich durch exzessiven Absinthkonsum als Mitglied einer bestimmten Künstler- und Weltschmerzclique auszuweisen. Mit der damals noch legalen Droge gaben Oscar Wilde, Henri de Toulouse-Lautrec, Pablo Picasso und Ernest Hemingway genauso an, wie es in den 1960er Jahren Bill Clinton mit seinem (wahrscheinlich einmaligen) Haschischkonsum tat. Vincent van Gogh versuchte, mittels Absinth seine Epilepsie zu mildern, und fand wahrscheinlich dadurch und in Kombination mit dem ebenfalls eifrig geschluckten Digitalis die Farbe Gelb so wunderbar.[22] Die vom Absinth hervorgerufenen euphorisch-kreativen Räusche werden dagegen heute eher auf Autosuggestion zurückgeführt. Wie bei Haschisch: »Mann, war ich vielleicht stoned«, höre ich noch einen Kommilitonen nach dem Genuss einer Zigarette schwärmen, in die wir – angeblich – Haschisch gemischt hatten.

Die Inhaltsstoffe von Absinth lassen eher an Kräuterlikör denken als an Drogen: Fenchel, Anis, Wermut. Aus Wermut (Artemisia absinthium) wird zwar der reine Wirkstoff Thujon gewonnen ($C_{10}H_{16}O$), als Nervengift wirkt dieser Stoff aber nur in sehr, sehr großen Mengen. Allerdings hat Thujon außerdem eine nierenschädigende Wirkung.

Angeblich wurde das Mixgetränk 1792 in der Schweiz, genauer in Couvet, vom Arzt Dr. Pierre Ordinaire als Heilmittel erfunden. Wenn das mal kein Witz ist. Belegt ist allerdings, dass Henri Louis Pernod 1805 in Pontarlier Absinth herstellte. Ab 1863 griff in ganz Europa eine Reblauskatastrophe um sich. Fast alle Weinstöcke wurden vernichtet. In der Folge stieg

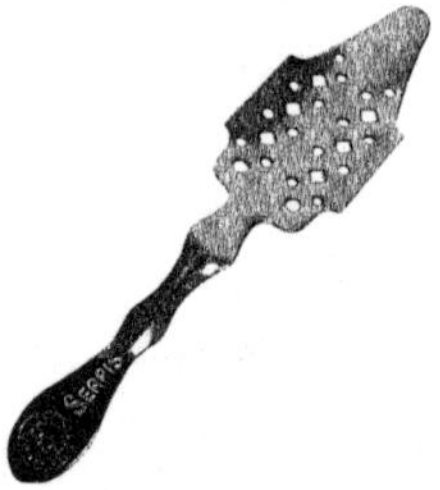

So ein Gerät nennt man Absinthlöffel, obwohl es eigentlich eher eine Art Lochblech ist. Zucker drauf, Absinth drüber, anzünden und sich ungeheuer kultig vorkommen.

Wein erheblich im Preis. Absinth aber konnte, weil er stark aromatisiert war, auch auf der Basis anderer alkoholischer Getränke hergestellt werden. Der Preis blieb gleich, die ärmere Bevölkerung schwenkte, zumindest in Frankreich, von Wein auf Absinth um – und das etwas zu heftig. Man sprach von Absinthismus und meinte doch Alkoholismus. Dann passierte 1905 das, was leider gelegentlich unter Alkoholeinfluss passiert: ein Dreifachmord. Der frustrierte Erntehelfer Jean Lanfrey erschoss im volltrunkenen Zustand seine Frau und seine beiden Töchter. Der Vorfall ließ die Gesetzgeber vieler Länder überreagieren. Das Getränk, das angeblich das Verbrechen ausgelöst hatte, wurde verboten – 1905 in Belgien und Brasilien, 1908 in der Schweiz, 1910 in den Niederlanden, 1912 in den USA, 1915 in Frankreich und zuletzt 1923 in Deutschland. Den größten Hersteller von

Absinth, Henri Louis Pernod, focht das kaum an. Nach dem Verbot des Inhaltsstoffs Wermut ließ Pernod diesen einfach weg und nannte sein Getränk »Pernod«. Und nun kommt der Hintergrund zur interessanten Nachricht, der Wiederzulassung von Absinth: Die EU hat die Herstellung und den Verkauf von Absinth nach etwa achtzig Jahren Verbot wieder erlaubt.[23] Der zulässige Thujon-Gehalt wurde dabei auf 35 Milligramm pro Liter festgelegt, eine Menge, die keinerlei Halluzinationen, Nervenschäden, Krämpfe oder sonstige heftige Reaktionen auslösen kann. Drogenfreunde sind trotz dieser strikten Grenzwerte über die Wiederzulassung ganz aus dem Häuschen.[24] Absinth wird, weil er hochprozentig ist, normalerweise mit Wasser verdünnt. Bei dieser Verdünnung kommt es zu einer opaleszierenden Weißfärbung. Man kennt das vom Anisschnaps. Die ätherischen Öle sind nur in Alkohol gelöst. Bei Zugabe von Wasser fallen sie aus, sie »präzipitieren« (ein fieses Wort). Um den verlorenen Kulteffekt auszugleichen, der durch den verringerten Wirkstoffgehalt entstand, belebten ritualerfahrene Menschen eine alte Absinth-Verzehrempfehlung wieder: Ein Zuckerlöffel wird in das Glas mit Absinth getaucht. Dann wird das Gemisch (60 Prozent Alkohol + Zucker als Katalysator) wie eine Mini-Feuerzangenbowle entzündet. Der ganze Zauber hat, wie auch bei der großen Feuerzangenbowle oder beim Flambieren, überhaupt keinen Einfluss auf den Geschmack. Es sieht aber enorm gut aus, macht eine Riesenshow und man kann sich als Kenner ausgeben. »Mann, war ich vielleicht stoned!«[25]

Auberginen werden nicht bitter, wenn man sie mit Salz »schwitzen« lässt

»Auberginen sind manchmal bitter«, wissen viele Küchenexperten, »und um das zu verhindern [eigentlich meinen die Küchenexperten »um das zu beheben«], behandelt man sie mit Salz vor dem Zubereiten. Stängel abschneiden, der Länge nach halbieren oder in Scheiben schneiden, mit Salz bestreuen und in einem Seiher für 30 Minuten liegen lassen. Danach gründlich abwaschen und trocknen. Dann zubereiten nach Rezept.«[26]

Wenn ich solchen überholten Tipps folgen würde, käme ich in meiner Küche nie zu Potte. Andere Internetköche beruhigen mich da: »Zum Beispiel ist es nicht mehr nötig, Auberginen, nachdem man sie in Scheiben geschnitten hat, mit Salz zu bestreuen und ›schwitzen‹ zu lassen. Dieser Vorgang sollte dem Gemüse die Bitterkeit nehmen. Doch die heutigen gezüchteten Auberginen verfügen kaum mehr über störende Bitterstoffe.«[27] Das stellt M. Paoli in einem Kochforum in einer lobenden Besprechung meines *Kleinen Lexikons der Küchenirrtümer* fest. Dank dafür! Und Dank auch für die Klarstellung des überholten Küchenirrtums, es sei sinnvoll, Auberginen mit Salz »schwitzen« zu lassen. Ich muss also nicht alles selbst widerlegen. Puh!

B

Bewusstes Essen ist gesünder

Etwa nicht? »Soll ich etwa«, werden Sie mich fragen, »mein Essen bewusstlos in mich reinschaufeln? Soll ich jedem Verlangen ohne zu zögern nachgeben? Soll ich nicht einmal auf Kalorien und Kohlenhydrate und Eiweiß und Fett und Zucker und Salz und Cholesterin und Zusatzstoffe und Ballaststoffe und Vitamine und Mineralien achten?« Besser wäre das. Besser wäre es, wenn Sie sich nicht dem Dauerstress aussetzen würden, ständig Fehler zu vermeiden. Essen ist vorwiegend triebgesteuert. Jeder Mensch muss essen. Jeder Mensch muss in kurzen Abständen essen. Jeder Mensch hat ein eingebautes »Programm«, das ihm befiehlt, im eigenen Körper eine gewisse Vorratshaltung zu betreiben. Elftausend Jahre schwieriger und unsicherer Nahrungsversorgung haben ihre Spuren im Verhalten hinterlassen. Trotz des dringenden Triebs zu essen sind Menschen wahre Hungerkünstler. Ich weiß, das sieht man vielen von ihnen heute nicht an. Nicht oder wenig zu essen, versetzt den Körper in einen Alarmzustand. »Bewusstes Essen« ist damit eine unnatürliche Verhaltensweise. Erst seit einer Generation brauchen sich Menschen in Mitteleuropa prinzipiell keine Gedanken mehr über ihre Nahrungsmittelversorgung zu machen. Genau seit dieser Zeit scheinen sie aber an kaum etwas anderes zu denken. Sie versuchen, sich »bewusst« zu ernähren. Etwa 2000 Autoren allein in Deutschland, die in ihren Büchern diese unnatürliche Verhaltensweise propagieren, werden mir heftig widersprechen. Außerdem 4000 Ernährungsberaterinnen, die es noch nicht geschafft haben, so ein Buch zu schreiben, es aber immer schon wollten. »So ich ein wohlbestallter Arzt mit einem Doktordiplom wäre«, schwafelte schon 1865 der Geschmacksapostel Brillat-Savarin, »ich hätte zuerst eine gute Monografie der Fettleibigkeit geschrieben, und dann hätte ich mein Reich in diesem Winkel der Wissenschaft aufgeschlagen und so den doppelten Vorteil genossen, Leute, die sich vortrefflich befinden, als Kranke zu behandeln, und außerdem von der schönen Hälfte des Menschengeschlechtes täglich belagert zu werden, denn ein richtiges Maß von Rundung zu besitzen, weder zu viel noch zu wenig, ist für die Frauen das Studium ihres ganzen Lebens.«[28] In den vergangenen anderthalb Jahrhunderten haben Zigtausende Gesundheitslehrer den ironisch gemeinten Rat Brillat-Savarins ernst genommen. Sie bedienen mit ihren Lehrveranstaltungen und Schriften schließlich einen lukrativen Markt. Angst ist ein schlechter Ratgeber, aber Ratgeber, die vorgeben, von Angst zu befreien, haben große Chancen auf Erfolg. Über Hunger und Durst und Geschmack und Geruch und wie Menschen damit umgehen forscht dagegen die Fachrichtung Ernährungspsychologie. Vorlieben für bestimmte Nahrungsmittel sind nach deren Erkenntnissen vererbt oder von der Umwelt geprägt.[29] Werden diese strengen Befehle des Körpers ignoriert oder wird ihnen bewusst entgegengesteuert, treten häufig Essstörungen auf. Es ist nicht einmal sehr polemisch, wenn man das »bewusste Essen« selbst als eine Essstörung bezeichnet. Essstörungen können als die ständige gedankliche und emotionale Beschäftigung mit dem Thema »Essen« definiert werden. Oha! Mache ich das nicht etwa auch? Immerhin habe ich dafür eine (schlechte) Entschuldigung: Es ist mein Beruf. Ernährungspsychologen haben einen umfangreichen Katalog der Motive zusammengestellt, die für die Lebensmittelwahl, ihre Menge und Reihenfolge verantwortlich sind:

- Geschmacksanspruch
- Hungergefühl
- ökonomische Bedingungen
- kulturelle Einflüsse
- traditionelle Einflüsse
- habituelle Bedingungen
- emotionale Wirkung
- soziale Gründe
- soziale Statusbedingungen
- Angebotslage
- Gesundheitsüberlegungen
- Fitnessüberlegungen
- Schönheitsansprüche
- Verträglichkeit
- Neugier
- Angst vor Schaden
- pädagogischer Anreiz
- Krankheitserfordernisse
- magische Zuweisungen
- pseudowissenschaftliche Begründungen[30]

Unter Essstörungen leiden in Deutschland nach verlässlichen Schätzungen wenigstens 700 000 Menschen, darunter etwa 100 000 an Magersucht und 600 000 unter Ess-Brech-Sucht. Sie fallen, im Gegensatz zu den Fettleibigen, kaum auf, weil Kleidung viel kaschiert. Betroffen sind zu 90 Prozent Frauen zwischen 15 und 35 Jahren. Das sind, je nach Berechnung, fast neun Prozent dieser Bevölkerungsgruppe. Ernährungswissenschaftler und Politiker haben bei ihren Bemühungen aber vorwiegend die fettleibigen Menschen im Visier. Deshalb hätten sie es einfach gerne, wenn Menschen ihre Ernährungsgewohnheiten verändern würden. Die beschriebene vielfältige Motivationslage und die Gefahr, dass sich die belehrten und durch Gesetze geleiteten Individuen gedanklich zu viel mit dem Essen beschäftigen, scheinen sie einfach auszuklammern. Die Menschen sollen genau das und auf genau die Weise essen, wie Ernährungswissenschaftler und Politiker es für das Beste halten. Der Wunsch ist in Anbetracht der starken unterbewussten Steuerung des Essverhaltens so weltfremd wie der, man könne durch Liebsein Kriege verhindern.

Wenn Sie auch meiner Meinung sind, lassen Sie's mich wissen. Wenn nicht, dann nicht.

Brot darf man nicht im Kühlschrank aufbewahren

Das sagen die Bäcker, und die müssen es wissen. Sie sagen, dass die Kühlschranktemperatur dem Brot »nicht wirklich zuträglich« sei. Sie sagen auch, im Kühlschrank nehme das Brot Aromen anderer Lebensmittel an und, am wichtigsten, im Kühlschrank trockne das Brot aus. Wenn man dann antwortet, dass man es natürlich in einer Plastiktüte in den Kühlschrank lege und so Austrocknung und Aromenaustausch damit verhindere, kommt das Argument mit dem Kondenswasser. Kondenswasser fördere die Schimmelbildung.

Knuspriges Brot ist köstlich. Das Problem: Nur frisches Brot ist knusprig. Schon nach spätestens einem Tag ist die Kruste, egal in welcher Weise man das Brot lagert, aufgeweicht, latschig oder knüppelhart. Jetzt kommen Sie mir bitte nicht mit dem kulturpessimistischen Quark, das sei früher nicht so gewesen. Früher sei das Brot über Tage und Wochen frisch und seine Kruste knusprig geblieben und weil Bäcker heute nichts mehr könnten und nur noch Backmischungen verarbeiteten, sei alles viel, viel schlechter geworden. Ich kann's nicht mehr hören! Warum wechseln Sie, wenn das wirklich so wäre, nicht einfach Ihren Bäcker? So etwas regelt der Markt! Viele Menschen aber latschen brav immer in denselben Hyper-Super-Giga-Gaga-Markt, kaufen da immer das gleiche Brot und beschweren sich gleichzeitig über dessen schlechte Qualität. Merken Sie, dass da etwas nicht stimmt? Das erinnert mich stark an das Gemeckere über das Kantinenessen, das auch nichts als ein Ritual ist. (Vgl. den Eintrag »Kantinen- und Mensafraß ist minderwertig«.)

Im Kühlschrank, heißt es, um zum trockenen Brot zurückzukehren, werde die Brotkruste trotz trockener Luft schneller weich. Das stimmt, obwohl die Kühlschrankluft (drei bis fünf Grad) absolut trockener ist als Luft bei normaler Raumtemperatur (18 bis 21 Grad). Bei 5 Grad liegt die relative Feuchtigkeit im Kühlschrank trotzdem bei etwa 75 Prozent, während normale Raumluft zwischen 50 und 60 Prozent relative Feuchtigkeit enthält. Das hat seinen Grund darin, dass im Kühlschrank kein Luftaustausch stattfindet. Trotzdem ist das Problem des Austrocknens zu lösen. Am besten, wie gesagt, mit einer Plastiktüte. Oha, jammern die Brotexperten, dann bildet sich doch jede Menge Kondenswasser, und sie haben recht: In den ersten Minuten, in denen das raumwarme Brot im Kühlschrank liegt, tritt tatsächlich relativ viel Kondenswasser aus und schlägt sich an der Plastiktüte nieder. Dieses Kondenswasser diffundiert dann aber wieder ins Brot hinein. Es kriecht praktisch reumütig zurück. Der Vorgang läuft innerhalb von zwei Stunden ab. Sollte das Brot eine knusprige Kruste gehabt haben, ist sie jetzt zermatscht. Sie wäre aber auch ungenießbar, nämlich hart

»Brodkapsel, Messing, hochfein vernickelt mit fein bemalter Fayence-Einlage.« Ob Sie Ihr Brot in so einer »Kapsel« oder in irgendeinem anderen Behälter aufbewahren: Schimmeln wird es früher oder später sowieso. Im Kühlschrank allerdings wesentlich später.

geworden, hätte man das knusprige Brot bei Raumtemperatur und ohne Feuchtigkeitsschutz gelagert. Für den Erhalt einer knusprigen Kruste über mehr als zwei Tage gibt es eben überhaupt kein Rezept. Für Brot, das ohnehin eine eher weiche Kruste hat, bietet der Kühlschrank aber eine ideale Atmosphäre. Das gilt auch für Toastbrot. Es ist im Kühlschrank kühl genug, um Schimmelsporen das Wachstum zu erschweren, und es ist dank einer Plastiktüte feucht genug, um ein Austrocknen zu verhindern.

Die Plastiktüte tut auch ohne Kühlschrank gute Dienste gegen das Austrocknen. Man kann Brot natürlich auch bei Raumtemperatur in einen weitgehend luftdichten Steinguttopf legen. Das sieht wesentlich stilvoller und angemessener aus, wirkt aber im Prinzip genau so wie eine Plastiktüte, bloß etwas schlechter. Die kleine Luftmenge im Steinguttopf ist mit der Feuchtigkeit, die aus dem Brot austritt, schnell gesättigt. Der Nachteil auch beim Steinguttopf: Die Kruste wird weich. Der Vorteil auch beim Steinguttopf: Das Brot trocknet nicht weiter aus. Schimmelsporen, die sich immer und überall in der Luft befinden, gedeihen in dieser Atmosphäre allerdings besonders gut. Der Steinguttopf muss also regelmäßig ausgewaschen werden, am besten mit Essig. Die Plastiktüte aber, die übel beleumundete, kommt einfach in den Müll.

Schimmelpilze vermehren sich durch Sporen. In Lebensmitteln keimen sie aus und bilden farblose Zellfäden, man nennt sie »Hyphen«. Diese Hyphen durchziehen die gesamten Lebensmittel. Außen ist bloß der Schimmelrasen zu sehen, meistens ein pelziger, graublaugrüner Belag. Die Giftstoffe, die sich darin befinden, heißen Mykotoxine. Sie wirken vor allem langfristig, verursachen Leber- und Nierenschäden oder Krebs. Im Kühlschrank herrschen normalerweise drei bis fünf Grad. Für Schimmel ist das keine ideale Atmosphäre, nicht einmal in einer Plastiktüte. Biologen finden Pilze nicht prinzipiell eklig. Manchmal möchten sie Pilze sogar züchten. Deshalb haben sie herausgefunden, unter welchen Bedingungen Pilze am besten gedeihen. Die am meisten schimmelfördernde Temperatur liegt zwischen 20 und 30 Grad. Der a_W-Wert (Wasseraktivität), den Biologen zur Pilzwachstumsberechnung auch noch brauchen, ist die Wasserverfügbarkeit der Oberfläche. Der a_W-Wert von Brot liegt zwischen 0,89 und 0,97, ein Traumklima für Schimmelpilze. Hier die idealen Wachstumsbedingungen für die bei Biologen beliebtesten Schimmelarten:

Schimmelpilz	**optimale Temperatur (°C)**	**a_W-Wert**
Alternaria tenuis	20–30	0,85–0,99
Aspergillus amstelodami (Eurotium amstelodami)	23–40	0,75
Aspergillus flavus	35–37	0,8–0,96
Aspergillus fumigatus	37–43	0,85–0,99
Aspergillus niger	45–47	0,88–0,98
Aspergillus repens	25–27	0,65–0,92
Aspergillus versicolor	25–30	0,75–0,95
Botrytis cinerea	22–25	0,93
Cladosporium herbarum	24–25	0,85–0,98
Penicillium brevicompactum	20	0,83–1,00
Penicillium chrysogenum	18–30	0,82–1,00
Wallemia sebi	24–38	0,75–0,97
Stachybotrys chartarum	ca. 18–25	0,94–0,98
Fusarium		bis 0,90

Sie sehen: Der a_W-Wert von Brot ist fürs Schimmelwachstum fast ideal, die Kühlschranktemperatur von drei bis fünf Grad Celsius aber nicht.[31] Und hier mein Tipp, mit dem Sie das Aroma des kühlschrankkalten Brots wieder voll entfalten: Toasten Sie es. Wenn Sie das für eine absurde Methode halten, überlegen Sie mal, wie Sie mit Käse umgehen. Sie wissen, dass Käse nur bei Raumtemperatur gut und aromatisch schmeckt. Sie wissen aber auch, dass Käse bei Raumtemperatur schnell verdirbt. Würden Sie deswegen auf die Idee kommen, Ihren Käse nicht mehr im Kühlschrank aufzubewahren? Ich meine nicht den Luxus-Roquefort und den Gorgonzola, den Feinschmecker unter Glaskuppeln verehren, ich meine den geschmacksneutralen Scheibengouda, von dem allein in Deutschland jährlich annähernd 747 000 Tonnen verzehrt werden (das ist immerhin mehr als ein Drittel der zwei Millionen Tonnen Käse, die in Deutschland insgesamt gegessen werden, also 21,6 Kilo pro Person und Jahr).[32] Machen Sie's mit Ihrem Brot doch genauso wie mit diesem Käse: Kühlen Sie es und erwärmen Sie es kurz vor dem Verzehr! Bäcker und Hersteller von speziellen Keramiktöpfen zur Brotaufbewahrung werden mich für diesen Tipp verachten, nicht weil er nicht funktionieren würde, sondern weil sie künftig viel weniger Brot- und etwas weniger Keramiktöpfe verkaufen dürften. Es verschimmelt einfach kaum noch was.

Brot saugt störende Gerüche aus angebranntem Reis

Was halten Sie denn von dieser Empfehlung: »Wem Reis schon einmal angebrannt ist, der weiß, wie unangenehm das riechen kann. Dieser Geruch verschwindet nach kurzer Zeit, wenn man auf den Reis ein Kantenstück frisches Weißbrot legt und den Deckel wieder auf den Topf setzt. Das bindet die verräterischen Düfte.«[33] Ähnlich lautet folgende Empfehlung: »Selbst gekochter Reis birgt seine Tücken und haftet schnell am Topfboden an. Auf Nummer sicher geht, wer Kochbeutel verwendet. Ist das Reis-Fiasko hingegen schon eingetreten, sollte der Topf schnell vom Herd gezogen, der Inhalt umgefüllt und eine Scheibe Toastbrot auf den Reis gelegt werden. Das Brot saugt die störenden Gerüche aus dem Reis, die durch das Anbrennen entstehen.«[34]

Dieser Küchentipp ist natürlich reiner Blödsinn. Probieren Sie's doch einfach aus, das mit der Brotscheibe.

Ich kann Ihnen nämlich nicht erzählen, was dabei herauskommt, denn ich weiß wirklich nicht, wie man Reis anbrennen lassen kann.[35]

C

Chocolat chaud ist heißer Kakao

»Die Personen, welche Chocolade trinken, geniessen eine gleichmässigen Gesundheit und sind weniger als andere den vielen kleinen Uebeln unterworfen, welche an dem Lebensglücke nagen.« Das behauptete jedenfalls in der Mitte des 19. Jahrhunderts die französische Tafelgenuss-Schwatzbacke Brillat-Savarin.[36] Das ist doch schön, oder? In Frankreich trinkt man auch heute noch keinen Kakao, sondern »heiße Schokolade«. In englischsprachigen Ländern heißt das Getränk »hot chocolate« und wenn Sie dort einen »hot cacao« bestellen, sieht man Sie fragend an. Trotzdem werden Sie in den meisten Fällen statt einer »heißen Schokolade« wahrscheinlich einfach ein Kakaogetränk serviert bekommen und, was noch verwerflicher ist, sehr wahrscheinlich eines, das mit Instantpulver hergestellt wurde. Solche Plörre kann man durchaus trinken. Die Stiftung Warentest bestätigte allerdings noch 2008, dass fast alle der 25 getesteten Kakaopulver »weit mehr als 60 Prozent Zucker« enthielten. »Gut« fand sie nur neun der geprüften Pülverchen, 14 »befriedigend« und zwei »ausreichend«.[37] Ich finde das ungenügend. Wir Genießer nämlich (Sie merken, wie ich meinen Arm um Ihre Schulter lege), wir Connaisseurs wissen den doppelt intensiven Geschmack einer *echten* Chocolat chaud zu schätzen! Eine Chocolat chaud besteht aus nichts anderem als aus in heißer Milch aufgelösten Schokoladeflocken. Um mit einem Kakao an diesen Geschmack heranzukommen, bedarf es einiger Tricks. Die kleingeriebenen

Kakaobröckchen sollen sich gleichmäßig in der Milch verteilen, nicht auf ihr schwimmen und sich nicht am Boden sammeln. Man setzt den Kakaobröckchen also Magnesiumoxid oder Pottasche zu. »Damit diese Zusatzstoffe aber den Schoko- oder Kakaocharakter geschmacklich nicht verfälschen«, weiß Thomas Vilgis, »müssen sie wieder neutralisiert werden, was eine Zugabe von Wein- oder Zitronensäure erfordert. Und schließlich wird das Schwebeverhalten der Kakaoteilchen noch durch Zugabe des Kohlenhydrats Carageen positiv beeinflusst.«[38] Was sein muss, muss sein. Und meckern Sie beim nächsten Mal bitte etwas weniger lautstark über die ganzen angeblich unnötigen Zusatzstoffe in Lebensmitteln.

Darf ich Ihnen noch ein Beispiel der köstlichen Schwatzbackigkeit Brillat-Savarins servieren? Hier ist es: »Jeder Mann also, der aus dem Becher der Wollust einige Züge zu viel geschlürft hat, jeder Mann, der einen Theil der Zeit, wo er hätte schlafen sollen, über der Arbeit zugebracht hat, jeder Mann von Geist, der fühlt, dass er für einige Augenblicke dumm wird, jeder, der die Luft feucht, die Zeit lang und den Druck der Atmosphäre beschwerlich fühlt, jeder, den eine fixe Idee quält, die ihm die Freiheit des Denkens raubt, jeder, sage ich, der sich in solchen Umständen befindet, nehme einen Schoppen Chocolade mit sechzig bis siebzig Gran Ambra versetzt, und er wird Wunderdinge erleben.«[39] Wenigstens das mit dem Ambra sollten Sie sein lassen. Zwar riecht der im Darm des Pottwals gebildete Stoff nach Jahren nicht mehr vollkommen abstoßend, sondern angeblich »holzig, trocken, balsamisch, etwas tabakartig bis bouquethaft«[40], aber er sollte doch eher in Parfums verwendet werden als in Speisen.

Chopsuey ist ein typisches chinesisches Gericht

Chopsuey kann ins Deutsche mit »gemischte Küche« oder auch »Gemischtes, Kleingeschnittenes« übersetzt werden. Ich habe mich informiert und herausgefunden, dass es in Chinesisch 杂碎/雜碎 geschrieben und »zásuì« ausgesprochen wird, im Kantonesischen »shap suì«. Sprachforscher wollen eine Verbindung zu »chopped sewage« festgestellt haben, was »zerhacktes Abwasser« bedeutet. Ich halte das für dummes Zeug. Geschichten, mit denen in die USA eingewanderte Chinesen angeblich die damit überforderten Nordamerikaner an der Nase herumgeführt haben (die ihrerseits natürlich auch Einwanderer aus Europa waren), entbehren jeder Grundlage. In europäischen und amerikanischen Chinarestaurants gehört diese Mischung aus Schweine- und Hühnerfleisch, Pilzen und verschiedenen Gemüsen, wie Sellerie, Zwiebeln, Sojasprossen, zuweilen Bambussprossen, auf jeden Fall aber Sojasauce zu den Lieblingen auf der Speisekarte. Man bestellt Nummer 12 und weiß, dass man etwas Schmackhaftes serviert bekommt, das meist mit dem Geschmacksverstärker Natriumglutamat angereichert ist. Könnte man Speisekarten in China lesen, würde man vergeblich nach Chopsuey suchen und unter Nummer 12 wird garantiert etwas ganz, ganz anderes angeboten. Vermischte oder gar zusammen erhitzte Speisen gibt es in China nicht.

Die Erfindung des Chopsuey als Gericht fand tatsächlich durch chinesische Einwanderer in den USA statt. Damit hat das Chopsuey eine ähnliche Geschichte wie die beliebte Pizza, die, in Italien als schlichte Vorspeise gedacht, von italienischen Einwanderern in den USA zu einer üppigen Hauptspeise weiterentwickelt wurde. Chopsuey-»Restaurants« sind eine Art Armenküchen im mittleren Westen des nördlichen Amerika. Edward Hopper malte 1929 das Interieur eines typischen einfachen

Chopsuey-Restaurants.[41] Ob das Gericht tatsächlich von den Köchen der Transcontinental-Eisenbahnbauarbeiter oder in New Yorks Chinatown erfunden worden ist, lässt sich wohl nicht mehr klären, wohl aber seine Entstehung um 1860.[42] Eine der Legenden um das Gericht schreibt seine Erfindung dem Küchenchef des chinesischen Botschafters Li Huang-Chang zu. Er soll 1896 versucht haben, damit amerikanischen und fernöstlichen Geschmack zu verbinden. Der Begriff taucht mit der Bedeutung »gemischte Stücke« allerdings schon 1889 in der zweiten Auflage des *Oxford English Dictionary* auf: »A staple dish for the Chinese gourmand is chow chop suey, a mixture of chickens' livers and gizzards, fungi, bamboo buds, pigs' tripe, and bean sprouts stewed with spices.«[43] Die Geschichte, die vom Koch des Botschafters erzählt wird, stimmt also offensichtlich auch nicht.

D

Der Darm ist ein Verdauungsorgan

Na gut, ursprünglich ist der Darm ein Verdauungsorgan, aber genauso gut könnte man sagen, ein Filet sei Teil eines Fortbewegungsorgans oder ein Schnitzel ein unspezifisches Körpersegment. Darm, auch wenn er gefüllt ist und als Wurst bezeichnet wird, ist weiterhin als Darm erkennbar. Und das tut seinem Image nicht gerade gut. Viele Menschen bringen dieser ältesten Form der Fleischverpackung wenig Sympathie entgegen. Dabei ist sie vollkommen hygienisch und einwandfrei. Da kann der »Zentralverband Naturdarm« Kampagnen starten, wie er will: Naturdarm wird wohl nie zum Lebensmittel des Monats gewählt werden. »Umgestülptes Tier« ist die geringste Verballhornung. Darm außen, Tier innen.

Ich versuche jetzt mal, Ihnen die Vorzüge und die Verwendungszwecke verschiedener Darmsorten und -teile schmackhaft zu machen. Man verwendet nämlich verschiedene Darmsorten für verschiedene Würste.

Art des Darms		Wurstsorte
Dünndarm	Schweinedarm eng	*Brühwurst:* Brat-, Bock- und Knackwurst, Polnische *Kochwurst:* Leberwurst *Rohwurst:* Berliner Knacker, Rohpolnische Mettwurst
	Schweinedarm weit	*Brühwurst:* einfache Kaliber > 32 mm Ø *Kochwurst:* Leber- und Blutwurst *Rohwurst:* (28/32 mm Ø) Cabanossi, Landjäger, Polnische

Art des Darms		Wurstsorte
Dickdarm, Grimmdarm	Krausedarm	*Brühwurst:* Fleischwurst *Kochwurst:* Hausmacher Leber- und Blutwurst, Thüringer Blutwurst
Mastdarm	Fettende, Fettdarm Schlacke auch in genähten Fettenden	*Brühwurst:* Gelbwurst *Kochwurst:* Leber- und Blutwurst, z. B. Thüringer Rotwurst *Rohwurst:* Schlackwurst, Zervelatwurst
Blinddarm	Schweinekappe Schweinebutte	*Kochwurst:* Sülze, Sülzwurst, Blutwürste wie z. B. Zungenwurst, Thüringer Rotwurst
Blase		*Kochwurst:* Blut- und Sülzwurst
Magen		*Kochwurst:* Sülzwurst, Presssack

Sie sehen[44]: jede Menge Möglichkeiten zur Umhüllung der schmackhaftesten Würste. Sie sind immer noch kein Darm-Fan? Ich hatte es befürchtet.

Dosen muss man umfüllen, wenn man nicht alles verbraucht

Gemeint ist natürlich nicht die Dose, sondern der Inhalt der Dosen (jetzt seien Sie mal nicht so pingelig in grammatischen Dingen!) Also: Machen Sie das auch noch? Schütten Sie Lebensmittel aus Weißblechdosen, wie es ein Hersteller von Kunststoffgefäßen streng empfiehlt, in so ein luftdicht verschließbares pastellfarbenes Ungetüm um? Anders gefragt: Halten Sie das wirklich für notwendig, obwohl Sie, als Sie zuletzt nicht alle Aprikosen verwendet hatten, den Rest einfach in der Dose gelassen, in den Kühlschrank gestellt und drei Tage später mit schlechtem Gewissen verputzt haben? Ich kann Sie beruhigen: Sie haben nichts falsch gemacht! Sie haben sich nicht vergiftet und werden sich, wenn Sie das regelmäßig tun, auch nicht vergiften. Die Aprikosen schwimmen in der zuckrigen Lösung und dieses Zuckerwasser berührt das Weißblech nirgends. Alle Dosen sind nämlich mittlerweile von innen lackiert und, was noch beruhigender ist, dieser Lack ist so elastisch, dass ihm Beulen und Knicke der Dose nichts ausmachen. Er verhindert selbst dann noch, dass der Doseninhalt mit dem Weißblech in Kontakt kommt. Sie können den Inhalt von zerbeulten Dosen also auch bedenkenlos essen. Die Elastizität des Lacks ist besonders wichtig bei sauren Lebensmitteln wie Sauerkraut oder Gurken. Die Säure würde nämlich tatsächlich in der Lage sein, mit dem Weißblech zu reagieren und einen metallischen Geschmack zu verursachen. Zinn, das die zweitoberste Schicht von Weißblechdosen bildet, kann durch Luftsauerstoff und die Säure der Früchte ausgelöst werden. Das ergab den metallischen Geschmack. Von welchen Dosen Sie tatsächlich Abstand nehmen sollten, ist einigermaßen

»Conservenbüchsenöffner mit eingeschraubtem und auswechselbarem 1a Stahlmesser, Eisenguss broncirt, polirt. Holzheft.« Wenn Sie mit so einem hübschen Gerät oder einem anderen die Dose aufgemacht haben, brauchen Sie sie nicht umzufüllen. Wirklich nicht.

klar: von den aufgeblähten! Man nennt das, was in der Dose in einem solchen Fall vor sich gegangen ist, aus guten Gründen auch »Bombieren«. Was dabei entsteht, ist eine »Bombage«. Der Inhalt ist verdorben und hat durch unbeabsichtigte Gärung Kohlenstoffdioxid und Wasserstoff in der Dose gebildet. Das Phänomen tritt seit der Erfindung der Konservendose auf: »In Praktikerkreisen wird das Wort Bombage erklärt, indem man es mit dem Platzen einer Bombe, d.h. bei vorgeschrittener Bombage, zusammenbringt. Richtiger erscheint indessen die Erklärung durch das französische Wort ›bomber‹, d. h. wölben. Bombage hieße also richtig übersetzt ›Aufwölbung‹.«[45] Beim Öffnen einer solchen Dose würden Sie eine schöne Schweinerei verursachen. Wie fast immer, gibt es auch bei den Bombagen eine Ausnahme. Schweden schätzen vergorenen Hering in Dosen. Dieser »Surströmming«, auf gut Deutsch etwa »saurer Hering«, wird im Frühjahr gefangen und in Fässern mit Salzlake eingelegt. Dabei entstehen, genau wie beim Sauerkraut, Milchsäuren. Etwa im Juli werden die Heringe dann in Dosen verpackt. Die Gärung geht darin weiter. Die Dosen blähen sich auf und es sieht nicht nur gefährlich aus, es *ist* auch gefährlich. Die Dosen werden dann im August, wenn es auch in Nordschweden etwas wärmer ist, unter Wasser geöffnet, um die oben angesprochene Sauerei zu vermeiden. Das Öffnen einer Dose Surströmming ist eine beliebte Mutprobe. Die stinkende Lake wird abgegossen, die Heringe werden gewässert und mit Zwiebeln, Kartoffeln und Brot serviert.

E

Eier darf man nicht köpfen

Eine Frühstücksszene wie im Werbefilm: Eine Terrasse mit Blick in eine grüne Aue. Goldgelbe Sonnenstrahlen erwärmen das Herz sowie Butter, Wurst- und Käseplatten. Jedes Mitglied der glücklichen Idealfamilie bringt noch einen Teil der notwendigen Utensilien mit auf die Terrasse. Die exakt wachsweich gekochten Eier stehen schon auf dem Tisch. Dessen rustikal-unschuldig weißer Tischdecke muss nur noch etwas Leben eingehaucht werden. Kein Problem, denkt sich der Vater und kleckert Marmelade drauf. Die Tochter findet's so lustig, dass sie ihren Kakao über die Tischdecke prustet und die Mutter legt mit einem vom Messer rutschenden Stück Butter nach. Dann aber kommt der Akt, den alle als barbarisch verurteilen, der die Idylle zerschneidet und die Familie in eine tiefe Krise stürzt: Der Sohn köpft sein Ei. Er stellt sich dabei nicht einmal unbeholfen an: Er schafft den Schlag in der exakt richtigen Höhe in der exakt richtigen Stärke. Er klappt den Ei-Kopf mit dem Messer ab und möchte anfangen, sein Ei zu salzen. Da trifft ihn die geballte Kritik der anderen Familienmitglieder. So gehe es ja nicht! Und wenn er weiterhin zum zivilisierten Teil der Menschheit gerechnet werden wolle, müsse er zumindest seine Eieröffnungstechnik ändern, wahrscheinlich aber noch viel, viel mehr.

Der Rotzlöffel sieht nach bei Knigge, dessen gesamtes Werk *Über den Umgang mit Menschen* (1788) dankenswerterweise im Internet veröffentlicht ist[46], und triumphiert: »Kein Sterbenswörtchen übers Eierköpfen, also lasst mich bloß in Ruhe!«

Das Verbot, Eier mit Messers Schneide zu köpfen, wird immer noch und immer wieder damit begründet, dass es in grauer Vorzeit einmal Messer aus Silber oder gar Alpaka gegeben habe. Beim Kontakt mit dem im gekochten Ei enthaltenen Schwefelwasserstoff entstehe Silbersulfid. Und das stimmt. Schwefelwasserstoff bildet im Kontakt mit Silber Silbersulfid und Silbersulfid schmeckt metallisch-unangenehm. Alpaka ist allerdings kein Silber und enthält, obwohl es auch als »Neusilber« bezeichnet wird, keine Spur von Silber, sondern Kupfer, Zink und vor allem Nickel. Auch diese Legierung entwickelt im Kontakt mit Schwefelwasserstoff einen metallischen Geschmack.

»Eierständer, Ahorn, matt, mit Füssen, zum Aufeinanderstellen.« Auch in Ihrem Kühlschrank befindet sich so ein Eierständer, wenn auch nicht aus Ahorn. Frühstückseier dürfen Sie übrigens durchaus köpfen, aber nur, wenn niemand zusieht.

Alpakabesteck ist aber aus einem völlig anderen Grund ein Problem. Für viele Menschen bildet es eine Erblast. Ich habe einen unvollständigen Satz (vier Messer, fünf Gabeln, drei kleine Löffel) von meiner Großtante mütterlicherseits geerbt. Das Besteck ist außerordentlich scheußlich ornamentiert. Ich weiß wirklich nicht, was ich damit anfangen soll. Wegwerfen kann ich es aber nicht. Meine Frau hat es noch ärger getroffen. Ihr Erbe: ein fast vollständiges, sechzigteiliges Silberbesteck inklusive Messerbänklein. Ornamentierung wie oben. Was machen wir bloß damit?

Jetzt aber zurück zum Verbot, Eier zu köpfen: Da mittlerweile keine Messer mehr aus Alpaka und kaum noch welche aus Silber in Gebrauch sind, hätte sich das Verbot eigentlich längst erübrigt. Bei Kontakt mit Edelstahl entwickelt der Schwefelwasserstoff des Eis keine zusätzlich unangenehmen oder gesundheitsschädlichen Substanzen und Gerüche. Der Grund für den Fortbestand des Eierköpfverbots ist ein ganz anderer. Der Eierköpfvorgang erfordert nämlich tatsächlich etwas Geschick. Ich behaupte, dass er zum Schutz der Ungeschickten gesellschaftlich geächtet ist. Alle geschickten Köpfer würden die Unfähigkeit der Ungeschickten offenbaren. Mitmenschen bloßzustellen, ist aber keine edle Tat. Deshalb zertrümmern in Gesellschaft auch die Geschickten die Kappe, pellen den oberen Teil ab und löffeln das Frühstücksei dann aus. Wenn sie aber allein sind, folgen die Geschickten keinem gesellschaftlichen Zwang. Sie köpfen mit ihren Edelstahlmessern, dass es einem mittelalterlichen Scharfrichter zur Ehre gereichen würde.

Und dann gibt es noch einen guillotineartigen Eierschalensollbruchstellenverursacher. Er gilt als witziges Geschenk. Angeblich gibt's ein Eggshellbreakingandperforatingdevice (kein Scherz!) auch in England. Räumen Sie Ihre Küche ruhig voll mit so einem Quatsch! Daneben findet sicher auch noch eine Eierzange Platz, mit der Sie ein Ei unschön, aber in der richtigen Höhe zerquetschen können, nicht zu vergessen ein Eierkochtimer, der nach festgelegten Zeiten im heißen Wasser die dümmsten Melodien dudelt.

F

Flambieren gart Speisen

Was soll das denn!? Beim Flambieren geht es um Feuerzauber! Es geht um das vollkommen unnütze Abfackeln von Alkohol. Flambieren ist, wenn auf Kreuzfahrtschiffen nach zwei Seetagen etwas passieren muss, damit die Passagiere nicht unruhig werden. Kein Wunder, dass der Komiker Otto Waalkes auch in der Rolle des Chefkochs Louis Flambé auftrat. Eine reine Show!

Beim Flambieren nimmt die Speise Aromen der verwendeten Spirituose an. Ja sicher tut sie das! Dass der Alkohol dabei in Brand gesetzt wird, ändert an diesem Geschmack aber überhaupt nichts – ganz im Gegenteil! Die angeblich beim Flambieren entstehenden Aromen beruhen auf nichts anderem als auf dem zugefügten Alkohol, der, weil er auch in die Speise eindringt, natürlich nicht vollständig verbrennt. Andere behaupten, die im Essen enthaltenen Zuckerstoffe würden durch die Flammen karamellisiert und verliehen der Speise ein zusätzliches Aroma. Das ist leider nicht oder jedenfalls kaum möglich. Die Flammen brennen ja über der Speise. Wollte man Zucker karamellisieren, bräuchte man bloß eine Lötlampe nehmen und die Speise mit der Flamme zu bestreichen. Das macht man bei Crème brûlée, und die wird zwar heiß, nicht aber brennend serviert. »Der Witz beim Flambieren ist doch, dass der Alkohol beim Abbrennen verschwindet«, meint Gert von Paczensky. »Nur der Aromastoff des betreffenden Schnapses bleibt. Aber diesen Effekt könnte man auch erzielen, wenn man das Gebräu direkt hinzutut, ohne es anzuzünden – dann braucht man auch weniger. Freilich könnte man dann kein solches Theater machen. […] Mit guter Küche hat das alles nichts zu tun. Höchstens mit teurer oder mit Folklore.«[47] Und recht hat der Mann!

Flambieren kann man fast alles: Fleisch, Eierkuchen, Crêpes und natürlich alle Desserts. Besonders spektakulär ist das Flambieren von Eiscreme. Man platziert ein mit Alkohol getränktes Stück Würfelzucker auf dem aufgetürmten Eisberg, steckt es in Brand und serviert einen angeblich »fauchenden Vulkan«. Wenn Sie eine super Show abziehen wollen, flambieren Sie. Wenn Sie als Koch oder Köchin ernst genommen werden wollen, lassen Sie's lieber bleiben.

Fleisch darf vor dem Anbraten nicht gesalzen werden

»Schweizer Fleisch«, eine Marketingorganisation der Schweizer Fleischindustrie, ordnet Folgendes an: »Bei Kurzbratstücken und Grillfleisch darf, falls überhaupt, erst nach dem Bratvorgang gesalzen werden, denn Salz zieht den Saft aus dem Fleisch.«[48] Wenn ich das schon lese: »… wenn überhaupt«! Wenn Fleisch überhaupt nicht gesalzen wird, schmeckt es überhaupt sehr bescheiden, nachzulesen schon bei Ignatz Prummer, »Salz-Essenz, oder Erklärung, wie vielfältig das Salz den Menschen, Thieren und Erdfrüchten nützlich sey. Aus einigen Stellen der heiligen Schrift bewiesen, und als ein Neujahrs-Geschenk allen Salz-Nießern überreicht«, Salzburg (wo sonst?) 1791. Wenn's schon in der Heiligen Schrift steht, wer wollte da Zweifel anmelden? Über salzlose Ernährung weiß Prummer als Salzlobbyist natürlich nur Schlechtes zu berichten: »Vom R. P. Sepp aus Paraquay ist im Drucke erschienen, daß solche große Landschaften, welche das römische Reich und Italien übertreffen sollen, kein Salz haben; sondern Brod und Fleisch ungesalzen essen, daher sie auch nicht zu ersättigen sind, und daraus folget, daß alles in die Corruption und Fäulung übergehet; daß die Würmer im Leibe wachsen, und viele tausend Indianer in der Disenterie dahinsterben. Noch mehr ist zu bedauern, daß diese salzlosen Leute faule sowohl als dumme Menschen und Barbaren sind.«[49] Da kann man mal sehen!

Wie zu erwarten, lehrte auch die Kochbuchautorin Katharina Prato wenigstens zwei Generationen von Köchinnen: »Man soll das Fleisch auch nicht zu früh einsalzen, weil das Salz den Saft auszieht.«[50] Ihre eigenwillige Unterscheidung von Meersalz und »Kochsalz« bezieht sich auf deren tatsächlich unterschiedlichen Jodgehalt und deren tatsächlich *nicht* unterschiedlichen Effekt beim Salzen: »Meersalz benützt man nicht allein in Gegenden, in welchen es gewonnen wird, sondern nimmt es auch oft in anderen zum Kochen, da es seines Jodgehaltes wegen ein gutes Mittel gegen Blähhals (Kropf) ist. Man muss aber weniger davon nehmen als vom Kochsalz und es gestoßen verwenden.«[51] Die Edle Katharina Prato äußerte sich natürlich auch zum Braten, erwartungsgemäß in der selbst heute noch verbreiteten irrtümlichen Annahme, es müsse möglichst heiß erfolgen: »Damit das Fleisch beim Braten innen saftig bleibt, muss man es anfangs mit heißem Fett begießen oder in solches legen und bei ziemlich starker Hitze anlaufen lassen, wodurch sich die Oberfläche zusammenzieht und der Saft nicht ausfließen kann.«[52] Natürlich ein Wahn, wie jeder weiß, der weiß, dass Fleisch keine Poren hat und es sich auch nicht an seiner Oberfläche »zusammenzieht«.

Selbst in jüngeren Kochbüchern und Internetforen stehen Empfehlungen wie diese: »Salz entzieht dem Fleisch das Wasser. Vor dem Braten gesalzen, würde es mehr ›schwitzen‹ und daher einerseits beim Braten spritzen, andererseits würde der Wasserverlust (bevor die Poren beim Braten verschlossen werden) das Fleisch zäh und trocken werden lassen.«[53] Von Poren ist auch hier die Rede, die beim Fleisch nun wirklich nicht vorhanden sind und die deshalb auch nicht geschlossen werden können. Selbst ein Profikoch wie Wolfgang Stein, Küchenchef in Münster und Vorstandsmitglied im Verband der Köche Deutschlands, verbreitet die Poren-Mär und empfiehlt parallel dazu das späte Salzen. Der Kochverbandsvorsitzende mag gut kochen können, dachte ich mir, aber wer so wenig über die Struktur von Fleisch weiß, der wird wohl auch im Hinblick auf die Wirkung von Salz nicht ganz auf dem Laufenden sein. Prompt fand ich auch noch die vom selben Koch geäußerte Meinung, man solle fürs Fleisch »am besten frisch gemahlenes Salz«[54] verwenden. Dass »frisch gemahlenes« Salz genauso schmeckt wie weniger frisch gemahlenes, besonders wenn es in der Küche und nicht bei Tisch verwendet wird, hatte ich schon an anderer Stelle geklärt.[55] Salz enthält eben keine flüchtigen Aromen. Salz enthält überhaupt keine Aromen. Wenn Ihr Salz nach etwas riechen sollte, dann ist es sicher nicht das Salz, das Sie riechen. Die Behauptung, dass vorheriges Salzen beim Braten Saft aus dem Fleisch austreten lasse, ist damit eingebettet in die absurdesten Irrtümer über Fleisch und Salz. Viele Profiköche kreieren ihre kulinarischen Raffinessen offensichtlich ohne die geringste Kenntnis naturwissenschaftlicher Grundlagen. Als absolute Niete in Naturwissenschaften (ich bin darauf wirklich nicht stolz, aber es ist nun einmal so) lässt mich das leicht verzweifeln, aber nur leicht. Den Wahrheitsgehalt der Behauptung, vorheriges Salzen entziehe dem Fleisch Saft, musste ich deshalb überprüfen. Das Ergebnis ahnen Sie wahrscheinlich schon. Es stimmt wieder alles nicht. Es ist ein Missverständnis, eine Übertragung aus einem anderen Zusammenhang. Radio Eriwan würde den angeblichen Saftverlust bei vorherigem Fleischsalzen so darstellen: »Im Prinzip ja, aber im konkreten Fall nie.« Tatsächlich führt extrem starkes Salzen von Fleisch dazu, dass durch erleichterte Osmose Zellflüssigkeit austritt und damit eine bessere Haltbarkeit erreicht wird. Der Vorgang dauert mehrere Tage und die Zellflüssigkeit verdunstet während dieses Vorgangs. Man nennt das Pökeln. Beim Braten aber wirkt Salz nicht so. Es geht hier also prinzipiell um das Thema Osmose. Osmose ist der gerichtete Fluss von Molekülen durch eine halbdurchlässige Membran. Eine schöne Geschichte wird von der ersten spektakulären Demonstration dieses Phänomens berichtet: »Im Jahre 1748 wurde von Jean-Antoine Nollet ein Experiment beschrieben, bei dem ein mit ›Weingeist‹ gefüllter und mit einer entfetteten Schweinsblase verschlossener Zylinder in reines Wasser getaucht wurde. Die Blase blähte sich auf und zerriss manchmal nach einer Weile.«[56] Toll. Die Blase zerriss »manchmal«, und das auch nur »nach einer Weile«. Kein Geringerer als Albert Einstein beschrieb mehr als anderthalb Jahrhunderte später die molekularkinetischen Vorgänge, die dabei ablaufen. In kompliziertmöglichster Physikersprache schrieb er »Über die von der molekularkinetischen Theorie der Wärme geforderte Bewegung von in ruhenden Flüssigkeiten suspendierten Teilchen«.[57] Was ausgerechnet Einstein nicht berücksichtigte, ist der Faktor Zeit: Osmose findet nämlich so langsam statt, dass sie beim Anbraten gar nicht zum Tragen kommt. Sie können also Ihr Steak oder Ihr Schnitzel genauso gut auch vor dem sanften (!) Anbraten salzen. Das können Sie mit dem billigsten Salz machen, denn das teure Grobsalz löst sich auf dem Schnitzel sowieso völlig auf. Das Schnitzel wird durch das frühe Salzen jedenfalls nicht weniger saftig als ein spät oder nach dem Anbraten gesalzenes. Zellflüssigkeit wird ihm in dieser kurzen Zeit nicht entzogen. Auch dem Steak nicht. Ich habe mit meinem Freund Jörn, Metzgermeister und Lebensverfeinerer, den Anbrattest gemacht. Er konnte seine Begeisterung für das zuvor gesalzene Steak kaum im Zaum halten: »Joah, is ganz okeh so.« Einen Unterschied zum Steak, das nach dem Anbraten gesalzen wurde, konnten wir in mehreren Blindtests nicht feststellen. Das Tollste aber ist, dass ich einen, wenn nicht *den* berühmtesten Physiker dafür verantwortlich machen kann, dass alle Welt ihr Fleisch völlig unnötig erst nach dem Anbraten salzt.

Das Gleiche gilt natürlich auch im umgekehrten Fall. Die Empfehlung, Leber und Nieren müssten *vor* dem Braten gesalzen werden, damit sie nicht hart werden[58], lässt sich sicher nicht mit einer Express-Pökelung rechtfertigen. Außerdem behaupten andere Ratgeber exakt das Gegenteil. Freuen Sie sich jetzt schon auf die Widerlegung des hanebüchenen Küchenunsinns »Leber wird beim Braten nicht hart, wenn man sie über Nacht in Milch einlegt«.

Fleisch muss vor dem Anbraten mit kaltem Wasser abgespült werden

So etwas liest man überall. Vor der Zubereitung aller Sorten von Fleisch weisen die Autoren von Koch-, Lehr- und Ratgeberbücher an: »Nach dem Einkauf unzerkleinerte Fleischstücke unter fließendem kalten Wasser abspülen und entsprechend dem Rezept weiterverarbeiten.«[59] Es wäre vielleicht nötig darauf hinzuweisen, dass das Fleisch, wenn man es abgewaschen hat, vor dem rezepttreuen Weiterverarbeiten zuerst abgetrocknet werden sollte. Nehmen Sie doch Küchenkrepp (von dem meist kleine Fetzen am Fleisch hängen bleiben), oder nehmen Sie ein Geschirrtuch (das dann sofort reif für die Wäsche ist), oder nehmen Sie doch, was Sie wollen. Ich habe Ihnen nicht empfohlen, das Fleisch zu waschen. Menschen, die ich befragte, warum sie Fleisch vor der Zubereitung waschen, sprachen von Hygiene, von Metzgern und Fleischverkäuferinnen, die alle daran herumgetatscht haben. Da würden sie doch lieber vorher etwas kaltes Wasser drüberlaufen lassen. »He! Was ist an den hygienisch einwandfreien Händen dieser Fachkräfte auszusetzen, Sie Pingel?« Die in dieser Form vollkommen korrekt Befragten gaben sich der Hoffnung hin, mit dieser Prozedur nennenswerte Mengen an Bakterien zu vernichten. Manche gaben sogar der Erwartung Ausdruck, sie würden durch das Waschen von Geflügelfleisch die immer und zwangsläufig vorhandenen Salmonellen abwaschen. Ein gefährlicher Irrtum! Solche Menschen trifft man wahrscheinlich nicht mehr oft. Wer glaubt, er könne durch das Abwaschen von Geflügelfleisch die Menge der vorhandenen Salmonellen deutlich verringern, lebt nicht lange. In Deutschland sind die Meldungen von Infektionen seit 1990 zwar von etwa 200 000 auf rund 55 000 Fälle im Jahr 2005 zurückgegangen und 2008 waren es gemäß Meldepflicht nach dem Infektionsschutzgesetz insgesamt nur noch 45 401, die dem Robert Koch-Institut gemeldet wurden, aber das sind nur die gemeldeten Fälle. Dafür, dass bei all diesen Erkrankungen nur 33 Todesfälle zu verzeichnen waren, hat das Robert Koch-Institut eine einfache Erklärung: »Die Meldedaten unterschätzen Todesfälle jedoch, weil einmal gemeldete Infektionen nicht bis zum Ende der Erkrankung nachverfolgt werden.«[60] Weltweit sterben jährlich immer noch mehr als eine halbe Million Menschen daran. Die Salmonellen, eine für Menschen besonders gefährliche Sorte von Bakterien, befinden sich aber *im* Schweinefleisch, *im* Geflügelfleisch und übrigens auch *in* den Eiern des Geflügels. Wozu aber sollte man das Fleisch dann waschen? Und wozu sollte man außerdem Ziegen- und Hasen- und Kaninchen- und Kudu- und Känguru- und Straußen- und sonstiges Fleisch, das keine oder kaum Salmonellen enthält, waschen, bevor man es anbrät? Man weiß es nicht!

Fleischzubereitung ist ein normaler Kochvorgang

Eine seltsame Überschrift für ein Irrtumslexikon – aber notwendig, um der Besonderheit des Fleischverzehrs auf die Schliche zu kommen. Achtung! Es folgen jetzt einige Spekulationen darüber, warum ausgerechnet die Zubereitung von Fleisch mit so vielen Irrtümern behaftet ist. Eigentlich ist das eine Aufgabe für Philosophen, aber die kümmern sich im Moment lieber um pragmatische Handlungstheorien, Spieltheorien oder darum, warum Frauen prinzipiell die besseren Männer sind (kein Scherz!). Um die wichtigen Fragen müssen wir uns wieder einmal selbst kümmern, etwa um die, warum es bei der Fleischzubereitung so viele Fehler gibt. Irrtümer und unhinterfragte Dogmen gibt es bei der Fleischherstellung und Fleischzubereitung nämlich sehr viele.

Ein längst geklärter Irrtum war die Annahme, angebratenes Fleisch entwickele den Aromastoff Osmazom. Der französische Küchen-»Papst« Brillat-Savarin hat mit der Verbreitung dieses Blödsinns allerhand Unheil gestiftet: »Das Osmazom ist jener wesentlich schmackhafte Theil des Fleisches, der sich im kalten Wasser löst und von dem Extractivstoff dadurch unterscheidet, dass letzterer nur im heißen Wasser löslich ist.«[61] Erstaunlich, wie wenig man noch vor 185 Jahren über die tatsächlichen physiologischen Zusammenhänge der Nahrungszubereitung wusste. Den hochgelobten Stoff Osmazom gibt es nämlich gar nicht. Er ist nur ein anderer Name für das je ne sais quoi (das unbestimmbare bestimmte Etwas) des Fleischaromas, das durch die damals noch unbekannte, erst 1912 entdeckte Maillard-Reaktion entsteht. Noch erstaunlicher, wie wenig man noch heute weiß.

Die Dogmen rund ums Fleisch beginnen aber schon wesentlich früher als beim Kochen oder Anbraten. Sie fangen an mit der angeblich einzig richtigen Tötungsform der Tiere, die man verspeisen möchte: koscher, also bei vollem Bewusstsein ausblutend, oder betäubt? Religiöse und pseudoreligiöse Argumente befruchten sich da gegenseitig. Dann kommt die Frage nach der angeblich einzig richtigen Zerlegetechnik. Franzosen legen großen Wert auf ihre und nur ihre Zerlegetradition. In anderen Ländern, glauben Franzosen, mache man schon durch falsches Zerlegen eines Tieres alles zunichte. Dann zermatern sich Metzger und Köche die Köpfe darüber, ob sie das Fleisch mit oder gegen die Faser schneiden sollen, damit es in Pfanne oder Topf zart bleibt. Auch hier irrt die Plaudertasche Brillat-Savarin: »Will man das Fleisch schön schneiden, so muss man immer Sorge tragen, dass die Faser mit der Messerklinge einen rechten Winkel mache. Das so geschnittene Fleisch hat ein angenehmeres Ansehen, schmeckt besser und kaut sich leichter.«[62] Ich hatte schon erörtert, dass es völlig egal ist, in welche Richtung Sie ein Stück Fleisch zerschneiden.[63] Dann das idiotische Klopfen von Schnitzeln, durch das sie angeblich zarter werden. Selbstverständlich wird beim Klopfen, wie beim anschließenden Braten, nur ein Bruchteil der Kollagenverbindungen zerstört. Nur Österreicher sollten weiterhin ihre Schnitzel klopfen, das fällt unter Folkloreschutz. Am schlimmsten aber und gleichzeitig am berühmtesten ist der völlig absurde Versuch, durch heißes Anbraten Poren eines Fleischstücks zu schließen, die es gar nicht gibt! Oder der Aberglaube, durch Panieren ließe sich Saft im Fleischstück binden. Die meisten Menschen glauben sogar, sie würden durch spätes Salzen ein Austreten von Fleischsaft verhindern. Ein Wahn! Eine Anweisung ist falscher als die andere.

Wenn man alle diese Vorschriften, Empfehlungen, Tipps und Tricks einmal auflistet, dann fällt einem erst auf, was alle gemeinsam haben: Es geht dabei offensichtlich um Schuld. Genauer: Es geht um das Abtragen von Schuld durch den korrekten Vollzug von Ritualen. Damit haben wir zwar den Bereich der praktischen Küchenirrtümer verlassen, aber manchmal hilft es ja auch, wenn man sich einmal ein paar Gedanken über etwas Prinzipielles macht. Ohne Vegetariern und Veganern das Wort zu reden, ist es natürlich wahr, dass es sich bei Fleisch um Teile toter Tiere handelt. Niemals würde ich so weit gehen wie die Vegetarierinitiative »Fleischverbot«, die Supermarktketten angeschrieben und diese gebeten hat, vor »blutigen Leichenteilen« in der Fleisch- und Fischtheke sowie in der Fleisch-Tiefkühlkostabteilung einen Sicht- und Geruchsschutz für sensible Gemüter zu errichten. Offensichtlich weiß die Initiative nicht, dass Fleisch kein Blut mehr enthält. Jeder

»Fleischmulden, Stahlblech, fein verzinnt, prima Qualität, mit gewölbtem Boden.« Fleischzubereitung muss nach festgelegten Ritualen erfolgen, sonst tritt keine Erlösung ein.

Möchtegernvegetarier, auch die, die sich bei Ihnen immer die größten Stücke auftun (»ich muss nicht immer Fleisch essen, aber bei euch schmeckt's mir immer zu gut«), wird Ihnen erklären können, weshalb die Menschheit am Fleischgenuss zwangsläufig zugrunde gehen muss. Nur durch reine Pflanzennahrung, das werden Sie erfahren, während sich der Gast noch eine Scheibe Braten nimmt, ist die Menschheit zu retten.

Es hätte nicht unbedingt eines Sigmund Freuds bedurft, um festzustellen, dass »der Ritus der christlichen Kommunion, in der der Gläubige in symbolischer Form Blut und Fleisch seines Gottes sich einverleibt, Sinn und Inhalt der alten Totemmahlzeit wiederholt«[64]. Und die Totemmahlzeit ist für ihn nichts anderes als ein in Fleisch und Blut übergegangener Vatermord: »Wir entschließen uns … zu der Annahme, dass die psychischen Niederschläge jener Urzeiten Erbgut geworden waren.«[65] Die

Vaterreligionen des Judentums und des Islam und die Sohnesreligion des Christentums sind für Freud traumatische Wiederkehren der ödipalen Gewalterlebnisse aus den Urzeiten der Menschheit. Starker Tobak! Es liegt mir fern, als Fachfremder Freud zu kritisieren, aber ich entschließe mich zu der Annahme, dass Freud hier etwas voreilig war. Er sieht in Schuldgefühlen das Fundament einer bestimmten gesellschaftlichen Ordnung für die prähistorische Zeit und deutet sie dann – frei von der Leber weg – psychoanalytisch. So geht's ja nicht! Die physiologisch unnötigen oder kontraproduktiven Rituale der Fleischzubereitung auf ihren psychologischen Ursprung hin zu untersuchen, steht meines Wissens noch aus. Einen ersten, leider etwas unfrischen Ansatz dazu hatte Roland Barthes schon einmal unternommen: »Wäre Nahrung nicht ein so nichtiger, Schuldgefühle erzeugender Gegenstand, so könnte man sie selbstverständlich leichter einer poetischen Analyse unterziehen.«[66] Yvonne Karow, Psychoanalytikerin in Berlin, findet meine These von der Fleischeslust und den mit ihr verbundenen Schuldgefühlen jedenfalls nicht völlig idiotisch: »Ich halte sie für sehr vielversprechend, man denke nur an die große gesamtgesellschaftliche Unternehmung Carne-val inklusive dem abschließenden exkulpierenden, aber auch das lebendige Fleisch mahnenden Aschermittwoch.«[67] Was es mit der Verabschiedung des Fleisches (Carne val) auf sich hat, konnte ich mir mit meinem Latinum noch erklären, aber beim Exkulpieren musste ich dann doch nachschlagen. Logisch: Culpa ist die Schuld und wenn man exkulpiert, ist man seine Schuld quitt. Praktisch.

Fondue ist eine gute Form, Fleisch zuzubereiten

In Brüssel kann man auf dem Flohmarkt »Vossenplein« alias »Place du Jeu de Balle« (Brüsseler Straßen und Plätze haben immer zwei Namen) an jedem Wochenende in einer bestimmten Ecke Fritteusen und Fonduesets kaufen. Der Clou: Das Fett ist noch drin! Ihre Vorbesitzer haben sich nicht einmal die Mühe gemacht, das Fett des letzten gemütlichen Fondueabends in den 1970er Jahren zu entsorgen. Wohin auch! Wahrscheinlich haben diese Vorbesitzer irgendwann mal diese Erfahrung gemacht: Das Fleischfondue ist ein Schmarrn, ein Humbug, totaler Blödsinn – es ist die perfekte Methode, selbst bestes Fleisch ungenießbar zu machen. Und recht haben sie!

Dabei war alles einst so schön gedacht: Man dachte, die individuelle Garmethode führe zu individuell zubereiteten Bratenstückchen. Man dachte, durch den sofortigen Transport vom Kessel auf den Teller kühle das Fleisch nicht unnötig aus. Man dachte, durch die ständige Aktion um den heißen Kessel herum fiele nicht auf, dass Gäste und Gastgeber sich eigentlich nichts mehr zu sagen haben. All das stellte sich letztlich als falsch heraus, als Irrtum und Selbstbetrug. Für die Erfindung des Fleischfondues will heute niemand mehr verantwortlich sein. Für die des Fondues an sich schon. Und, wer hat's erfunden? Die Schweizer! Eigentlich stammt das Fondue aus der Westschweiz, aus Savoyen und dem Piemont. Bekanntlich werfen die Schweizer ihre regionalen Käsekreationen in einen Topf, schmecken mit reichlich Wein und Schnaps ab und fischen die aromatische Masse mit Weißbrotstückchen wieder heraus. Wer sein Brotstückchen verliert, das weiß man aus *Asterix*, wird mit einem Stein an den Füßen im Genfer See versenkt. Da trifft er wahrscheinlich die Menschen, die dort nach ihrem ersten und letzten Fleischfondue oder Fleischbrühenfondue oder Schokoladenfondue vor Scham versunken sind.

Da schmelzen auf Französisch »fondre« heißt, ist »fondue« das Geschmolzene. Koch- und Frittiervorgänge in Brühe oder heißem Fett dürften deswegen eigentlich gar nicht Fondue heißen, sondern eher »Bouilli« und »Frit«. Beim echten, nämlich beim Käsefondue, kommt auch kein Metalltopf aufs Stövchen, pardon, auf den Rechaud, sondern ein irdener Caquelon. Alles sähr fronsösisch. Beim Fleischfondue wird über einem Spiritusrechaud statt Käse Fett erhitzt und statt Weißbrot werden Fleischstücke eingetunkt. Ein Fondueessen weckt Erinnerungen an archaische Essformen: Alle essen aus einem Topf, das Feuer flackert noch bei Tisch, manchmal unerwartet hoch. Meiner Schwester ist es einmal passiert, dass die Spiritusflamme um den Topf herumschlug. Dadurch wurde das Fett entzündet. Das brennende Fett setzte dann die Pendellampe in Brand. Und weil keiner so besonnen war, einfach den Deckel auf den Kessel zu legen, brannte kurz danach auch noch die Tischdecke. So etwas sollte nicht passieren. Was beim Fondue eigentlich passiert oder passie-

»Bayonnetschluss-Flachbrenner, Messing polirt, prima Qualität mit Schraubring.« Eigentlich ist es vollkommen egal, was für eine Sorte Brenner Sie unter den Fleischfonduetopf stellen, zartes und gutes Fleisch werden Sie damit wahrscheinlich doch nicht herstellen.

ren sollte, ist ein Frittiervorgang. Bei absurd hoher Hitze, zwischen 160 und 190 Grad Celsius, werden Fleischstückchen von Gulaschgröße frittiert. Anders als beim Gulasch wird dem Fleisch zum Garen aber gar keine Zeit gelassen. Es wird deshalb hart, gibt fast sämtliche Gelatine ans umgebende Fett ab und die Fondueesser halten die auf ihre Teller bugsierten harten, aromaarmen Stückchen für knusprig. Das Beste am Fleischfondue ist deshalb das zurückbleibende Fett, in dem sich außer der schmackhaften, aus den Fleischstückchen ausgetretenen Gelatine auch noch jede Menge Maillard-Produkte sammeln. Das sind die schwarzen Stückchen, die sich am Fleisch gebildet hatten, dann aber durchs brodelnde Fett wieder davon abgelöst wurden und leider nicht auf dem Teller der Fondueesser landeten.

Fleischfondue kam in Deutschland etwa in den frühen 1970er Jahren in Mode. »Jeder kämpft mit seinen Spießchen gegen den anderen und versucht so viel Fleisch wie möglich zu braten oder aus dem heißen Topf zu fischen – ein starker Gegensatz zu den sozialen Regelungen des Menüs.«[68] Ich habe noch einmal genau nachgelesen, was Helene Karmasin da geschrieben hat: »... mit *seinen* Spießchen«! Und ich dachte, ich sei der Einzige gewesen, der den Trick mit mehreren Spießen beherrschte: immer ein Eisen im Feuer beziehungsweise im Fett haben und das andere auf dem Teller. Zusätzlich nahm ich als Jugendlicher meinen Geschwistern auch noch das Fleisch von den Spießen und behauptete mit Unschuldsmine, ihre Stückchen seien offensichtlich vom Spieß gerutscht und im brodelnden Fett so stark geschrumpft, dass sie jetzt verschwunden seien. Ich war ein Aas. Aber das mit den geschrumpften Fleischstückchen stimmt: Ein Stück Rindfleisch von 3 x 3 x 3 Zentimeter Kantenlänge schrumpft, ich hab's ausprobiert und nachgemessen, im Fonduefett in drei Minuten auf 2,5 Zentimeter Kantenlänge, in fünf Minuten auf zwei Zentimeter und in zehn Minuten auf 1,8 Zentimeter. Eigentlich nicht einmal so stark, wie ich es erwartet hatte. Alles, was das Fleischstückchen ehemals schmackhaft machte, die gute, aus Kollagen gebildete Gelatine, ist ihm dann ausgetrieben, eine Kruste konnte sich im brodelnden Fett kaum bilden. Dann tunkt man das misshandelte Stück Tier in allerlei Fertigsoßen (Entschuldigung, die Knoblauchsoße wurde eigens angerührt) und hofft, damit Geschmack an das verschrumpelte Etwas zu bringen. Das arme Tier ist völlig umsonst gestorben. Es ist zum Heulen!

/// Sachbuch ///
eichborn
der verlag mit der fliege

Sineb El Masrar
Muslim Girls
Wer wir sind, wie wir leben
192 Seiten / Klappenbroschur
€ 14,95 (D)
sFr 25,50 / € 15,40 (A)
ISBN 978-3-8218-6533-1
Erscheint im September 2010

Sie sind sexy, sie sind selbstbewusst und sie sind muslimisch

Sie studieren BWL, gehen auf die Party eines Kommilitonen und flirten mit Mehmet, Christoph oder vielleicht auch Enrico. Sie sind Muslima 2.0 und sie sind keine Opfer, sondern eigenwillige Frauen, die ihr Leben selbst in die Hand nehmen – mit oder ohne Kopftuch. Sineb El Masrar spricht aus, was viele von ihnen denken: Augen auf, wir sind längst angekommen!

Frisch zubereitete Speisen sind besser als aufgewärmte

Jedes Kind in Deutschland kennt Wilhelm Busch. Damit kennt auch jeder Erwachsene in Deutschland Wilhelm Busch. Zumindest kennen alle die brutale Geschichte von Max und Moritz und die drastische Schilderung schwerster Straftaten (»Streiche«): Tierquälerei, Diebstahl, schwere Körperverletzung, Mordversuch mittels Sprengstoffanschlag, Selbstjustiz, Doppelmord. Der Autor könnte sich heute keine Chance auf einen der begehrten Kinderbuchpreise mehr ausrechnen. Was aber isst die Witwe Bolte als Beilage zu den Hühnchen, die sie braten musste, bevor deren eigentliche Zeit gekommen war? Sie isst Sauerkraut – und zwar aufgewärmt:

> *»Eben geht mit einem Teller,*
> *Witwe Bolte in den Keller.*
> *Dass sie von dem Sauerkohle*
> *Eine Portion sich hole,*
> *Wofür sie besonders schwärmt,*
> *Wenn er wieder aufgewärmt.«*

Der Grund für ihr Schwärmen liegt in der Entwicklung von Aromen, die sich erst bei längerem oder nochmaligem Erwärmen entwickeln. Die Weightwatchers wissen das auch: »Da sich die Aromen bei Eintöpfen schrittweise vermischen, brauchen Sie immer eine Flüssigkeitsbasis und eine möglichst breite Auswahl an Kräutern und Gewürzen für den vollen Geschmack. [...] Eintöpfe gehören zu den wenigen Gerichten, die aufgewärmt sogar noch besser schmecken.«[69] Ich hätte da noch einen Vorschlag zu machen: Eintöpfe schmecken *deshalb* aufgewärmt noch besser, *weil* sich die Aromen schrittweise vermischen.

Die Ballade von Max und Moritz ist so wunderbar knittelversig gereimt wie das Rezept eigenwillig zusammengestellt: Hühnchen mit Sauerkraut! Die Moral von der Geschicht' aber ist: Aufgewärmtes schmeckt, wenigstens in diesem Fall, *besser* als frisch Gekochtes. Fast alle Gasthausköche behaupten das Gegenteil. »Bei uns wird alles frisch zubereitet«, lügen die meisten. Bei ihnen kämen die Speisen »gesund und frisch auf den Tisch«. Wer's glaubt!

Die Frage ist bloß: Wenn zumindest einige Speisen aufgewärmt besser schmecken als frisch gekocht, dann müsste man auch differenzieren. Eintöpfe etwa, Bratkartoffeln oder das erwähnte Sauerkraut könnten als »schon mehrfach aufgewärmt« beworben werden. »Frikadellen vom Vortag, extra lecker«, »Suppe der Woche, schon drei Tage geköchelt«, »Sauerkraut, aufgewärmt, wie zu Hause«, »Auflauf, gut durchgezogen«. Sie glauben nicht, dass sich damit Gäste anlocken ließen? Na dann nicht.

G

Gemüse ist frisch besser als tiefgekühlt

Ähnliches Thema, anderer Schauplatz. Selbstverständlich hat Gemüse dann die meisten Vitamine, wenn es direkt vom Feld kommt und sofort gegessen wird. Aber: Wer baut seinen Herd schon neben dem Feld auf? Von der Ernte bis zum Verkauf und erst recht bis zur Zubereitung können Tage vergehen. Da kauft man extra beim Bauern frisches Gemüse, hat ein gutes Gewissen und einen guten Vorrat, aber lässt es dann tagelang im Kühlschrank herumliegen. Davon wird es nicht besser. Was viele nicht wissen, aber beruhigen könnte: Vitamine sind Winterschläfer. Kälte macht ihnen überhaupt nichts aus. Was ihnen dagegen etwas ausmacht, ist eine Lagerung der Lebensmittel bei Raumtemperatur. Dazu ein Beispiel: 100 Gramm Spinat enthalten, ganz grob gerechnet, alles in allem 17 Milligramm Vitamine, darunter Beta-Carotin, auch Pro-Vitamin A genannt, Vitamine der B-Gruppe und Vitamin C. Nicht zu vergessen die lagerungsunabhängigen Mineralien. Denen macht überhaupt nichts irgendetwas aus. Unmittelbar nach der Ernte tiefgekühlt, bleiben von den Vitaminen noch 15 Milligramm erhalten. Ich finde, das ist eine ganze Menge. Wird Gemüse also erntefrisch schockgefroren, bleiben die Vitamine weitgehend erhalten. Voraussetzung ist, dass es bei mindestens minus 18 Grad aufbewahrt und dann nur kurz erhitzt wird. Würde man den Spinat dagegen nur zwei Tage bei Zimmertemperatur lagern, hätte er, selbst wenn er noch frisch wirkt, gerade noch einen Vitamingehalt von insgesamt vier Milligramm. Tiefkühlgemüse ist also fast so vitaminreich wie frisches und frisch heißt hier »Neben dem Feld zubereitet und gegessen«. Aber wie gesagt: Wer macht das schon?[70]

Gestärkte Geschirrtücher trocknen besser

»Wir begannen uns zu küssen. Ihre schmalen, verführerischen Lippen näherten sich verlangend den meinen. Ich fuhr ihr mit meiner rechten Hand durch die langen, blonden Haare und strich anschließend über ihre warme Wange. Ich sah ihr in die Augen und war glücklich. Ihre Haut berühren zu dürfen, löste ein Gefühl des Triumphes in mir aus. Ich strotzte in diesem Moment vor Selbstbewusstsein und Kraft. Ich kam mir sehr edel und elegant vor. Geschickt und behutsam ließ ich meine rechte Hand an ihrem Hals hinuntergleiten. Vom Nacken abwärts musste ich eine Schneise durch ihre weiße, gestärkte Bluse schlagen. Als ich tiefer ging, fühlte ich, dass sie keinen Büstenhalter trug.«[71]

Halt! Stopp! Ende! Aus! Was denken Sie denn, was Sie hier noch alles zu lesen bekommen? Bloß weil hier etwas über eine gestärkte Bluse steht, lassen Sie sich zu erotischen Fantasien hinreißen. Also bitte! Sie wollten doch etwas über gestärkte Geschirrtücher erfahren, oder? Hier geht es um einen Küchenirrtum, der ausnahmsweise einmal nur indirekt mit der Zubereitung von Speisen in Verbindung steht: »Gestärkte Geschirrtücher«, sagen alte, sehr alte Hausfrauen, »trocknen besser.« Ich kenne jüngere Hausfrauen und Hausmänner, die nicht einmal wissen, was Stärken ist. Wie die bessere Trocknungsleistung beim Wäschestärken entstehen soll, können mir die sehr alten Hausfrauen leider nicht erklären. Was also tun?

Erst einmal überlegen: Geschirrtücher bestehen im Idealfall aus Halbleinen. Als Halbleinen bezeichnet man Gewebe mit einer Kette aus reiner Baumwolle und einem

Schuss aus reinem Leinen, also Flachsfasern. Der Anteil des Leinens soll nicht weniger als 40 Prozent des Gesamtgewichts des Gewebes ausmachen. Stärken bedeutet, die Fasern der Wäsche nach dem Waschen mit Kartoffelkleber wieder aneinanderzukleben. Einige Stärkeprodukte verwenden auch Mais-, Reis- oder Weizenkleber, das ist im Prinzip derselbe Stoff. Richtig fest wird gestärkte Wäsche erst durchs Bügeln der noch leicht feuchten Stücke. Bei Temperaturen bis 100 Grad verkleistert die Stärke. Das will man ja. Die Gefahr dabei: Die Stärke kann durch zu hohe Temperatur (über 100 Grad) »dextrinieren«, das heißt, ihre Zuckeranteile werden abgespalten. Ein ziemlich komplizierter Vorgang, bei dem Amylopektine in kleinere Gebilde (Dextrine) zerbrochen werden. Bei Temperaturen über 140 Grad karamellisieren die Zuckerstoffe. Die Stärke beginnt, sich braun zu verfärben. Ab 160 Grad schreitet die Bräunung flott voran. Es bilden sich zusammen mit den Eiweißstoffen sogenannte Melanoidine. Beim Backen von Mürbeteig ist dieser Effekt erwünscht, beim Bügeln versucht man, ihn tunlichst zu vermeiden. Dass gestärkte, also mit Stärke verkleisterte Fasern besser oder mehr trocknen als offene Fasern, ist nicht der Fall. Deshalb ist der Winzergemeinschaft Franken zu glauben, die im Gegenteil empfiehlt: »Geschirrtücher sollen generell ohne Zugabe von Stärke und Weichspüler gewaschen werden.«[72] Auch Hersteller von Gläsern und Porzellan empfehlen dringend, Geschirrtücher generell ohne Zugabe von Stärke und natürlich auch ohne Weichspüler zu waschen. Da Sie das bisher immer schon so gemacht haben, ändert sich für Sie nichts. Weitermachen!

Grillwurst und Grillfleisch verursachen Krebs

Grillen ist ein Job für »echte Kerle«. Grillen ist eine Form der Essenszubereitung, die man oft mit dem einfachen, »unverfälschten« Leben verbindet. Männer leben und denken gern einfach. Männer grillen gern. Es ist eine rückwärtsgewandte Utopie. Man begibt sich auf jeden Fall außer Haus. Machen Sie das bloß nicht im Wohnzimmer! Eine Frau in Bad Wiessee hat's letztes Jahr probiert und natürlich nicht überlebt. Man entzündet im Idealfall ein archaisches Feuerchen und lässt es fast vollständig niederbrennen. Über der verbleibenden Glut gart der Mann dann Teile toter Tiere. Abgeschwächte, höher zivilisierte Formen des Grillens gibt in vielen Spielarten: über Holzkohle in Blechgeräten, in Edelstahl-Angeber-Design-Ungetümen, in Gasgrills mit Senkrecht-Grillfunktion oder mittels Elektrogrill mit wassergepufferter Fettauffangschale. Das »einfache Leben« ist da schon ganz weit zurückgedrängt, die typischen Grillaromen auch. Und trotzdem ist das Grillen als archaische Form der Essenszubereitung auch mit diesen Hightech-Utensilien (oder gerade deswegen?) Sache des Mannes. Grillen ist eine Form des trockenen Garens mittels Wärmestrahlung. Bei großer Strahlungshitze kommt es zu der erwünschten Maillard-Reaktion. Fleisch und Grillwürste bekommen an ihrer Oberfläche die typische braune Farbe und den Bratgeschmack. Dabei wird beim Grillen aus der Lagerfeuertradition mit entschieden zu hohen Temperaturen gearbeitet.

Mag das Grillgerät auch noch so ausgetüftelt und modern sein, der Vierklang lautet doch immer noch: Mann – Fleisch – Feuer – Natur.[73] Echte Kerle können einiges wegstecken, aber manchmal sind auch sie schockiert: »Es war erschütternd«, erzählte der Chemiker Jürgen Krahl von der FH Coburg in der ARD-Fernsehsendung *Panorama* am 29. Juni 2006, »die Würstchen lagen einfach so auf dem Grill und wurden immer schwärzer und schwärzer, bis der Krebs aus allen Löchern guckte!« Und Umweltmediziner Jürgen Bünger von der Uni Bochum assistierte: »Wir hatten schon immer vermutet, dass mit den Grillwürstchen etwas nicht stimmt – nun ist es heraus:

Wer auf Krebs verzichten will, sollte lieber bei Nackensteak, Roster oder Rostbrätl bleiben.«[74] Diese Wissenschaftler machen sich richtig Sorgen um die Volksgesundheit. Das ist ehrenwert. Ich mache mir weniger Sorgen. Ich weiß, was die beiden Kollegen bei ihren Überlegungen vergessen haben. Was stimmt: Beim Grillen entstehen, wenn Fett in die Glut tropft, polyzyklische aromatische Kohlenwasserstoffe (PAKs). Zigarettenhersteller müssen diese Stoffgruppe, die auch beim Verbrennen von Tabak entsteht, außen auf den Packungen angeben. Sie nennen sie »Kondensat«. Raucher fassen die Stoffe, mit denen sie sich stolz selbst vergiften, unter dem Begriff »Teer« zusammen und husten dann einmal kräftig. Zu den PAKs gehört auch Benzo[a]pyren. Alle PAKs können in stärkerer Konzentration Krebs erregen. Außerdem entstehen beim Grillen von Fleisch erbgutschädigende Substanzen, sogenannte heterozyklische Amine (HCA). Mit heterozyklischen Aminen ließen sich zumindest im Tierversuch auch Darmtumoren auslösen. HCAs entstehen allerdings bei jedem Erhitzen von Proteinen, also von Eiweiß. Oha! Wie hat die Menschheit das bloß überleben können? PAKs und HCAs seit Jahrmillionen – eigentlich hätte sich die Menschheit damit schon vor langer Zeit selbst vernichten müssen.

Der Zauberstoff, der die Menschheit unwissentlich (bisher) gerettet hat, ist aber ganz einfach: Kohle. Die verkohlten Teile am Fleisch oder an der Grillwurst wirken praktisch als Filter für die PAKs. Kohle und Benzo[a]pyren werden ausgeschieden, ohne zwischendurch Schaden anzurichten. Benzo[a]pyren beschleunigt zwar, wenn es in stärkerer Konzentration auftritt, die Zellteilung, mit anderen Worten: Es verursacht Krebs. Außer Kohle gibt es aber noch einen Stoff, der uns das Überleben gesichert hat. Er ist nicht ganz so leicht herzustellen wie Kohle, aber doch genau so wirksam: Senf. Auch Senf neutralisiert das gesundheitsschädliche Benzo[a]pyren. Als Quelle für diese beruhigende Nachricht werden gelegentlich »indische Forscher« angegeben[75], wahlweise auch »japanische Forscher«[76]. Udo Pollmer weiß es besser: Es sind namentlich bekannte amerikanische Forscher, die entsprechende Tests durchgeführt haben und zu den beruhigenden Ergebnissen kamen.[77]

Und was ist mit den HCAs? Ruhig Blut! Dagegen wirken die Gewürze Thymian, Salbei, Oregano und Minze schon in geringen Mengen neutralisierend. Sie enthalten sekundäre Pflanzenstoffe, die die Kohlenwasserstoffe binden. Der Körper kann sie dann wie die PAKs ausscheiden, bevor sie Schaden anrichten.

Und was ist mit HAAs? Ach, Sie wussten nicht, dass sich beim Anbraten in der Fleischkruste auch HAAs entwickeln? Ich auch nicht. Es sind heterozyklische aromatische Amine. Sie ahnen, was dagegen hilft. Genau: Gewürze, und zwar Rosmarin und Salbei. »Beide Kräuter enthalten Antioxidanzien, die der HAA-Bildung einen Strich durch die Rechnung machen«, sagt Karin Schwarz, Professorin am Institut für Humanernährung und Lebensmittelkunde der Universität Kiel. Die Zugabe von Thymian und Knoblauch hat ähnliche Effekte. Auch wenn HAAs lange genug im Bratfett brutzeln, verschwinden sie wieder.[78] Alles wieder im Lot.

Auch ein Glas Bier zum Grillfleisch führt dazu, dass der Körper das Benzo[a]pyren ohne Schaden verdaut. Rechnet man das alles zusammen, Würstchen und Senf und Gewürze und Bier, dann kommt eine weitgehend gefahrlose, schmackhafte und sättigende Speise zustande, um deren schädliche Folgen man sich keine Sorgen zu machen braucht. Das erklärt immerhin, warum die Menschheit nach wenigstens 400 000 Jahren Verzehr von Grillfleisch noch immer existiert.

Guacamole wird mit einem Avocadokern nicht braun

In den 1970er Jahren standen in vielen deutschen Küchen gut gespülte Senfgläser. Darin hingen, befestigt an beidseitig eingepieksten Streichhölzern, Avocadokerne zur Hälfte im Wasser. Experimentierfreudige Menschen hofften, durch solche Versuchsanordnungen die Avocadokerne zur Ausbildung von Wurzeln zu bewegen. Ich gehörte auch zu diesen experimentierfreudigen Menschen. Meine Erfahrung: Es hat nie geklappt. Nie. Alle Versuche endeten mit dem Entsorgen der gesamten schimmelbedeckten Versuchsanordnung. Dabei hätte man, wie einige Spintisierer behaupten, mit den Kernen tatsächlich etwas Sinnvolles machen können – etwa beim Zubereiten einer Guacamole.

Sie wissen, dass Guacamole ein Avocadodip aus der mexikanischen Küche ist. Als Beilage zu Taquitos, Tortillachips oder zu Fleisch ist der grüne Matsch aus zerdrückten Avocados mit Zitronen- oder Limettensaft meines Erachtens – na ja, er ist mittellecker. Man kann mit etwas Salz, Pfeffer und Natriumglutamat nachhelfen, dann schmeckt's nach was. Die Zugabe des Zitrussafts soll die Oxidation und damit eine unappetitliche Braunfärbung verhindern oder verzögern. Und das tut sie auch! Jetzt kommt's aber: Mexikaner lassen angeblich genau zu diesem Zweck den Avocadokern in der Guacamole. Die Vorstellung, die dahintersteckt, ist natürlich eine magische. Wie jeder Zauber (außer dem von Tricks unterstützten) funktioniert dieser natürlich auch nicht. Viele Mexikaner glauben an allerlei schwarzmagische Zaubereien. Die sind uns also keine Hilfe. Auch Veganer glauben an die Kraft des Kerns: »Nun gibt man den Avocadokern wieder in die Masse. Dieser verhindert die Oxidation der Guacamole.«[79] Tschä! Veganer glauben auch, natürlich bar jeder wissenschaftlichen Nachweisbarkeit, an die lebensverlängernde Wirkung einer Ernährung ohne Fleisch und tierische Produkte. Die helfen uns also auch nicht weiter. Magische Wirkungen fallen automatisch und per definitionem in den Bereich der Irrtümer.

Ohne es ausdrücklich einer magischen Wirkung zuzuschreiben, empfiehlt dasselbe aber auch Christoph Wermuth-Buckingham, Chefkoch im Restaurant »Jägerhaus« in Kandern im Schwarzwald.[80] Wie weit ist die Aufklärung eigentlich in den Schwarzwald vorgedrungen? Heidegger dürfte jedenfalls wenig dazu beigetragen haben. Eine wissenschaftlich nachprüfbare Wirkung des wieder zugefügten Kerns gibt es bisher nicht. Nicht einmal einen Versuch dazu. Magisch-mystisch geht es auch bei der Zubereitung von Kraken zu: »Der Kork im Wasser ist ähnlich mystisch begründet wie der Avocadokern in der Guacamole.«[81] Lesen Sie dazu den Eintrag »Kork im Kochwasser macht Pulpo zart«.

Gurken dürfen nicht allzu krumm sein

Ein Irrtum, der sich auf Brüsseler, also Europapolitik bezieht. Deren angebliche Regelungswut erstreckt sich auf Bananen und Gurken und angeblich auch auf Kondome. Das doppelte »angeblich« ist nötig, damit dreierlei deutlich wird: dass man ernsthaft nicht von einer Regelungswut sprechen kann, dass nicht die Früchte genormt wurden, sondern deren Handelsklassen und dass sich die EU um die Größe von Kondomen überhaupt nicht kümmert.

Tatsächlich legte die europäische Gurkenverordnung für Gurken der Klasse 1 allerdings fest: »Maximale Krümmung: 10 mm auf 10 cm Länge der Gurke«.[86] »Behördenirrsinn«, schimpften viele, »EU-Bürokraten schreiben vor, wie krumm eine Gurke sein darf«, empörten sich Journalisten.[87] Dabei verbot niemand die Vermarktung von krummeren Gurken, aber sie mussten als »Handelsklasse 2« gekennzeichnet werden. Wo lag das Problem? Ein Problem für den Handel war bis 1988 der natürliche

Unterschied, den Gurken nun einmal aufweisen. Was in einer Kiste drin war, war nicht deutlich definiert. Deshalb drängte der Handel auf eine Art Standard. Österreichern war die Aufregung über die angebliche Regelungswut der EU von Anfang an nicht ganz klar: Schon seit 1967 gab es ein österreichisches Qualitätsklassengesetz und seit 1968 eine entsprechende Durchführungsverordnung des Landwirtschaftsministeriums.[88] Die ungerechtfertigten Anschuldigungen waren der EU-Kommission dann aber letztendlich zu dumm. Mit Wirkung ab dem 1. Juli 2009 ist die viel verspottete Gurkenverordnung 1677/88 mit ihrem genau vorgeschriebenen Krümmungsgrad für Gurken der Handelsklasse Extra nicht mehr gültig.[89] Die Verordnung, die die verbindliche Gurkenkrümmung für die Handelsklasse 1 abschafft, hat gerade einmal 80 Seiten. Und nicht nur für Gurken, sondern auch für 25 weitere Obst- und Gemüsesorten wurden verbindliche Form, Größe, Krümmung oder was auch immer kurzerhand abgeschafft. Geht doch!

Gurken werden bitter, wenn man sie in die falsche Richtung schält

»Äppelsche«, eine private Internetseite mit Haushalts- und Küchentipps, gibt zum Gurkenschälen folgende Empfehlung: »Gurken immer von der Blüte zum Stengel schälen, da sich die Bitterstoffe aus dem Stengel sonst ausbreiten.«[82]

Statt von Blüte und Stengel spricht die Ratgeberseite »Küchentipps« von Stiel und Stumpf:

»Grüne Gurken (besonders die kleinen aus Mittelmeerländern) können am Stielende Bitterstoffe enthalten. Darum sollten sie immer vom Stumpf kommend zum Stiel geschält werden. So wird vermieden, dass die ganze Gurke bitter schmeckt.«[83]

Da die Frucht schon reif ist, ist der ehemalige Sitz der

Blüte manchmal nicht leicht zu erkennen. Nicht jede Gurke verjüngt sich zum Stiel hin deutlich. Die Empfehlung, Gurken von der Mitte aus bis zu ihren beiden Enden hin zu schälen, hat wohl hier ihren Ursprung. Wie sich aber durch das einfache Ziehen der Klinge Bitterstoffe in Windeseile ausbreiten und die ganze Gurke ungenießbar machen sollen, war mir nicht ganz klar. Außerdem wollte ich wissen, was es für »Bitterstoffe« sind, die manche Menschen in Gurken schmecken. Ein Tipp zum Umgang mit bitteren Gurken ist Salzen und Wässern. Salz, so die Vorstellung, entwässere die Gurkenstücke und entziehe ihnen die »Bitterstoffe«. Da Osmose wie bei Fleisch, so auch bei Früchten nicht in Windeseile vonstatten geht, kann man diesen Trick gleich vergessen. Im Gegenteil würde ein Entwässern ja wohl eher dazu führen, dass die Bitterstoffe stärker konzentriert wären.

Die Suche nach der Ursache bitterer Gurken führt uns in den Garten. Die einen führen unregelmäßiges Wässern als Ursache an, andere die Aufzucht in Treibhäusern, wieder andere halten im Gegenteil Gartengurken für potenziell bitterer und Treibhausgurken generell für wässrig.

Die Anbaumethode und der Erntezeitpunkt werden ebenfalls als Ursachen angeführt, etwa das Ernten bei Mittagshitze, was zu einer höheren Konzentration der »Bitterstoffe« führen soll. Dann gibt es noch den Tipp, Gurken nur mit abgestandenem Wasser, zum Beispiel aus der Regentonne zu gießen, weil das Wasser aus der Leitung zu kalt sei und dadurch die Gurken bitter würden. Lieb.

Ein Fachverlag für Gartenbau lässt einen ehrenamtlichen Gartenfachberater zu Wort kommen. Die Behauptungen, die Blüten der Gurkenpflanzen dürften nicht befruchtet oder die Gurken dürften keiner starken Sonnenstrahlung ausgesetzt werden, lässt er nicht gelten. Seine Erklärung für bittere Gurken: Sie entstehen durch einen überhöhten Kohlenstoff/Stickstoff-Anteil im Boden: »Schreddergut, das kompostiert wird und das hohe Holzanteile hat, bewirkt, dass der C/N-Wert erheblich über dem Normalwert von 20 bis 40:1 liegt. Aufgrund dieser Erkenntnis habe ich folgendes Experiment unternommen: Den Boden, der nach meiner Meinung durch die beigefügten Kompostzugaben einen zu hohen Kohlenstoffgehalt hatte, habe ich durch neutralen Boden ersetzt und mit den gleichen Gurkenpflanzen an gleicher Stelle versetzt. Das Ergebnis: Die Gurken waren nicht bitter und somit wieder problemlos genießbar.« So weit der ehrenamtliche Gartenfachberater Paul Wollenweber.[84] Klingt plausibel. Irgendwann ist auch noch ein *Kleines Lexikon der Gartenirrtümer* fällig, aber darum soll sich bitte ein richtiger Gärtner kümmern. Gibt's schon? Michael Breckwoldt hat's geschrieben? Na sehen Sie![85]

Warum Gurken gelegentlich bitter heranreifen, scheint noch weitgehend ungeklärt. Mit bitteren Gurken ist also auch in Zukunft zu rechnen. Hinweise zur Behandlung bitterer Gurken in der Küche gibt es deshalb viele. Stiel- und Blütenansatz nicht mit zu verwerten, ist dabei die sicherste Methode. Dass beim Schälen, egal in welche Richtung, eine Ausbreitung der bitteren Inhaltsstoffe stattfände, konnten wir in exzessiven Gurkenschältests nicht bestätigen. Das Wichtigste beim Zubereiten von Schlangengurken ist allerdings das Schälen überhaupt. Werden sie, was leider sehr verbreitet ist, zu dekorativen Zwecken nicht geschält, isst man mehr Bitterstoffe mit, als an Stiel und Blütenansatz zusammen vorhanden sind.

Gute Lebensmittel sind teuer

Was wohl wahr und nach vielen Schätzungen auch wahrscheinlich ist: Noch bis zum Zweiten Weltkrieg entfielen bis zu 45 Prozent der Ausgaben eines Haushalts auf Lebensmittel, 1970 waren es noch 32 Prozent, 1980 immerhin noch 27 Prozent und heute sind es gerade einmal 13

Prozent. Die Zahlen schwanken je nach Untersuchungsgebiet und Interesse der untersuchenden Institution, sind aber in ihrer Tendenz jeweils ähnlich. Kaufkraftbereinigte Untersuchungen kommen zu einer noch drastischeren Preisentwicklung. Unbestreitbar ist der Nährwertgehalt aller Lebensmittel durch schnelle Transporte, bessere Lagerung und gute Verpackungen gestiegen, während die Schadstoffbelastung durch ständig weiterentwickelte, besser angepasste Chemie abgenommen hat. Genau dadurch ist die Zahl der durch natürliche Gifte und Bakterien an Lebensmitteln hervorgerufenen schweren Erkrankungen auch praktisch zu vernachlässigen. Das lehrt uns – entgegen den lamentierenden Stellungnahmen der Lebensmittelhersteller und der Verbraucherverbände und der Gastrosophen und der Weltverbesserer –, dass Lebensmittel bei *sinkenden* effektiven Preisen *besser* werden. Ich sage nicht wegen und nicht trotz, sondern »bei« sinkenden Preisen. Um einen ursächlichen Zusammenhang zu beschreiben, fehlt derzeit noch die Grundlagenforschung. Aber schon mit dieser These werde ich mir nicht viele Freunde machen, außer unter Leuten, die gut *und* preiswert essen wollen – wie Sie!

H

Hamburger kommt vom englischen »Ham«, Kassler kommt aus Kassel und andere Sprachirrtümer

Dies ist ein Lexikon, das sich um Irrtümer der Herstellung, Lagerung und Zubereitung von Lebensmitteln kümmert. Herstellung, Lagerung und Zubereitung, sonst nichts. Wie falsch Menschen sich in Bezug auf den Nährstoffgehalt und eine mehr oder weniger naturnahe Nahrung verhalten oder wie sie ihre Lebensmittel benennen, sollte uns in diesem Zusammenhang also egal sein. Darum kümmern sich andere Leute, die sich für kompetent halten. Ernährungswissenschaftler, Esoteriker, Ärzte und Politiker kloppen sich seit wenigstens 150 Jahren darum, Menschen die einzig richtige Ernährungsform aufzudrängen. Lassen wir sie. Die Mehrheit aller Menschen folgt ihren Empfehlungen und Anweisungen ohnehin nicht. Und die vielen Sprachirrtümer im Lebensmittelbereich sollten uns auch kaltlassen. Ein Kampffeld für Linguisten. Hilft es mir, wenn ich die sprachliche Herkunft des Ketchup im chinesischen cet-chup kenne? Diskussionen mit Besserwissern sind mir unangenehm und selbst als solcher zu gelten noch mehr. Ich habe mir aber sagen lassen, dass Richtigstellungen dieser Art auch in einem Lexikon der Küchenirrtümer erwartet werden. Deshalb will ich mich dem nicht völlig verschließen und die populärsten sprachlichen Irrtümer hier kurz klarstellen.

Hamburger bestehen aus einer zwischen zwei weiche Brötchenhälften gelegten flachen Rindfleischfrikadelle, dem sogenannten »patty«, und sind mit Ketchup und einer Gewürzgurkenscheibe angereichert. Hamburger verfolgt der Ruf, »schlechtes« Essen zu sein. Richtig schlecht ist am Hamburger aber nur die Menge, die man davon verzehren möchte. Die weltweit größte Fast-Food-Kette verkauft Millionen davon in 32150 Filialen in 118 Ländern, 1350 davon in Deutschland. Wenn Ihnen ein Besserwisser erzählen will, dass der Name dieser Köstlichkeit etwas mit dem englischen Wort »Ham« für Hinterschinken zu tun haben soll, fragen Sie einfach noch besserwisserischer zurück, wo denn da Hinterschinken zu finden sei. In Hamburg gibt es das »Rundstück warm«, ein Weizenbrötchen mit Bratenscheibe, dazu Bratensoße. Lecker, aber sicher kein Vorläufer des Hamburgers. Eine Variante mit Hackfleisch soll 1904 als »Hamburg« auf der Weltausstellung in St. Louis verkauft worden sein. Ein »Hamburger Sandwich« mit Hackfleisch taucht aber angeblich schon in einem 1842 erschienenen amerikanischen Kochbuch auf. Auch diese Behauptung ist bisher unbelegt. Daneben kursieren etwa zwanzig weitere angeblich zu hundert Prozent sichere Herkunftsableitungen. Fügen Sie ihnen Ihre eigene hinzu und Sie werden berühmt!

Beim Kassler oder auch Kasseler ist die Sachlage nicht einfacher: Es wird hergestellt aus gepökeltem und leicht geräuchertem Schweinefleisch, vorwiegend aus einem Rippenstück (Kasseler Rippenspeer), aus einem Nackenstück (Kasseler Kamm) oder aus einem Schulterstück (Kasseler Blatt). Erfunden hat's angeblich ein Berliner Fleischer namens Cassel. Einen Fleischer dieses Namens gab es dort aber im 19. Jahrhundert nicht! Und wer hat's rausgefunden? Petra Foede! Und das erst vor Kurzem. Bitte lesen Sie die Klarstellung dieser und einiger anderer kulinarischer Legenden bei Frau Foede nach.[90] Über Aalsuppe und Zabaione und Currywurst und Weißwurst kursieren nämlich noch immer die abenteuerlichsten Märchen, die nach diesen Klarstellungen hoffentlich bald allgemein als solche erkannt werden.

Holzbrettchen sind unhygienisch

Ja und nein. Das bezieht sich nicht nur auf Meinungsbekundungen in Internetforen, sondern auch auf wissenschaftliche Gutachten. Ich will hier nur die Wissenschaft sprechen lassen.

Zwiebeln schneiden, Speck würfeln, Petersilie hacken, Fleisch parieren: Brettchen und Kunststoffunterlagen dienen bei vielen Küchenarbeiten als Grundfläche.

Lange Jahre haben Gesundheitsbehörden darauf bestanden, dass in Profiküchen und Betrieben, die Lebensmittel verarbeiten, statt Holzbrettchen Kunststoffunterlagen verwendet werden. Sie hatten die Vorstellung, dass Bakterien sich im natürlichen Werkstoff Holz wohler fühlen und eher verbreiten als in und auf Kunststoffen. Das Gegenteil ist der Fall. Sowohl an der Biologischen Bundesanstalt für Land- und Forstwirtschaft in Braunschweig als auch am Deutschen Institut für Lebensmitteltechnik in Quakenbrück wurde schon 2002 festgestellt, dass Bakterien vor allem auf Kiefernbrettchen, aber auch auf Lärchen- und Eichenholz nur kurze Zeit überlebensfähig sind. Die im Holz enthaltene Gerbsäure, das Tannin, tötet die Bakterien. Jeder Schnitt in ein Holzbrettchen setzt erneut Tannin frei. Dieser antibakterielle Wirkstoff des Holzes ist aber nach längerem Gebrauch an der Oberfläche ausgewaschen.

Annett Milling von der Biologischen Bundesanstalt (BBA, jetzt Julius Kühn-Institut, Bundesforschungsinstitut für Kulturpflanzen) hat verschiedene Holzarten getestet: Ahorn, Buche, Eiche und Pappel und die Nadelhölzer Lärche, Kiefer und Fichte. Außerdem im Test: Schneidebrettchen aus PVC. Der Versuchsaufbau sah vor, eine Milliarde Keime auf ein Gramm dieser verschiedenen

Hölzer zu bringen und nach 24 Stunden zu messen, wie viele darauf überlebten. Auf Kiefernholz war kein lebensfähiges Bakterium mehr nachweisbar. Auf den Spänen von Buche, Ahorn und Pappel tummelten sich aber sogar nach 14 Tagen noch zahlreiche lebensfähige Keime. Ebenso, und das war das Überraschende, auf Kunststoffspänen. Nach 14 Tagen waren es immer noch über eine Million lebensfähiger Keime. Das ließ nur einen Schluss zu: Harze im Kiefernholz töten die Bakterien ab. Und jetzt die schlechte Nachricht: Brettchen und Kochlöffel aus Kiefernholz gibt es noch nicht im Handel. Holzlöffel oder Holzbrettchen in den Haushaltswarenabteilung der Kaufhäuser sind normalerweise aus Buchenholz, seltener aus Ahorn. Buche und Ahorn haben aber immerhin ein hygienetechnisches Verhalten, das dem von Kunststoff gleich ist. Im Lebensmittel- und Bedarfsgegenständegesetz LMBG, das bis September 2005 gültig war, findet sich zum Thema Holz kein Eintrag.[91] Bedarfsgegenstände wurden darin definiert als »Gegenstände, die dazu bestimmt sind, bei dem Herstellen, Behandeln, Inverkehrbringen oder dem Verzehr von Lebensmitteln verwendet zu werden und dabei mit den Lebensmitteln in Berührung zu kommen oder auf diese einzuwirken«. Am 7. September 2005 wurde dieses Gesetz durch das Lebensmittel-, Bedarfsgegenstände- und Futtermittelgesetzbuch (LFGB) abgelöst. Es ist die Umsetzung der seit dem 1. Januar 2005 gültigen EU-Basisverordnung 178/2002 in deutsches Recht. Die Basisverordnung bestimmt Bedarfsgegenstände so umständlich wie möglich als »Materialien und Gegenstände (im Sinne des Artikels 1 Abs. 2 der Verordnung (EG) Nr. 1935/2004 des Europäischen Parlaments und des Rates vom 27. Oktober 2004 über Materialien und Gegenstände), die dazu bestimmt sind, mit Lebensmitteln in Berührung zu kommen«. Au weia! Juristen denken so. Ich nehme an, dass Sie das überhaupt nicht interessiert, aber ich muss Sie ja schließlich aufklären. Zu Holzbrettchen oder deren angeblich nicht erlaubtem Einsatz findet sich in der ganzen Verordnung übrigens kein Wort.

Ein wichtiger Versuch dazu wurde schon vor 2000 an der ETH Zürich durchgeführt. Holzbrettchen und PE-Tafeln wurden mit E. coli-Bakterien kontaminiert, einem wirklich gefährlichen Gegner des Menschen. Die Bakterienwerte wurden nach 15-stündiger Lagerung bei Raumtemperatur mit Werten nach dem Waschen (maschinell und von Hand) verglichen. Es stellte sich heraus, dass erst in trockenerer Umgebung an Holzproben deutlich weniger Bakterien gezählt werden konnten als an PE-Tafeln. Wahrscheinlich liegt das daran, dass die poröse Holzoberfläche schneller trocknete als die PE-Oberfläche. Eine Untersuchung mit dem Elektronenmikroskop ergab außerdem, dass die Kunststoffbretter nach einmonatigem Gebrauch eine raue und ausgehöhlte Oberfläche hatten. Man fand heraus, dass die Bakterien länger in den Vertiefungen verweilen können als bei Holzbrettchen. Die Wissenschaftler an der eidgenössischen Hochschule kamen zu dem Schluss: »Allgemein kann gesagt werden, dass Holz, anders als allgemein angenommen, nicht weniger hygienisch ist als PE. Die Behauptung, dass der Gebrauch von Holz für die Lebensmittelbearbeitung zu erhöhten hygienischen Risiken führt, konnte daher nicht bestätigt werden.«[92]

J

Jodsalz kann als Löschmittel dienen

In der Hektik des Küchenalltags wird Fett in der Pfanne manchmal zu heiß und wenn die Flamme eines Gasherds in die Pfanne hineinzüngelt, kann dieses Fett sich entzünden. Falls das passieren sollte, empfehlen Hans Peter Matkowitz und Juliana Raskin-Schmitz: »Große Mengen jodiertes Speisesalz in die Pfanne schütten, das im Salz enthaltene Jod entzieht den Sauerstoff und erstickt die Flammen.«[93] Wer es fassen kann, der fasse es (Matthäus 19,24). Hört sich zwar gut an – Jodsalz als Feuerlöscher –, funktioniert aber nicht. Insofern ist dieser Küchentipp nicht nur unnütz, sondern auch gefährlich. Haben Sie etwa schon einmal etwas von Jodlöschern gehört? Schaumlöscher, gut, Stickstofflöscher, ja, aber Jodlöscher? In seinem *Lehrbuch der Chemie* schreibt J. Jacob Berzelius 1825: »Jod verbindet sich mit Sauerstoff in zwei Verhältnissen und bildet eine jodige und eine Jodsäure, welche bei den Sauerstoffsäuren beschrieben werden sollen.«[94] Was hilft uns das zur Klärung der Frage, ob Jod in der Lage ist, Flammen zu löschen? Nichts!

Könnte die geringe Menge an Jod, die sich im beziehungsweise am Salz befindet, überhaupt eine feuerlöschende Wirkung haben? Immerhin ist laut Bundesministerium für Gesundheit »der Jodanteil im Speisesalz so berechnet, dass keine Überdosierung zu befürchten ist, selbst wenn alle Lebensmittel mit Jodsalz hergestellt würden.« Das teilt das Ministerium im Rahmen seiner Kampagne »Gesünder mit Jodsalz« mit.[95] Die Mitteilung dient vor allem dazu, besorgte Bürger zu beruhigen, die eine Überversorgung mit Jod befürchten, wenn sehr viele Nahrungsmittel mit jodiertem Speisesalz verzehrt würden. Gut zu wissen. Besser wäre es, zu wissen, wie viel Jod denn nun tatsächlich im Speisesalz ist. Das teilte mir ein großer Speisesalzhersteller aus Bad Reichenhall mit. Es sind etwa acht Milligramm pro 500 Gramm.

1959 wurde in der »Diät-Fremdstoff-Verordnung« auf freiwilliger Basis eine Beimischung von drei bis fünf Milligramm Jod pro Kilogramm Salz festgelegt, und zwar in Form von Natriumjodid (NaJ), Kaliumjodid (KJ) oder Calciumjodid (CaJ_2). 1981 wurde in einer Neufassung ein Wert von 15 bis 25 Milligramm Jod pro Kilo Salz bestimmt, immer noch auf freiwilliger Basis. Jodquelle sollte Natriumjodat ($NaJO_3$) sein. In der DDR wurde 1985 eine Salzanreicherung schlichtweg verordnet. Als Jodquelle diente Kaliumjodat (KJO_3). 32 Milligramm davon wurden jedem Kilo Salz zugesetzt und die enthielten 19 Milligramm reines Jod.[96]

Bei einem täglichen Verzehr von behaupteten acht Gramm jodiertem Speisesalz würden bei 20 Milligramm Jod pro Kilo genau 0,16 Milligramm Jod verzehrt. Jetzt ist mir auch klar, warum das Gesundheitsministerium so absolut sicher sagen kann, dass damit keine Überversorgung möglich ist. Sollte diese geringe Menge Jod etwa ausreichen, einem Feuer aufs Schnellste den Sauerstoff zu entziehen? Acht Milligramm pro Pfundpaket Salz soll eine Löschwirkung entfalten? Der Chemiker Wolfgang Lortz hält das für Humbug: »Bei diesen Zwergmengen kann sicher kein Löscheffekt eintreten. Im Gegenteil! Wenn das Jod in Form von Jodaten, etwa KJO_3, zugefügt wird, dann wird unter Hitzeeinwirkung sogar Sauerstoff abgegeben. Dann brennt alles nur noch umso besser.«[97]

K

Käserinde sollte man möglichst fein abschneiden

Ich krieg' Zustände, wenn ich sehe, wie mein Freund Ingo an einer Scheibe Käse die Rinde abschneidet. Drei Millimeter, fünf Millimeter, an den runden Stellen kommt er auf bis zu einen Zentimeter. Ich sage dann natürlich nichts. Ich denke mir aber: »Der muss es ja wohl dicke haben.« Mein Freund Ingo hat nie schlechte Zeiten erlebt und ich, das muss ich dankbar zugeben, auch nicht. Trotzdem kommt mir ein allzu großzügiger Umgang mit Lebensmitteln, besonders mit Käserinde, immer wie eine Verschwendung vor, die es zu vermeiden gilt. Da aber liege ich, wie ich erst jetzt gelernt habe, völlig falsch! Ein zu knappes Abschneiden von Käserinde ist nicht sparsam, sondern gefährlich – erst recht, wenn man, wie ich es bisher gemacht habe, gerade einmal die dünne Wachs-, Paraffin- oder Kunststoffschicht abzieht, um möglichst wenig Käse zu opfern.

Ich quäle Sie jetzt erst einmal mit ein paar Hintergrundinformationen, die Sie eigentlich gar nicht haben wollten. Mit Käse kennt sich die Krankenkasse AOK aus. Käse, das weiß man dort, ist in Deutschland sehr beliebt: Rund 22 Kilogramm verzehre jeder Deutsche durchschnittlich im Jahr. Dabei hat er laut AOK die Wahl zwischen mehr als 150 verschiedenen Käsesorten – und das sind nur die in Deutschland angebotenen Sorten.[98] Das finden Sie nicht interessant? Dann eben nicht.

Warum hat Käse überhaupt eine Rinde? Ich meine

die Rinde von Hartkäse, nicht den Schimmelbewuchs von Camembert, Brie und Blauschimmelkäse und auch nicht die Rotschmiere auf Münsterkäse, Romadur und Limburger, die alle, wirklich alle prinzipiell mitgegessen werden können und sollten. Lassen Sie sich da von dem Savoir-vivre-Fernsehjournalisten Ulrich Wickert nicht den Bären aufbinden, Franzosen würden die Rinde des Camemberts abschneiden. Wahrscheinlich hat er das bei einem besonders pingeligen Franzosen einmal beobachtet und von diesem, der wahrscheinlich wie er selbst Mitglied der Käsegilde Confrérie de Saint-Uguzon ist, auf alle Franzosen geschlossen. Ich aber sage Ihnen, die Franzosen, die ich kenne und die ich danach gefragt habe, haben mich ganz seltsam angesehen und meine Frage schnell herumgedreht. Oui, oui, sagten sie, bien sûr, natürlich äßen sie den weißen Pelz mit, der sei doch das Leckerste!

Rinde an Hartkäse entsteht beim Reifen des Käses. Die äußere Schicht trocknet ganz einfach und bildet einen natürlichen Schutz vor Schimmelpilzen und anderen unerwünschten Eindringlingen. Um die Bildung der Rinde zu befördern, werden die Laibe bis zu drei Tage lang in eine Salzlake gelegt. Man macht sich dabei die Funktion der Osmose zunutze. Ich hatte das im Zusammenhang mit dem Anbraten von Fleisch, bei dem die Osmose keinen Einfluss hat, erläutert. Ob Sie Fleisch vor oder nach dem Anbraten salzen, ist vollkommen egal (siehe den Eintrag »Fleisch darf vor dem Anbraten nicht gesalzen werden«). Osmose braucht, wie Sie an der Käseherstellung erkennen, Zeit. Innerhalb von drei Tagen aber entzieht die Salzlake dem Käselaib tatsächlich Feuchtigkeit, jedenfalls genug, um den gewünschten Effekt zu erreichen. Die äußere Schicht trocknet stärker als der Kern. Trotzdem sind die Laibe immer noch feucht genug, damit sich unerwünschte Pilze, also Schimmel auf ihnen bilden kann. Deshalb werden sie während der Reifezeit »gepflegt«. Sie werden regelmäßig gewendet, gebürstet und mit Salzlake gewaschen. *Prinzipiell* ist diese Rinde essbar, allerdings nur für robuste Naturen, denen Listerien, eine besonders hartnäckige Sorte Bakterien, nichts ausmachen. Die nämlich – die Listerien, nicht die robusten Naturen – befinden sich sehr wahrscheinlich auf der Rinde auch des natürlichsten Käses, besonders viele leider auf der Oberfläche von Biokäse, was nur natürlich ist. Sie erinnern sich vielleicht noch an diesen Lebensmittelskandal aus dem März 2010: Damals waren acht Tote zu beklagen, die aus Österreich stammenden, mit Listerien stark belasteten Käse gegessen hatten.

Jetzt erst kommt die Information, auf die Sie die ganze Zeit schon gewartet haben. Gegen Listerien und andere Feinde der Menschheit kann man etwas machen. Hart-, Schnitt- und halbfeste Schnittkäsesorten, darunter auch die Klassiker Gouda und Edamer, dürfen mit Natamycin (E 235) behandelt werden. Das muss natürlich auf der Packung angegeben sein. Die Angabe kann auch »mit Konservierungsstoff behandelt« lauten. Bei Käse, der in einer Theke liegt, können Sie, sofern es sich nicht um Biokäse handelt, davon ausgehen, dass er mit Natamycin behandelt wurde. Der Konservierungsstoff befindet sich nicht *im* Käse, sondern an dessen Oberfläche und bis zu fünf Millimeter tief in seiner Rinde. Natamycin ist ein Antimykotikum, das heißt, es wirkt gegen Pilze. Es ist also *kein* Antibiotikum, das gegen Bakterien wirkt, auch wenn das von Journalisten, die mit dem Verängstigen von Verbrauchern ihr Geld verdienen, immer wieder gern behauptet wird.[99] Die Rinde eines Käses, der mit Natamycin behandelt wurde, sollte nicht mitverzehrt werden. Man sollte sie großzügig bis zu einer Dicke von einem halben Zentimeter entfernen. Damit vermeidet man die Ausbildung von Resistenzen gegen diesen Stoff, der als Arzneimittel, also wenn man ihn wirklich einmal braucht, sonst möglicherweise unwirksam ist. Und jetzt kommt's: Das gilt auch für rindenlosen Käse. Mein

Freund Ingo macht es also schon seit Jahren richtig! Ich werde bei Gelegenheit bei ihm Abbitte für meine stillschweigende Schelte leisten.[100]

Käsestangen werden nicht mit Käse zubereitet

»Unsere Käsestangen werden mit Käse überbacken!«, wirbt der Bahnhofsbäcker. Ja womit denn sonst? Das hätte man noch bis vor wenigen Jahren nicht gefragt. Es gab noch keinen Analogkäse, kein Käseimitat, keinen Kunst-, Labor- oder Plastikkäse. Allerdings lamentierte man schon Mitte der 1970er Jahre über »erbärmlichen Industriekäse«: »Er mag zwar die appetitanregende goldbraune Farbschicht hergeben, bekommt aber einen stechenden Geschmack, der die bedeckte Speise meist ruiniert.«[101] Ein unerträgliches Pseudo-Gourmet-Geschwafel ist das! Was soll das denn für ein »stechender Geschmack« gewesen sein? Und was war das für ein Material, das man damals als »Industriekäse« bezeichnete? Die Wortwahl wiederholt sich aber bei der Kritik an dem Produkt, das ich der Einfachheit halber auch hier Analogkäse nennen möchte, obwohl bei seinem Verkauf der Begriff »Käse« niemals auftauchen darf. Dieser Analog»käse« ist nun wirklich ein Industrieprodukt. Eine Verbraucherschutzorganisation spricht im Zusammenhang mit Analogkäse von einem »chemischen Gemisch«. Das ist natürlich Unsinn. Jedes Lebensmittel ist ein »chemisches Gemisch«! Analogkäse ist Pseudo-Schmelzkäse, der vorwiegend für Pizza, Cheeseburger, Baguette und Lasagne verwendet wird – und nicht auf den eingangs erwähnten Käsestangen zu finden ist. Er besteht aus Eiweißpulver, Pflanzenfett und Aromazusatz.

Ich möchte mich keineswegs für Surrogate, also Ersatzstoffe starkmachen. Echter Käse ist ein unvergleichliches Lebensmittel. Nur echter Käse schmeckt wie echter Käse. Die Hersteller von Analogkäse machen aber einige

Vorteile geltend, die nicht alle leicht von der Hand zu weisen sind. So wird Analogkäse vorwiegend in Ländern hergestellt und verwendet, in denen eine geschlossene Kühlkette schwer zu garantieren ist. Das gilt für große Regionen des Mittleren Ostens und für Zentralafrika. Analogkäse lässt sich, wenn man das Verfahren einmal beherrscht, wesentlich billiger produzieren als echter Käse. Man kann ihn exakt so einstellen, dass er bei einer bestimmten Temperatur schmilzt. Das ist für Pizzaecken sehr praktisch. Man kann Analogkäse bisher in Mozzarella-, Feta- oder Cheddargeschmack herstellen. Der Herstellungsprozess ist bis ins Detail steuerbar. Selbst angelernte Kräfte können damit umgehen. Man braucht dazu bloß Pflanzenfett und Wasser. Ich merke schon, ich kann Sie nicht davon überzeugen, dass es sich bei Analogkäse um ein prima Lebensmittel handelt. Ich selbst esse ja auch lieber richtigen Käse. Eine Gruppe der Verbraucher steht Analogkäse jedenfalls vorwiegend positiv gegenüber: Veganer.

Kaffeeweißer enthält keine Milch

Kaffeeweißer ist ein ähnliches Kunstprodukt wie Analog»käse«, bloß scheint sich darüber niemand aufregen zu wollen. In Kaffee-Münzautomaten kann man keinen Milchkaffee wählen. Stattdessen gibt es eine Taste für »Kaffee weiß«. So schlau sind die Automatenaufsteller auch, dass sie möglichen Prozessen wegen falscher Deklarierung von Anfang an die Grundlage entziehen. »Kaffee weiß« ist juristisch vollkommen korrekt, auch wenn er eigentlich ja eher hellbraun aussieht. Wie er im Gegensatz zu »Kaffee schwarz« weiß gemacht wird, scheint die Automatenkaffeetrinker nicht zu interessieren.

Kaffeeweißer besteht normalerweise zur Hälfte aus Glukosesirup, zudem aus Pflanzenfett, Zucker und Natriumkaseinat. Obwohl dieses Natriumkaseinat aus

Milch hergestellt wird, gilt es in englischsprachigen Ländern nicht als Milchprodukt. Es gilt sogar als Nichtmilchprodukt. Man frage dort nach, weshalb. Engländer und Amerikaner nennen das Produkt »non-dairy creamer«. Veganer haben das natürlich bemerkt und mäkeln an dieser Bezeichnung herum. Kaffeeweißer kann

»Kaffeemühle mit lackirtem Blechkasten, broncirtem Deckel, emaillirtem Trichter und 1a geschmiedetem Werk.« Wer seinen Kaffee in so einer Mühle mahlt, weiß wahrscheinlich nicht einmal, was Kaffeeweißer ist.

aber auch bis zu 20 Prozent Milchfett und Milchzucker enthalten. Im kontinentalen Europa ist das sogar ein üblicher Bestandteil. Somit enthält Kaffeeweißer durchaus Milch beziehungsweise aus Milch hergestellte Komponenten. Außerdem sind in einem typischen in Deutschland verkauften Produkt auch noch der Stabilisator E 340 (Kaliumphosphat), das Trennmittel E 551 (Siliciumdioxid), der Emulgator E 471 (Mono- und Diglyceride von Speisefettsäuren) und der Farbstoff E 160a (Beta-Carotin) enthalten. Alle diese Stoffe werden synthetisch hergestellt. Unerwünschte Nebenwirkungen sind keine bekannt. Es gibt allerdings Menschen, die behaupten, sie seien süchtig nach Kaffeeweißer. Ich vermute, sie wollen sich nur interessant machen – wohl ein ähnliches Suchtphänomen wie beim »stillen Wasser«, ohne das Großstädter neuerdings nirgendwo hingehen, weil sie befürchten, zu dehydrieren.

Kalkablagerungen an verchromten Armaturen rücke man mit Essigessenz zuleibe

Es stimmt: Reibt oder sprüht man die Armaturen in Küche oder Bad mit Essigessenz, Essig oder einem essighaltigen Reiniger ein, verschwinden die Kalkflecken. Es verschwindet aber auch nach und nach die hochglänzende Chromschicht, und zwar ziemlich schnell. Die Armaturen sehen dann aus wie die in einem alten Hotel, in dem zwar täglich geputzt, aber schon Jahrzehnte nicht mehr renoviert wurde.

Die Hersteller verchromter Armaturen warnen zu Recht davor, zur Reinigung von hochglänzenden Hightech-Reglern Essigsäure zu verwenden. Essigsäure verstärkt bei kupferhaltigen Verbindungen die Korrosion. Armaturen bestehen vorwiegend aus verchromtem Messing, und Messing besteht seinerseits zu mindestens 50 Prozent aus Kupfer. Ihre Armatur wurde garantiert von einem Fachmann montiert. Aber vielleicht ist der ja mit seiner Zange einmal abgerutscht oder er hat den Lappen nicht an allen Stellen richtig zwischen Zange und Armatur gelegt oder seine hochmoderne, kunststoffbeschichtete Zange ist an einer Stelle schon etwas stark abgenutzt. Über den Azubi, dem das alles sowieso vollkommen egal ist, will ich lieber schweigen. Die Chromschicht auf Wasserarmaturen ist dagegen extrem unnachsichtig, was solche Ausrutscher angeht. Sprüht man nun eine Armatur mit einer essighaltigen Flüssigkeit ein oder reibt sogar noch darauf herum, kommt der Essig durch kleinste Kratzer des Chroms oder an den Verbindungsstellen mit dem Messing in Berührung. Dort verursacht er unmittelbar Korrosion. Es entsteht Grünspan (Kupferacetat), der seinerseits den Chrom anhebt und abplatzen lässt. Der Schaden lässt sich nicht mehr beheben. Ähnlich korrosiv, wenn auch nicht so stark und so schnell, wirkt Zitronensäure. Die einzige Methode, Armaturen kalkfrei zu halten, besteht darin, sie regelmäßig trocken zu reiben. Oder Sie verwenden das Chrompflegemittel, das irgendwo in der Garage noch hinter dem »Scheibenklar« und neben dem Öl steht, das Sie für Ihr Auto gar nicht mehr verwenden dürfen, weil es nicht die vom Hersteller geforderte exakt berechnete Viskosität hat, das aber da noch steht, weil vielleicht ja einmal ...

Kantinen- und Mensafraß ist minderwertig

Kennen Sie den? »Zwei Studenten sitzen in der Mensa und stochern lustlos in ihrem Essen rum. ›Der Fraß wird auch immer schlechter! Jetzt sind noch nicht einmal Tannennadeln in der Pilzsuppe!‹« Wenn Sie verstanden haben, was daran der Witz ist, dann erklären Sie's mir bitte. Ich weiß schon, warum ich keine Witze mag.

Mensa- und Kantinenessen ist gar kein richtiges Essen. Deshalb heißt das, was Sie sich da wie 44 Prozent aller Deutschen »reinschaufeln«, ja auch nicht Essen, sondern Fraß.[102] Deshalb dürfen Sie auch mittags in der Kantine essen und sich abends zu Hause noch einmal ordentlich bekochen lassen. Sie dürfen allerdings nicht vergessen, darüber zu meckern, wie furchtbar es wieder war – sowohl bei Ihren Kollegen als auch zu Hause. Das erwartet man von Ihnen. Sie wollen Ihre Mitmenschen doch nicht enttäuschen. Als Student schaufeln Sie den Mensafraß in sich rein. Währenddessen und im Anschluss daran posaunen Sie natürlich lauthals herum, dass Sie mit einem Käsebrot auch zufrieden gewesen wären. Am besten, Sie schreiben es noch in irgendein Blog rein und lassen es sich von vielen Gleichgesinnten bestätigen. Und abends essen Sie dann mit den Kommilitonen eine Pizza, oder Sie kloppen sich mit ihnen um die knusprigsten Stückchen beim Chinesen, um sich endlich einmal etwas Gutes zu gönnen. Dabei bitte nicht vergessen, weiterhin über den Mensafraß herzuziehen. Auch zu Hause ist darauf zu achten, den täglichen Stressbericht (»Ich weiß gar nicht, warum ich das alles noch mitmache!«) mit ein paar wegwerfenden Bemerkungen zum Kantinenessen zu würzen.

Ein Kantinen- oder Mensabesuch ist, genau wie ein Restaurantbesuch, ein Ritual. Bei Ritualen müssen Handlungen exakt gleich erfolgen, sonst tritt keine Erlösung ein.[103] Das ist sicher nicht die neueste Definition, aber eine noch immer gültige. In einer Kantine bekommt man alles das nicht, wozu man ein Restaurant besucht: Prestige, Abenteuer, Exklusivität. Man wird nicht verwöhnt und nicht als Individuum behandelt. Man schiebt sich stattdessen in der Schlange langsam zur verhassten Ausgabetheke. Man hat, ohne den Menschenstrom hinter sich aufzuhalten, sekundenschnell zu entscheiden, ob man »Tradition«, »Auswahl« oder »Vegetarisch« essen möchte. In dieser Schlange (hoffentlich ist es die richtige) befindet man sich schon in einer Fließbandsituation. An der Ausgabetheke blickt man dem nach stundenlanger Küchenarbeit nicht mehr ganz sauber gekleideten Personal unter die verschwitzten Achseln und hofft, dass nicht allzu viel Schweiß in das auf den Teller geklatschte Püree getropft ist. Dann schiebt man sich allein oder mit den Kollegen oder Kommilitonen, die täglich denselben Blödsinn erzählen, seine Portion rein, lehnt das Angebot, gemeinsam noch einen Kaffee zu trinken, freundlich ab, weil die öde Konversation da ja noch fortgesetzt würde, und fühlt sich weder froh noch gesättigt noch fit für den Nachmittag. Die Abfütterung wird in Kantinen und Mensen häufig bewusst inszeniert: Obwohl das Essen in großen Portionen zubereitet wird, erfolgt seine Ausgabe wie am Fließband. Zum Abräumen der leeren Teller wird dann tatsächlich ein Fließband eingesetzt. Das Geschirr wird allerdings in der Spülküche wieder abgeräumt und stoßweise gespült. Das Abräumband vermittelt gleichwohl die Botschaft eines kontinuierlichen Vorgangs. Assoziationen an einen Restaurantbesuch mit völlig anderer Handlungsfolge werden bewusst verdrängt: Man wählt nicht zuerst einen Sitzplatz, man wählt nicht eine Speise aus großer Auswahl, man wählt kein Getränk, das zum Essen passt, man wartet nicht aufs Essen, man bekommt es nicht serviert, es wird nicht abgeräumt, man fühlt sich nicht als Gast, man ist nicht beglückt.

Das Essen selbst kann von einem Sternekoch zubereitet werden, feinste Aromen verbreiten, erlesenste Zutaten enthalten, attraktiv angerichtet sein, es hilft nichts: Mensa- und Kantinenessen hat einen schlechten Ruf. Diesen Ruf hat es auch nicht etwa, weil es schlecht wäre, sondern weil es schlecht wirkt und schlecht wirken *soll*. Kantinenessen, so meine Behauptung, dient in erster Linie nicht als Nahrung und schon gar nicht dazu, Genuss zu ermöglichen. Es dient als Zäsur, als Einschnitt im Tagesablauf, auf den man sich, ohne euphorisch zu werden, freuen kann. Es dient aber vor allem als Projektionsfläche für Frustrationen. Menschen brauchen etwas, an dem sie ihre Frustrationen abreagieren können. Wenn sie das nicht hätten, würden sie noch schlechter arbeiten und noch unkonzentrierter studieren und noch unmotivierter sein. Firmen- und Mensaleitungen haben das erkannt, hängen Kästen auf, in denen man Anregungen hinterlassen kann, etwa für Vollwertnahrung und Themengerichte und Salatbars und Biokost und Länderwochen und Traditionsküche. Die Zettel werden auch durchaus ausgewertet, für ein bis zwei Monate wird eine Vollwerttheke eingerichtet, dann aber wird mangels Nachfrage an dieser Theke wieder das Stammessen ausgegeben. Keiner traut sich, die Salatbar wieder zu schließen, aber die Vielfalt lässt von Woche zu Woche nach. Am Schluss finden sich darin kalte Bohnen, rote Beete, Krautsalat mit ganz viel Kümmel (alles aus dem Plastikeimer) sowie eine Edelstahlwanne mit hoffentlich ausreichend gewaschenem Kopfsalat.

Auf die Frage, was wohl »das beliebteste Kantinenessen« ist, gibt es, je nach Umfrageinteresse, unterschiedliche Antworten. Das Statistische Bundesamt behauptet weiterhin, es sei Currywurst mit Pommes frites. Dem folgt der Fernsehsender Kabel eins.[104] Die Bild-Zeitung dagegen behauptet, es sei seit spätestens 2006 ein Schnitzel mit Pilzsoße und Pommes frites. Eine Umfrage des Pro7-Fernsehmagazins *Galileo* ergab stattdessen, dass in den Kantinen in Deutschland keines der für diesen Ort typischen Essen zu den bevorzugten Gerichten gehört. Der Gewinner dieser Umfrage war die Putenbrust mit Reis. Die Currywurst landete abgeschlagen auf Platz 7. Ich konnte mir das Video leider nicht im Internet ansehen, weil es »in meinem Land« (Belgien) »leider nicht verfügbar« ist. Was soll *das* denn?[105] Was das beliebteste Kantinenessen angeht, sage ich: Piepegal! Es wird Ihnen sowieso, auch wenn es das beliebteste ist, auf keinen Fall schmecken. Schimpfen Sie also getrost übers Kantinen- oder Mensaessen! Beschweren Sie sich darüber, dass es zu kalt, zu heiß, zu fett, zu matschig, zu knackig, zu zäh, zu zerkocht, zu salzig, zu fad, zu bäh ist. Genau dafür – dass Sie sich darüber aufregen (und es trotzdem täglich zu sich nehmen) – bietet Ihnen Ihre Firma oder Behörde oder Uni dieses Essen ja an. Und das für 3,27 Euro.[106] Versuchen Sie doch mal, zu Hause für den Preis zu kochen!

Kartoffeln riechen nach Kartoffeln

Wenn das so einfach wäre! Lebensmittelchemiker beschäftigen sich auch mit Aromen, unter anderem und besonders gern mit den Aromen der Kartoffel. Bruna Simona Mutti hat darüber eine ganze Dissertation verfasst: *Aroma frisch gekochter Kartoffeln – Einfluss von Sorte und Lagerung sowie Vergleich mit dem Aroma getrockneter Kartoffeln.* Darin steht zum Beispiel: »Frisch gekochte Kartoffeln haben ein charakteristisches Aroma, das mit den Begriffen ›nach gekochter Kartoffel‹, ›erdig‹, ›grün‹, ›fettig‹, ›süßlich‹ und ›malzig‹ beschrieben wird. Beim Warmhalten gekochter Kartoffeln sowie bei der

Herstellung von Trockenprodukten treten die Geruchsnoten ›kartoffelartig‹ und ›erdig‹ in den Hintergrund, und ein grün-fettiges und heuartiges Fehlaroma, auch als ›Potato Off-Flavour‹ (POF) bezeichnet, ist wahrzunehmen.«[107] Die Autorin hat 45 Aromastoffe identifiziert, die zu den soeben erwähnten Geruchswahrnehmungen führen. Die höchsten Aromawerte ermittelte sie für das metallische trans-4,5-Epoxy-(E)-2-decenal, das nach gekochten Kartoffeln riechende Methional, die kohlartigen Schwefelverbindungen Methanthiol, Dimethyltrisulfid und Dimethylsulfid, die grün-fettigen (E,E)-2,4-Decadienal und Hexanal und das süßliche Vanillin. Auch wenn sich das alles sehr chemisch anhört: Aus diesen und einigen Tausend anderen Chemikalien besteht nun einmal unsere Nahrung.

Meine eigene Geruchswahrnehmung von Kartoffeln ist stark von einer Jugend-, besser gesagt Kinderliebe geprägt. Nicht einmal unter der Folter würde ich den Namen der Mitschülerin nennen, um die es dabei geht. Na gut, sie hieß Gabriele. Sie hätten mich sonst ja doch nicht in Ruhe gelassen. Gabriele roch immer sehr interessant nach Kartoffeln. Mich erinnerte das an leckeres Püree. Ich saß gerne neben Gabriele. Erst wesentlich später, unsere Schulwege hatten sich inzwischen getrennt, bemerkte ich im Rahmen des Schulsports, dass der Geruch, der mir an Gabriele so angenehm aufgefallen war, von nichts an-

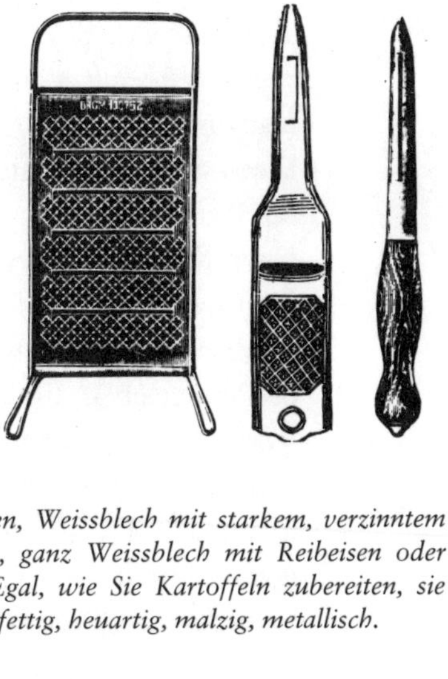

»Kartoffelhobel und Reibeisen, Weissblech mit starkem, verzinntem Drahtbügel, Kartoffelschäler, ganz Weissblech mit Reibeisen oder Weissblech mit Holzheft.« Egal, wie Sie Kartoffeln zubereiten, sie riechen jedenfalls erdig, grün-fettig, heuartig, malzig, metallisch.

derem kam als von ihrem Achselschweiß. Trotzdem hatte ich mit meinem Geruchssinn nicht so ganz daneben gelegen, denn Achselschweiß und Kartoffeln liegen mit ihren Aromen dicht beieinander.

Kartoffelpüree gelingt am besten mit mehligkochenden Kartoffeln

Das dachte ich bisher. Außerdem dachte ich, Kartoffelanbau gehe so vor sich: Ein Bauer kauft nach seiner Erfahrung Saatkartoffeln einer gut vermarktbaren Sorte, versenkt sie in der Erde und erntet ein paar Monate später das 20- bis 25-Fache.

Was der Bauer stattdessen macht, ist Folgendes: Zuerst einmal muss er darauf achten, dass er eine der etwa 120 Sorten verwendet, die das Bundessortenamt in Hannover festgelegt hat. Sie glauben, ich scherze? Sehen Sie nach unter www.bundessortenamt.de. Wenn ihm (dem Bauern) die 120 Sorten nicht ausreichen, kann er auch im etwa 450 Sorten umfassenden Katalog der in der EU zugelassenen Kartoffelsorten stöbern, sich daraus die entsprechenden Saatkartoffeln aussuchen und den Versuch machen, diese zu bekommen. Diese Kartoffeln baut er an, hofft auf nicht zu feuchtes Wetter, damit ihm die Kartoffeln keine Kraut- und Knollenfäule entwickeln. Dann hofft er auf nicht zu trockenes Wetter, damit ihm die Kartoffeln nicht vertrocknen. Dann erntet er sie mit einer Kartoffelerntewundermaschine, und die funktioniert wie im Bilderbuch: Der Traktor zieht den Kartoffelroder über das Kartoffelfeld. Der Roder wird vom Traktor angetrieben. Ein Damm mit Kartoffeln wird in den Roder hineingeschoben. Ein Schar hebt den Damm von unten, eine Trommel drückt von oben. Seitlich neben der Trommel schneiden Sechscheiben (Pflugmesser) das Kartoffelkraut ab. Die Kartoffeln werden über das Siebband befördert, die Erde fällt nach unten. Rüttler, Klopfer und

Krautzupfer sieben Erdklumpen, Steine und Pflanzenteile aus. Über ein zweites Siebband und Sternwalzen werden die Kartoffeln weiter gesäubert und auf das Sortierband transportiert. Auf dem Sortierband werden faule Kartoffeln und Steine von Hand aussortiert. Ein Förderband transportiert die Kartoffeln in den Vorratsbehälter. Wenn er voll ist, werden die Kartoffeln auf den Ladewagen umgeladen.[108] Und das war erst der Anfang! Danach müssen die Kartoffeln nämlich noch die Weiterverarbeitung durch Sortier- und Waschmaschinen ertragen. Kartoffeln mit Erde dran lassen sich in Supermärkten überhaupt nicht mehr verkaufen. Geben Sie's zu: Sie kaufen auch die Netze mit den blitzblanken Kartoffeln!

Auch wenn Sie mich für einen naturfernen Pingel halten: So ganz schlecht ist das mit dem Kartoffelwaschen nicht. Jedenfalls sollten Sie Kartoffeln, wenn an ihnen noch viel Erde haftet, getrennt von anderen Lebensmitteln aufbewahren. Das jedenfalls empfiehlt das Bundesinstitut für Risikobewertung, und ich mache das auch prompt. Warum? Es geht um Toxoplasmose. Hört sich fies an und ist es auch. Es ist die Erkrankung, die durch Toxoplasmen hervorgerufen wird. Der Erreger, Toxoplasma gondii, befindet sich in rohem Fleisch, aber auch auf Obst und Gemüse und in der Kartoffeln anhaftenden Erde. Kleinkinder und Schwangere sollten nicht in Kontakt damit geraten, weil sie besonders gefährdet sind. Sie glauben, Sie hätten sich noch nie infiziert? Ich aber sage Ihnen: Das wissen Sie gar nicht! Möglicherweise tragen Sie ja schon Toxoplasmen in sich, sie richten bloß bei Ihnen keinen Schaden an. In Deutschland hat etwa die Hälfte der Bevölkerung Antikörper gegen diesen Parasiten; diese Menschen haben sich also schon irgendwo einmal infiziert. Hatten Sie schon einmal grippeähnliche Symptome? Abgeschlagenheit, Muskelschmerzen, Lymphknotenschwellung vor allem im Halsbereich? Das kann durchaus eine Infektion mit Toxoplasmen gewesen sein. Und jetzt kommt die gute Nachricht: Durch Erhitzen werden die Parasiten zuverlässig abgetötet. Das ist doch gut, oder?[109]

Bei allen Prozeduren zum Reinigen und Sortieren der Kartoffeln dürfen deren Schalen nicht platzen oder reißen. Und wenn sie einmal im Laden sind, dürfen die Kartoffeln nicht schrumpeln und austreiben, keine blauen Flecken bekommen und keine Pilze ansetzen. All das schaffen die wenigsten Sorten, am besten aber die, die eher fade schmecken. Schade.

Jetzt zu dem aus einer der 450 Sorten zubereiteten Püree. Der elitäre Rezeptempfehler Wolfram Siebeck kann über sogenanntes Kartoffelpüree, das aus der Tüte kommt, nur den Kopf schütteln: »Es gibt auch Pulver, das man nur mit heißem Wasser verrühren muss, um eine gelbe Masse im Topf zu haben, und das Ganze wird von der Pulverfabrik unter dem Namen ›Kartoffelpüree‹ an ahnungslose Konsumenten verkauft. Doch in solchen Produkten ist mehr Chemie als im Rhein bei Moers.«[110] Ich bin mir nicht sicher, ob der Autor weiß, wie sauber mittlerweile der Rhein bei Moers ist. Ich bin mir aber sicher, dass er mit seiner Einschätzung zur Qualität des Tütenpürees vollkommen danebenliegt. Die Stiftung Warentest kommt jedenfalls zu einem wesentlich objektiveren, fundierteren und besseren Urteil. Der elitäre Gourmetautor ist ebenso mit seiner Empfehlung zum richtigen Pürieren auf dem Holzweg: »Entscheidend ist das Stampfen von Hand,

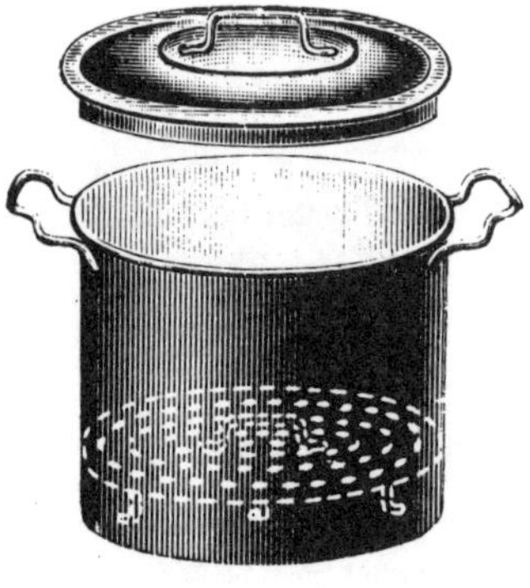

»Kartoffelkocher, gefalzt, altblau oder neublau.« Kochen Sie in diesem sinnvoll eingerichteten Topf festkochende oder mehligkochende Kartoffeln, für Püree aber besser festkochende.

denn eine sich hochtourig drehende Maschine würde die Kartoffeln nicht in einen luftigen Brei verwandeln, sondern in eine klebrige, gummiähnliche Masse (auf keinen Fall mit einem Elektroquirl arbeiten!).«[111] Dass er dabei Quirl und hochtourigen Mixstab verwechselt, ist offensichtlich.[112] Einem Profikoch hätte ich schon zugetraut, beide Geräte auseinanderzuhalten.

Leider äußert sich dieser Profikoch nicht zu fest- oder mehligkochenden Kartoffeln. Ein Kochbuchverlag empfiehlt mehligkochende Kartoffeln für »Püree, Knödel, Kroketten, Küchlein, Puffer, Aufläufe, Suppen, Eintöpfe. Zu ihnen zählen: Aula, Datura, Irmgard und die besonders geschätzten Adretta und Likaria.«[113] Warum hält dann der Hamburger Spitzenkoch Jost Pullich nichts davon? Warum verwendet er für Püree festkochende Sorten wie Cilena, Exquisa, Forelle, Hansa, Linda, Nicola, Selma, Sieglinde und Bamberger Hörnchen, manchmal auch »vorwiegend festkochende« wie Agria, Arkula, Christa, Desirée, Granola, Liu, Quarta, Sekura, Ukama, Alwara und Rosara? Warum macht er das bloß? Mit festkochenden Kartoffeln, das weiß er, wird Püree einfach lockerer und das ist auch ganz logisch. Der Stärkeanteil in mehligkochenden Kartoffeln ist oft so hoch, dass das Püree pampig wird. Deshalb empfehlen auch zahlreiche Ratgeberfreaks in Internetforen festkochende Kartoffeln fürs Püree. Die lassen sich zwar nicht so leicht zerstampfen, dafür ist es die Arbeit aber wert. Probieren Sie es bitte einmal aus. Nur einmal. Danke.

Kerzen brennen länger, wenn man bestimmte Tricks anwendet

Männern wird gerne ein natürlicher Hang zur Pyromanie unterstellt. Deswegen dürfen Männer den Grill bedienen und, soweit vorhanden, auch den Kamin. Frauen geben sich dagegen mit dem Anzünden von Kerzen zufrieden, meist, um eine »romantische« Stimmung zu schaffen. Seit es üblich geworden ist, Teelichte in großen Säcken und zu einem lächerlichen Preis zu verkaufen, fühlen sich viele Frauen aufgefordert, nun auch möglichst viele Exemplare gleichzeitig zu entzünden. Das ganze Flammenmeer erlischt aber ziemlich genau nach vier Stunden, sodass nachgelegt werden muss.

Diesen Vorgang kann man tatsächlich hinauszögern, wenn man im Eisfach etwas Platz übrig hat und dort für wenigstens einen Monat die Teelichte einfriert. Hauswirtschaftsmeisterin Karla Ahrens (66) behauptet jedenfalls: »Kerzen brennen länger, wenn man sie vor Gebrauch ins Gefrierfach legt. Teelichte erreichen fast die doppelte Brenndauer, Stabkerzen halten dreimal so lang.«[114] Was sie nicht schreibt, ist, wie lange die Kerzen im Gefrierfach verbleiben sollen. Silvia Frank dagegen, ehemalige Lebensmittelchemikerin und Aktive im Hausfrauenbund Karlsruhe, hält das für Blödsinn: »Brennen tiefgekühlte Kerzen langsamer ab? Nein – denn bevor das Wachs verbrennen kann, muss es immer geschmolzen werden und in den Docht aufsteigen.«[115] Sie geht also davon aus, dass der Effekt durch die Temperaturdifferenz zustande kommt. Die Tiefkühlfreunde behaupten aber, der Effekt beruhe auf einem beschleunigten Alterungsprozess der Kerzen, ihnen werde also beim Einfrieren Feuchtigkeit entzogen. Dadurch würden sie länger brennen. Tatsächlich verlieren Kerzen und auch Teelichte im Gefrierfach mehr Feuchtigkeit als bei normaler Raumtemperatur. Ich habe das zuerst auch nicht geglaubt, aber ein Test hat mich überzeugt.

Am 7. Mai habe ich ein Teelicht eingefroren, ein anderes auf den Kühlschrank gestellt. Beide Teelichte wurden natürlich ordentlich beschriftet, damit sie nicht zwischenzeitlich abhanden kommen oder ausgetauscht werden konnten. Am 11. November kam die Stunde der Wahrheit. Beide Proben entzündete ich um 18 Uhr. Um 22

Uhr ging das nicht gefrorene Teelicht aus, um 22 Uhr 11 das gefrorene. Und dafür der ganze Aufwand? Für mich beweist das gar nichts. Ich habe denselben Test parallel mit zwei Stabkerzen gemacht. Das ist etwas gefährlicher. Wenn man Stabkerzen bei minus 18 Grad Celsius einfriert, entstehen durch den Feuchtigkeitsentzug Risse. Beim Abbrennen können deshalb ganze Wachsstücke herausfallen. Außerdem knistert's, während sie abbrennen. Ergebnis auch hier: tatsächlich eine geringe Verlängerung der Brenndauer, aber nicht der Rede wert. Bei Teelichten, deren flüssiges Paraffin in ihrem Aluminiumschälchen schwimmt, funktioniert das Abbrennen problemlos. Aber, wie gesagt, man gewinnt gerade einmal 11 Minuten Brenndauer und hat das Eisfach die ganze Zeit mit Teelichten blockiert, anstatt mit leckerem Essen gefüllt.

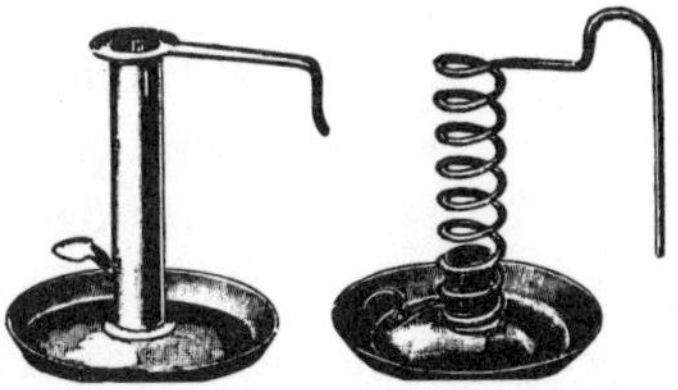

»Leuchter, Schwarzblech, verzinnt bzw. Draht, gewunden und fein verzinnt.« Wenn Sie Kerzen, die in solchen Kerzenhaltern befestigt werden, zuvor einige Monate einfrieren, brennen sie etwas länger. Aber nicht viel länger, Sie Pfennigfuchser!

Dann fand ich häufig noch diesen unbegründeten Tipp: Einfach die Kerzen vor Gebrauch etwa zwei Tage lang in Essig einlegen. Brennen dann länger! Kann ich Ihnen die Wahrheit sagen? Das stimmt gar nicht. Ich kann nun wirklich nicht jeden Blödsinn ausprobieren, der als »garantiert funktionierender Küchen- und Haushaltstipp« angekündigt wird, aber hier habe ich es gemacht. Das Ergebnis: Die in Essig eingelegte Kerze brannte genauso schnell oder langsam ab wie die nicht in Essig eingelegte. Warum sollte das auch nicht so sein, bewirkt doch der Essig an und im fettigen Paraffin rein gar nichts. Auch wenn diese Tippgeber die Wirksamkeit ihrer Tricks auch noch so sehr herbeisehnen, es funktioniert einfach nicht. »Es geht auch noch anders«, meint »Rainer« im Forum »frag Mutti.de«: »Bei brennender Kerze eine Miniprise Salzkörnchen ins flüssige Wachs rieseln … Trick ist uralt.«[116] Ich fühlte mich verpflichtet, auch das auszuprobieren, um Ihnen die Arbeit zu ersparen. Zwei Kerzen aus demselben Paket, eine mit, eine ohne Salz im flüssigen Wachs. Jetzt raten Sie mal, welche schneller abbrannte! Genau. Beide brannten gleich lang. All diese Tricks und Tipps zur Verlängerung der Brenndauer von Kerzen scheinen mir ohnehin eine Angelegenheit für Geizhälse zu sein. Und die können auch noch schlecht rechnen. Überlegen Sie mal, wie viel Energie das Einfrieren oder die Essigprozedur erfordert!

Die Kardinalfrage lautet aber doch: Wozu entzünde ich überhaupt eine Kerze oder zwei oder zwanzig oder, Frauen finden das wie gesagt romantisch, »unheimlich viele«? Ich tue das, weil ich das archaische Element Feuer in meine Wohnung holen möchte. In Form von Kerzen ist dieses Element angeblich gebändigt. Sprechen Sie aber einmal über die Gefahr, die von offenen Flammen im Haus ausgeht, mit dem Feuerwehrmann Ihres Vertrauens. Der kann Ihnen Sachen erzählen!

Knoblauchgeruch verschwindet, wenn man mehrere Zauber anwendet

Knoblauch ist fast schon ein Wundermittel: Von der Vampirvertreibung über die »Reinigung« der Adern (was immer damit gemeint ist), die Abtötung unerwünschter Bakterien[117] bis zur Senkung des Cholesterinspiegels werden Knoblauch zahlreiche Wirkungen zugeschrieben, meist jedoch ohne den geringsten wissenschaftlichen Nachweis. Was Knoblauch erwiesenermaßen bewirkt, ist ein veränderter Körper- und Atemgeruch.

Der Geschmack von Knoblauch wird von den meisten Mitteleuropäern mittlerweile als angenehm empfunden, der Geruch hingegen nicht. Das liegt sicher daran, dass der Geruch unabhängig vom eigentlichen Essen wahrgenommen wird. In Haushaltsforen ist das Thema beliebt; Tipps zum Loswerden des Geruchs, vor allem an den Fingern, gibt es viele. Forumsteilnehmer und Scherzkeks »Ano Nym« traut sich mit seinen Knoblauchfingern angeblich in die Öffentlichkeit, nicht aber mit seinem richtigen Namen: »Ich weiß gar nicht, was ihr gegen Knoblauchgeruch habt. Ich finde es viel ekliger, wenn jemand mit einem Parfümgestank daherkommt, dass einem schlecht wird.«

Hier eine unvollständige Liste der Empfehlungen, wie Knoblauchgeruch aus dem Mund angeblich unterdrückt/neutralisiert werden kann:

- Apfel essen
- Basilikum kauen
- Buttermilch/Milch trinken
- Chlorophyll-Tabletten kauen
- Gewürznelken lutschen
- Joghurt/Ayran trinken
- Kaffeemehl kauen
- Kümmel kauen
- Liebstöckel lutschen
- Petersilie kauen
- Pfefferminz lutschen
- Schokolade essen
- Zähneputzen mit Teebaumöl

Und hier eine (ebenfalls unvollständige) Liste der Empfehlungen, wie Knoblauchgeruch an den Fingern unterdrückt beziehungsweise neutralisiert werden kann. Einreiben mit:

- Essig
- Kaffeesatz
- Salz
- Zitrone

Eckart Witzigmanns Tipps gegen Knoblauchgeruch:

»Riechen Ihre Finger nach Knoblauch oder Zwiebeln, hilft nur eines: kaltes Wasser! Besonders wirksam: Legen Sie die Finger zusätzlich noch auf Stahl – Messerspitze oder Besteck sind ideal –, während Sie sie unter den Wasserstrahl halten.«[118] Toll, nicht? Besser gesagt tollkühn! Für diesen Trick gibt's sogar Edelstahlklumpen, die wie ein Stück Seife gehandhabt werden sollen. Von diesen Klumpen löst sich angeblich nichts und nichts wird daran angelagert. Sie sollen aber trotzdem neutralisierend wirken. Der angeblich ultimative Geruchskiller ist sogar preiswert: um drei Euro. Sie können sich vorstellen, wie skeptisch ich darauf reagiert habe. Kann das wirklich sein oder bilden sich die Leute das alle bloß ein? Wie soll das überhaupt funktionieren? Warum wird der Geruch von Knoblauch überhaupt als unangenehm empfunden, aber sein Geschmack nicht? Dazu muss ich mich als biochemischer Laie auf Expertenrat verlassen. Folgendes habe ich herausgefunden: Der Geruch entsteht demnach als Reaktionsprodukt bei der Spaltung von Alliin ($C_6H_{10}OS_2$) durch Alliinase (also das entsprechende Enzym) und Wasser. Dabei entstehen Allylschwefelsäure und Brenztraubensäure sowie Ammoniak. Allicin selbst ist geruchlos, aber in wässrigem Milieu bilden sich Diallylsulfide und Vinyldithiine und die verursachen den typischen Knoblauchgeruch. Dass Edelstahl Gerüche umwandelt, ist tatsächlich unbestritten. Wissenschaftlich, das heißt ursächlich,

»Seifenbehälter mit Rückwand sowie Seifennäpfe, jeweils altblau oder neublau.« In so einen altmodischen Seifenbehälter können Sie natürlich auch ein Stück Edelstahl-»Seife« legen. Zur Beseitigung von Knoblauchgeruch an Ihren Händen hilft es nämlich wirklich!

ist das aber noch nicht geklärt. Ich habe deshalb meinen Gewährschemiker Wolfgang Lortz einmal gebeten, sich Gedanken zu dem Thema zu machen. Als »Anorganiker« ist er normalerweise nicht gut zu sprechen auf organische Substanzen, aber was er sich zur Wirkungsweise des Edelstahls auf Knoblauchgeruch ausgedacht hat, klingt für mich plausibel. Seine These: Der Effekt beruht auf Adsorption an der Metalloberfläche. »Ja, alle Legierungsmetalle im Edelstahl bilden gerne ›unlösliche‹ Verbindungen/Komplexe mit derartigen schwefelhaltigen Substanzen. Dazu muss aber ›sulfidischer Schwefel‹ vorliegen und nicht ›sulfatischer Schwefel‹. Damit sind unterschiedliche Oxidationsstufen des Schwefels gemeint. Elementarer Schwefel hat die Stufe 0. Schwefel im H_2S, also Schwefelwasserstoff (man erinnere sich an diverse Stinkbomben), hat minus 2 und genau der erzeugt sehr gerne wasserunlösliche Eisen-, Chrom-, Nickel-Sulfide. Also, die Umsetzungsprodukte des Allicin wie zum Beispiel die Allylsulfide ›verankern‹ sich fest mit der Edelstahloberfläche (wie die unlöslichen Sulfide). Damit können diese Substanzen nicht mehr ›verdampfen‹ und in deine Nase gelangen.«

Hört sich doch gut an! Aber lesen Sie erst mal, was der Chemiker zu den Theorien auf Lager hat, es handele sich um eine Oxidation der Stoffe beziehungsweise um eine Desorption der Oxidationsprodukte: »Auch hier Ja. Sulfide sind nicht die stabilste Schwefelform, das wären die Sulfate (Salze der Schwefelsäure). Sulfide oxidieren an der Luft leicht (ggf. katalysierten eventuell das Cr und Ni) zu Sulfaten. Wie die Eisen-, Chrom- und Nickelsulfate werden diese Stoffe auch gut wasserlöslich sein und haben sicherlich auch einen geringeren Dampfdruck. Sie gelangen also nicht mehr so leicht in die Nase und würden auch keinen Geruch mehr verursachen, weil ja die Gefahr vorbei ist. Wieso ›Gefahr vorbei‹? Nun, da müssen wir bei Darwin anfangen: Sulfide, Schwefelwasserstoff und Co. sind sehr giftig (giftiger als Blausäure, dafür aber auch wesentlich ›stinkiger‹). Sie entstehen zum Beispiel auch beim Verrotten von Eiweiß/Fleisch/Fisch. Also: Wenn's stinkt, dann nix gut. Das geht natürlich mit jedem Edelstahlstück, aber diese ›Seifenstücke‹ sollten ja etwas rauer sein, damit einfach mehr Oberfläche zum Anlagern der kleinen organischen Moleküle, die riechenden Sulfidschwefel enthalten, zur Verfügung steht.«[119]

Ehrlich gesagt: Wenn ich auch nur die Hälfte davon verstanden habe, so ist das doch die erste Erklärung, in der mehr drin steht als »funktioniert wirklich, probier's mal aus«. Meine Empfehlung lautet deshalb: Funktioniert wirklich, probieren Sie's mal aus!

Kork im Kochwasser macht Pulpo zart

Weil ich nicht wusste, was »Pulpo« ist, musste ich meinen Kollegen Gerhard fragen. Der ist Hobbykoch. Er gibt sich beim Zubereiten von Speisen so viel Mühe, wie man es von einem Hobbykoch erwarten kann. »Zeremonielles Kochen ist männlich.«[120] Mein Kollege bereitet gern »Pulpo« zu. Das macht er nicht oft, aber wenn er es macht, macht er es, so glaubt er zumindest, richtig. Bei einem Pulpo handelt es sich um einen wirbellosen Tintenfisch. Im Gegensatz zum Kalmar, der einen Kopf mit zehn dünnen Armen hat, hat der zu den Kraken gehörende Pulpo acht muskulöse Arme mit doppelten Saugnapfreihen. Mir gefällt am Pulpo vor allem das Wort Saugnapfreihen. Außer dass er ihn gerne zubereite und esse, erzählte mir mein Kollege Gerhard noch, dass man beim stundenlangen Kochen dieser Mittelmeerspezialität auf jeden Fall einen Korken ins Wasser tun müsse. Nur dann werde der Krake so zart wie gewünscht. Ich vermutete einen milden Wahn, zumindest Autosuggestion und dankte ihm für den guten Tipp. In verschiedenen Kochforen fand ich prompt etwas Passendes: »Übrigens, alter Geheimtipp, einen Kork mit ins Wasser und der Pulpo wird weich.« Im selben Kochforum wurde diesem Geheimtipp aber auch strikt widersprochen: »Der Kork im Wasser ist ähnlich mystisch begründet wie der Avocadokern in der Guacamole.«[121] Auch das ist ein milder Wahn, den ich ja schon als solchen entlarvt habe. In Nordafrika wird dieses Meeresgetier vor dem Zubereiten heftig geschlagen. Mindestens fünfzig Mal schleudern die dortigen Fischer jedes einzelne Tier mit voller Wucht gegen die Kaimauer. Die Misshandlung findet zwar nach seinem Tod statt, sieht aber trotzdem martialisch aus. Durch diese Prozedur sollen die Muskelfasern des Kraken, die sich im Todeskampf verkrampft hätten, mürbe werden. Das Korken-Mitkochen wird dort nicht praktiziert. Zu seiner Begründung wird auf der Nordseite des Mittelmeers angeführt, dass Korken ein Enzym enthielten, das dem sehr starken Bindegewebe des Kraken zusetze und es schmackhaft mache. »Völliger Blödsinn«, schimpfen die anderen und fragen sich, was das denn für ein Enzym sein soll. Bei dem im Kork enthaltenen Enzym, so vermuten die einen, handelte es sich um »Lignin«. Lignin ist aber gar kein Enzym, sondern ein fester Stoff, der in der pflanzlichen Zellwand eingelagert wird und deren Verholzung bewirkt.

Wir wollten genauer wissen, ob es mit dem Korken im Kochwasser des Pulpo etwas auf sich hat oder nicht. Auf einen einzigen Blindtest kann sich zwar noch kein wissenschaftlicher Beweis stützen, aber die Ergebnisse, die wir damit erzielten, sind für uns ausreichend aussagekräftig: Sowohl der mit als auch der ohne Korken jeweils vier Stunden gekochte Krake schmeckte zart, aromatisch und so, wie wir uns den Pulpo gewünscht hatten.

Wahrscheinlich beruht die Empfehlung, beim Kochen des Tintenfischs einen oder mehrere Korken mitzukochen, auf einem einfachen Fehlschluss: Einem Koch oder einer Köchin fiel versehentlich ein Korken in die Brühe, der Krake wurde erstmals ausreichend lang, also mehrere Stunden geköchelt, man entdeckte beim Abschöpfen des Suds den Korken und führte das erstmalige Gelingen der Speise auf den mitgekochten Korken zurück. Solche Schnellschlüsse von Koinzidenz auf Kausalität, also von gleichzeitigem Auftreten auf einen ursächlichen Zusammenhang, bestimmen unser Leben und kommen auch im Küchenalltag häufig vor. Das Trockenbleiben von Salz im Salzstreuer wird auf die beigegebenen Reiskörner zurückgeführt[122], die zarte Konsistenz des Fleischs auf die beim scharfen Anbraten blitzschnell geschlossenen Poren[123]. Von dem ganzen Humbug mit dem Korken und vom Schlagen des Pulpo hält der ansonsten nicht zimperliche Sternekoch Jean Claude Bourgueil in Düsseldorf-Kaiserswerth überhaupt nichts. Er empfiehlt in seiner *Philosophie der großen Küche*[124], einen Stein zum Kraken zu geben. Wenn der Stein weich sei, sei auch der Krake gut.

L

Leber wird beim Braten nicht hart, wenn man sie in Milch einlegt

Otto Waalkes sang in einem Schlaflied: »Das dreihundertundsechste Schaf hieß Eberhard, dem wurde schon die Leber hart.« Und die Musikanten der »Ersten Allgemeinen Verunsicherung« blödelten über den Sandlerkönig Eberhard reimtechnisch etwas ausgefeilter:

> *»Schon bald sah man den Eberhard,*
> *das Auge rot, die Leber hart,*
> *immer tiefer in die Gosse sinken.*
> *Sein Äußeres war dubios,*
> *arbeits- und auch obdachlos*
> *war er, und fing schon langsam an zu stinken!«*

Bei einer Leberzirrhose bildet die Leber ein narbiges Gewebe aus, sie wird hart. Eine Leberzirrhose entsteht meistens als Folge einer chronischen Leberentzündung (Virushepatitis), manchmal auch bei übermäßigem Alkoholkonsum. Darauf spielen Otto und die EAV an.

Was Rezepte und Küchenratgeber mit einer »harten Leber« meinen, ist etwas ganz anderes:

»Salzen vor dem Anbraten lässt Leber hart werden.« »Auf gar keinen Fall salzen, sonst wird die Leber hart!« »Nicht salzen, die Leber wird sonst hart wie eine Schuhsohle!«[125] Verstanden? Ich nicht. Wie sollte frühzeitiges Salzen die zarte Leber hart werden lassen? Und worauf soll dieser Effekt beruhen? Und stimmt das überhaupt? Nach mühsamer Recherche fand ich hier dieselbe Behauptung, die auch bei Fleisch gemacht wird: Salz »entziehe« der Leber Flüssigkeit. Das ist bei Leber ebenso wenig wie bei Fleisch der Fall und kann somit getrost vernachlässigt werden.

Andere Ratgeber empfehlen genau das Gegenteil, nämlich Leber *vor* dem Anbraten zu salzen.[126] Und jetzt meine Erklärung dazu: Die jeweilige Empfehlung gibt Köchen bloß eine passende Entschuldigung für ein misslungenes Lebergericht: »Ich glaube, ich hatte sie vor dem Anbraten gesalzen, tut mir leid.« »Oh, etwas hart, beim nächsten Mal werde ich sie vorher salzen.« Ich habe beides ausprobiert – von derselben Leber eine Scheibe vor und eine Scheibe nach dem Anbraten gesalzen. Der Unterschied: keiner!

Noch ein gerne verbreiteter Küchentipp: Die Leberscheiben in Milch oder Buttermilch einzulegen, soll helfen, sie nicht hart werden zu lassen. Ich hab' das gemacht, jeweils für eine Stunde. Parallel dazu habe ich natürlich eine unbehandelte Scheibe verwendet. Der Unterschied auch hier: keiner!

Schon Katharina Prato empfahl 1858 bei der Zubereitung von Leber das Salzen nach dem Anbraten, erwähnte aber nicht, warum.[127] Dafür beschrieb sie die Zubereitung von Leberklößen in einer Weise, die ich Ihnen nicht vorenthalten möchte: »Man streift 15 Deka Kalbsleber aus [ausstreifen?] und passiert sie, lässt sodann fein geschnittene Zwiebel und Petersilie mit Fett anlaufen [anlaufen lassen??], treibt das Angelaufene mit einem Ei ab [abtreiben???] und gibt die Leber, Salz, ein wenig Knoblauch, Majoran, Neugewürz [Neugewürz????] und mit Milch befeuchtete Brösel dazu, formt davon nussgroße Klößchen und kocht sie zehn Minuten in Suppe.«[128] Schwierig!

M

Maggiwürze enthält Liebstöckel

Ein wüstes Benennungsdurcheinander: Die Liebstöckelpflanze (Levisticum officinale) wird zwar Maggikraut genannt, Maggiwürze enthält aber kein bisschen Liebstöckel. Julius Maggi (sprich madʒi), einem der Pioniere der Lebensmittelentwicklung, wurde damit eine unverdiente botanische Ehre zuteil. Maggiwürze schmeckt entfernt nach Liebstöckel. Das wäre also geklärt. Ab sofort schweife ich ab.

Die Würze wurde über hundert Jahre aus dem Grundstoff Soja hergestellt, aber seit 2006 enthält sie auch den nicht mehr. Die Firma möchte sich damit »unabhängig von der Weltproduktion von nicht gentechnisch verändertem Soja machen«.[129] Sie kann also, wie jeder andere Hersteller auch, nicht garantieren, dass das von ihr verwendete Soja nicht gentechnisch optimiert wurde. Der Weltmarkt wird von diesem Soja beherrscht und Vermischungen der als Schüttgut transportieren Ware sind unvermeidlich. Die Furcht vor gentechnisch veränderten Produkten ist zwar wissenschaftlich nicht begründbar, wohl aber die Furcht vor Markteinbußen durch Verbraucher, denen systematisch suggeriert wurde, gentechnisch veränderte Pflanzen könnten eine Gefahr für Gesundheit oder Umwelt darstellen. Einen weiteren Imageverlust wollte die Firma, deren Hauptprodukt aus Sojabohnen hergestellt wurde, offensichtlich nicht riskieren.

Alles rund um »Maggi« war nämlich schon zuvor ein Reizthema für alle, die für Gourmets gehalten werden wollten. Wenn Sie Koch oder Köchin nicht verärgern wollen, fragen Sie auch heute noch bei Tisch lieber nicht nach Maggiwürze. Sie können Ihr Essen, ohne gesellschaftlich geächtet zu werden, mit zwanzig Drehungen einer beingroßen Pfeffermühle völlig ungenießbar machen, aber mit Ihrer Frage nach Maggiwürze sind Sie unten durch. Sie werden aufgefordert, vor der Verwendung des Würzsafts wenigstens einmal zu probieren, weil Koch und Köchin automatisch annehmen, dass Sie ihnen ein mangelndes Geschick beim Würzen unterstellen. Dabei schätzen Sie einfach den speziellen Maggigeschmack und Sie wissen aus Erfahrung, dass kein Koch nach Ihrem Geschmack jemals ausreichend davon verwendet. Es hilft nichts: Mit Ihrer Frage nach Maggiwürze haben Sie verspielt. Im dezenten Gemurmel der anderen Speisenden hören Sie garantiert so etwas wie »Banause«, »Geschmack längst verdorben« oder »... wird nie ein feiner Mensch«. Dabei ist es wahrscheinlich der intensive und für viele Menschen äußerst angenehme Geschmack dieser Würzflüssigkeit, der ihr Imageproblem hervorgerufen hat. Es hilft nichts: In Küchen, die als bessere gelten wollten, war Maggi in den letzten zwanzig Jahren verpönt. »Die Maggiflasche auf dem Tisch weist nicht auf eine exzellent kochende Hausfrau hin.«[130]

»Gewürzschränke, Weissblech mit Aufsatz, fein neublau lackirt mit Goldverzierung, fein weiss lackirt mit blauer Verzierung oder hochfein neugrün lackirt mit moderner Malerei.« Schon 1903 war die beliebte Speisewürze weit verbreitet. Für das meistverwendete Würzmittel hielten diese beiden Gewürzschränke trotzdem kein Schublädchen frei.

Sojasoße galt im Gegensatz zu Maggiwürze als exotische Raffinesse, ebenso wie Worcestersauce, Angostura- und Tabascowürze, die alle auf ähnliche Weise hergestellt werden, aber erheblich schärfere Inhaltsstoffe haben. Maggiwürze wurde, nachdem Sojasoße in Asien schon seit Jahrhunderten bekannt war, 1886 von Julius Maggi erneut erfunden. Grundlage der dunklen Flüssigkeit sind fermentierte (vergorene) Getreide- und Hülsenfruchtschalen. Das Prinzip war Maggi sehr wahrscheinlich von der Sojasoße her bekannt, die ja auch ähnlich aussieht und schmeckt.

Angeblich weiß, außer einem engen Zirkel an Mitarbeitern, niemand genau, was diese Würzflüssigkeit enthält. 542000 Antworten finden sich dagegen schon in 0,33 Sekunden auf die Google-Frage »Was ist in Maggi drin?« Da kann man doch mal nachsehen! Das ist doch nicht so schwer. Allerdings: Die Antworten stammen alle aus Chatrooms und Ratgeber-Seiten, die eigentlich eher Rat suchen, als ihn zu geben.

Was drin ist, steht aber schon auf den Fläschchen drauf, jedenfalls mit pauschalen Begriffen: pflanzliches Eiweiß, biologisch aufgeschlossen (Wasser, Weizenprotein, Salz), Wasser, Aroma, Geschmacksverstärker (Mononatriumglutamat, Dinatriuminosinat), Salz.

Besonders interessant ist der Begriff »biologisch aufgeschlossen«. Im Grunde handelt es sich dabei um den erwähnten Gärvorgang, wie beim Bierbrauen: Pflanzeneiweiß (ehemals aus Sojabohnen, jetzt ausschließlich aus Weizen) wird mithilfe von Enzymen in seine Bausteine, die Aminosäuren, zerlegt. Das geschmacksneutrale Eiweiß bekommt erst dabei seinen typischen Geschmack. Da es sich um denselben Vorgang handelt, mit dem auch Sojasoße hergestellt wird, und da es sich, zumindest bis 2006, um exakt dieselben Inhaltsstoffe handelte, muss man sich nicht wundern, wenn Sojasoße und Maggiwürze fast gleich schmecken. Nur die Noten »salzig« und »süß« sind bei den schwesterlichen Säften anders eingestellt.

Julius Maggi wendete 1886 noch ein völlig anderes Verfahren an, um aus Sojabohnen und Weizen seinen würzigen Saft herzustellen. Er kam aber zu einem ähnlichen Ergebnis. Er kochte die eiweißreichen Früchte in Salzsäure und neutralisierte anschließend, komplementärchemisch vollkommen korrekt, den entstandenen Sud mit Natronlauge. Nachsalzen musste er diese Flüssigkeit nicht mehr, weil bei seinem Herstellungsverfahren ausreichend Natriumchlorid entstand. Eigentlich entstand sogar fast nur Natriumchlorid, also Kochsalz, und zusätzlich noch ein paar Aromen.

Seit 1947 gehört die Firma Maggi zum Nestlé-Konzern. Außer der Inhaltsstoffangabe gibt die Firma mittlerweile auch ein Nährwertprofil für ihr Basisprodukt an:

Nährwert	Verpacktes Produkt (100 g)	Verzehrfertiges Produkt (100 ml)
Brennwert	315 kJ/74 kcal	391 kJ/92 kcal
Eiweiß	11,1 g	13,8 g
Kohlenhydrate	7,4 g	9,2 g
davon Zucker	3,9 g	4,8 g
Fett	< 0,1 g	< 0,1 g
davon gesättigte Fettsäuren	< 0,1 g	< 0,1 g
Ballaststoffe	< 0,5 g	< 0,5 g
Natrium	8,09 g	10,03 g

Die unterschiedlichen Werte für das verpackte und das verzehrfertige Produkt ergeben sich daraus, dass das »verpackte Produkt« in Gramm, das »verzehrfertige Produkt« in Milliliter angegeben wird. Verstehe einer den Grund dafür!

Katharina Prato, Edle von Scheiger, erwähnt in ihrem zuerst 1858 erschienenen Lehrbuch *Süddeutsche Küche* zwar die Produkte des Konkurrenten Knorr, dessen Erbsen- und Linsenmehl, widmet »Knorrs Leguminosen-Mehl« sogar ein ganzes Kapitel, schreibt außerdem mehrfach über Liebigs Fleischextrakt – aber auch in den nach 1884 erschienenen Auflagen nie über Maggis Produkte. Ein klarer Marketing-Punktsieg für die Konkurrenten Knorr und Liebig, denn Pratos Buch galt von 1858 an bis in die 1920er Jahre hinein als Standardwerk der Köchinnen-Ausbildung. Die Bedeutung des Lehrbuchs wurde von Maggis Werbeabteilung aber offensichtlich erkannt. In der 34. Auflage von 1903 schaltete sie eine ganzseitige Anzeige (die einzige in diesem Buch!) zu »MAGGI's 3 SPECIALITÄTEN«, darunter das beliebte flüssige Würzmittel, »einzig in seiner Art, um jeder Suppe und schwachen Fleischbrühe, ferner Saucen, Ragouts, Gemüsen etc. augenblicklich überraschenden, kräftigen Wohlgeschmack zu verleihen und die Verdauung wohlthuend anzuregen, – bewährt auch für Verbesserung der Krankenkost. Wenige Tropfen genügen. Seiner Ausgiebigkeit wegen ist die Verwendung von Maggi außerordentlich billig.«[131] Das stimmt.

Martini muss geschüttelt, nicht gerührt werden

Darum bitten jedenfalls Sean Connery, Roger Moore und Pierce Brosnan in ihren Rollen als James Bond. George Lazenby und Timothy Dalton tun das wahrscheinlich auch, aber ich kann nicht alle bisher erschienenen 22 Bond-Filme durchsehen, um das zu klären.[132] Mit Martini ist nicht der Wermutwein der entsprechenden Marke gemeint. Es gäbe auch wohl kaum einen Grund, diesen Wein zu schütteln oder zu rühren. Die Entscheidung ist lediglich beim gleichnamigen Cocktail zu fällen. Er besteht aus Gin *oder* Wodka, gemischt in jedem Fall mit Wermutwein, bevorzugt einem trockenen wie dem Noilly Prat. Eine Liste der angeblichen Martini-Erfinder haben die »Mixologisten« Anistatia R. Miller und Jared Mcdaniel Brown 1997 in ihrem Buch *Shaken Not Stirred* erstellt.[133] Dass ein mit Wodka statt mit Gin gemischter

Martini eine geringere oder sogar überhaupt keine Alkoholfahne verursachte, gehört auch ins Märchenbuch. Martini-Trinker bilden sich ein, keine banalen Alkoholiker zu sein, weil mit ihrem Konsum ein entsprechendes Ritual verbunden ist. Ein Ritual gehört aber zu jedem Alkoholkonsum und sei es nur das Trinken aus Flaschen oder Gläsern nach vorherigem Anstoßen.

Puristen können sich darüber ereifern, ob ein Martini-Cocktail mit Olive serviert werden darf, ob diese Olive eine Paprikafüllung enthalten darf oder kann oder muss oder ob man statt ihrer vielleicht doch eine Silberzwiebel nimmt. Ich sage: Kinkerlitzchen!

Mit dem kelchartigen Martiniglas bringe ich auf jeden Fall zum Ausdruck, dass ich ein echter Kerl bin. Ich kann mein Pistolen-Schulterhalfter und meine extradicke Goldarmbanduhr also getrost zu Hause lassen.

Zurück zu Bond. Im Film *Man lebt nur zweimal* bietet der Schurke Henderson dem von Sean Connery dargestellten Bond einen Wodka-Martini an mit den Worten »gerührt, nicht geschüttelt«. Wahrscheinlich hat er auch nicht kapiert, worum es geht. Ich bin also nicht der Einzige, der nicht versteht, warum James Bond seine Bestellung normalerweise genau andersherum aufgibt. Daniel Craig als jüngster Bond-Darsteller antwortet denn auch auf die Frage »Geschüttelt oder gerührt?« im Bond-Film *Casino Royale* (2006) ganz souverän: »Sehe ich aus, als ob mich das interessiert?« Der Drink, der ihm danach gereicht wird, bekommt ihm nicht gut. Er muss sich mit einem Defibrillator selbst wieder zum Leben erwecken. Das lag, wie an der vorherigen Einstellung deutlich zu sehen ist, an dem ungeschüttelten Martini. Noch beim »Martini«, den er kurz vorher bestellt hatte, hatte Bond nämlich pingelig erläutert, wie man ihn zubereiten solle: »Einen trockenen Martini«, sagte Bond. »Einen. In einem tiefen Champagnerglas ... Drei Teile Gordon's, einen Teil Wodka und einen halben Teil Kina Lillet. Schütteln Sie das Ganze, bis es eiskalt ist, und garnieren Sie es mit einer großen, dünnen Scheibe Zitronenschale. Haben Sie das?«[134] *So* springt man mit dem Personal um! Andererseits hat Bond natürlich *keine Ahnung*! Was hat etwa der Wodka in diesem Getränk zu suchen? Warum tauscht er den Wermutwein gegen einen aus, der mit Orangenschalen aromatisiert ist? Kina Lillet ist der Markenname eines Weins mit Fruchtlikören. Wahrscheinlich ist dem Autor Ian Flemming ein kleiner Fehler unterlaufen und er hat Kina Lillet, mit dem der Cocktail arg bitter werden würde, mit Lillet Wermut verwechselt, den es in den 1950er Jahren auch gab. Den möglichen Fehler kann man leider nicht mehr überprüfen, weil die Firma 1986 ihr Rezept verändert hat. Seitdem ist Kina Lillet fruchtiger und weniger bitter. Genau genommen bestellt Bond also gar keinen Martini, nicht einmal eine Martini-Variation, sondern ein Getränk, dem er später den Namen seiner Episodengeliebten verleiht: Vesper. Darüber gibt es später noch einen netten Dialog. Bond: »Ich glaube, ich nenne den Cocktail Vesper.« Vesper: »Des bitteren Nachgeschmacks wegen?« (Ich liebe korrekte Genitive!) Bond: »Nein. Wenn man ihn einmal gekostet hat, will man nie mehr was anderes.« Vesper lacht. Bond: »Der Spruch war doch nicht schlecht!« Vesper: »Wirklich hervorragend.« Bond: »Aber du hast darüber gelacht.« *So* kriegt man Frauen rum.

Auch im Nachfolgefilm verleiht ihm dieses seltsame Getränk noch ein Quantum Trost, denn der Tod seiner Geliebten hat ihn nicht so kaltgelassen, wie er es gerne gehabt hätte. Und nun zur wichtigsten Frage: Weshalb lässt Bond das Zeug schütteln? Mich hat das nicht kaltgelassen. Warum Bond darauf besteht, dass sein angeblicher Martini geschüttelt, nicht gerührt wird, auf diese Frage habe ich versucht, eine Antwort zu finden. Hier meine Erklärung: Barmixtechnisch ist es natürlich nur nötig, schwer mischbare Zutaten wie Likör, Sirup, Milch und Eier zu schütteln. Ansonsten reicht das simple Rühren; zwei alkoholische Flüssigkeiten mischen sich sogar durchs reine Zusammengießen. Der Physiker Metin Tolan hat sich trotzdem eine Erklärung fürs Schütteln ausgedacht, die physikalisch plausibel klingt und viele überzeugt (wenigstens die Leser seines Buchs *Geschüttelt, nicht gerührt*[135]). Die Geschmacksmoleküle, die etwas größer seien als die Alkoholmoleküle, so seine Behauptung, wanderten beim Schütteln eher an die Oberfläche, verdichteten sich also dort. Schon beim ersten Schluck könne der gute James deshalb den ganzen Geschmack genießen und schnurstracks mit dem Weltretten fortfahren. Metin Tolan gibt allerdings zu, dass er diese Erklärung nicht auf physikalisch-wissenschaftlichem, sondern auf Spaßniveau formuliert habe.[136] Es handelt sich also auch bloß um eine Spaßerklärung! Tolans Physikerkollege Thomas Vilgis glaubt jedenfalls nicht, dass Schütteln oder Rühren irgendeinen Unterschied bewirkt. Wohl aber nimmt er an, dass der Bitterstoff Absinthin – ein relativ großes Molekül, wie wir mittlerweile wissen – bei niedrigen Temperaturen Aggregate bildet, also Konzentrationen an einigen Stellen.[137] Flüssigkeiten sind aber, und ich bin sicher, dass die beiden Physiker das wissen, molekular dispers gelöste Systeme. Ein hübscher Begriff, der, wie mir mein Gewährschemiker Wolfgang Lortz[138] erklärte, im Zusammenhang mit der Brown'schen Molekularbewegung steht und etwa Folgendes besagt: Alle Moleküle in einer Flüssigkeit sind in Abhängigkeit von der Temperatur mehr oder weniger in Bewegung. Sie werden ständig durchgemischt. Ein Martini ist somit eine homogene Lösung. Anders ist es mit festen Stoffen. Bei einem Glas mit verschiedenen Nüssen etwa werden durch Schütteln tatsächlich die größeren Nüsse (meist die Paranüsse) an die Oberfläche transportiert. Bei einer Flüssigkeit lässt sich die Molekülverteilung aber durch Schütteln nicht strukturieren. Die Moleküle sind und bleiben gemischt. Bei Flüssigkeiten gibt es also keinen Paranusseffekt. Der

Chemiker Manfred Müller schrieb mir dazu: »Wenn in ein Lösungsmittel ein zweiter, mit ihm mischbarer oder in ihm löslicher Stoff eingebracht wird, dann ›versucht‹ dieser, überall dieselbe Konzentration herzustellen. Anschaulich dargestellt: Wenn man etwas in Wasser schnell mischen oder lösen will, was macht man dann? Schütteln!«[139] Traditionelle Martini-Trinker bestehen ohnehin – im Gegensatz zu James Bond – darauf, dass ihr Martini gerührt und eben *nicht* geschüttelt wird. Wollte der Autor Ian Flemming seinen Protagonisten Bond als einen besonderen Banausen oder als einen hochgradigen Individualisten darstellen? Tatsächlich trinkt Bond sein Getränk mal so, mal so und es ist, wie wir nun auch wissen, nicht einmal ein Martini.

Mehlschwitze mit Salz klumpt nicht

Mehlschwitze, die Erfahrung habe ich gemacht, klumpt nicht. Sie klumpt nie, bei mir jedenfalls nicht. Andere machen da gegenteilige Erfahrungen und deren Frustration nehme ich ernst. Deshalb hüte ich mich, ihnen Empfehlungen zu geben wie etwa die folgende: »Mehlschwitze für eine Soße klumpt garantiert nicht, wenn man vor dem Einrühren des Mehls etwas Salz zu der zerlassenen Butter oder Margarine gibt.« Das behaupten mehrere Internetköche. Auch Hans Peter Matkowitz und Juliana Raskin-Schmitz empfehlen das: »Eine Prise Salz verhindert, dass die Mischung klumpt.«[140]

»Mehltonne, Weissblech, mit hellem Glaseinsatz, doppelwandigem Griff und innen vernirtem Deckel. Aussen fein lackirt mit Aufschrift ›Mehl‹.« Natürlich klumpt Mehlschwitze nicht, wenn man Salz dazugibt, sie klumpt aber auch nicht, wenn man kein Salz dazugibt. Denken Sie doch einfach mal logisch!

Warum das so sein soll, erklären die beiden Ratgeber-Autoren nicht. Man kann natürlich, wenn man keine Mehlschwitze, sondern nur eine Mehlsoße machen will, das Mehl in kaltem Wasser anrühren, wie es eine rheinische Mühle empfiehlt,[141] aber auch da klumpt nichts, auch wenn kein Salz zugegeben wurde. Mehlschwitze kann dann nicht klumpen, wenn vor der Zugabe von Flüssigkeit sämtliche Mehlteilchen von Fett umschlossen sind. Jetzt zur Logik: Da Mehlschwitze, wenn sie richtig zubereitet wird, nie klumpt, klumpt sie auch nicht, wenn Salz dazugegeben wird. Merken Sie eigentlich nie, wenn man Sie veräppelt?

Milch brennt nicht an, wenn man den Topf zuvor mit kaltem Wasser ausspült

»Die Milch macht's«, behauptete jahrelang eine Werbung der CMA. Die Centrale Marketing-Gesellschaft der deutschen Agrarwirtschaft mbH trug nicht nur jahrzehntelang ein falsches »C« in ihrem Namen, sie trug auch dazu bei, die deutschen Bauern zu spalten. Die einen fanden die Milch-, Fleisch- und Getreidewerbung hilfreich, die andern fühlten sich durch die dafür erhobenen Zwangsabgaben bevormundet und geschröpft. Im Februar 2009 wurde die Gesellschaft nach vierzig Jahren zweifelhaften Treibens deshalb aufgelöst. Dafür war nicht weniger als ein Urteil des Bundesverfassungsgerichts nötig.[142] Was macht die Milch seitdem? Sie macht, was sie schon immer – auch ohne Werbung – machte: Sie verdirbt, kocht über und brennt an. Das alles riecht nicht gut und das Spülen von angebrannten Töpfen ist keine reine Freude. Noch weniger Freude macht das Saubermachen eines mit überkochter Milch verklebten Herds.

Angebrannte Milch riecht für mich nach sozialem Elend. In meinem von Vorurteilen bestimmten Weltbild verbindet sich mit diesem Geruch automatisch die Vorstellung von verkorksten Familien, in denen schlecht gekocht, viel getrunken und oft geschlagen wird. Psychologen könnten mir erklären, warum das so ist, wenn ich sie darum bitten würde. Ich bitte sie aber nicht. In meiner Familie wurde gut gekocht, sehr moderat getrunken und eine Tracht Prügel zählte zu den akzeptierten Erziehungsmaßnahmen. Meine Oma, die fürs Kochen zustän-

»Milchkanne, Milchpitsche, Weissblech, conisch, mit verzinntem Bandeisenfuss, gefüttertem Blechbügel und Handgriff, mit offenem Ausguss.« Das Problem beim Erhitzen von Milch: Sie brennt an und/oder kocht über. Und was macht man dagegen? Aufpassen!

dig war, ließ nie Milch anbrennen. Ich habe das bisher darauf zurückgeführt, dass sie beim Kochen sehr aufmerksam war und außerdem einen Trick anwandte, den ich für sinnvoll hielt. Einen Topf, in dem Milch gekocht werden sollte, spülte meine Oma immer vorher einmal mit kaltem Wasser aus. Das Ritual meiner Oma ist dasselbe, das der Starkoch Witzigmann gegen das Anbrennen von Milch anwendet: »Den Milchtopf vor dem Kochen mit kaltem Wasser ausspülen. Dann bleibt die Milch so, wie sie sein soll: weiß!«[143] Der Tipp beruht offensichtlich auf der Vorstellung, dass Kratzer und Vertiefungen im Topfboden mit Wasser aufgefüllt sind, bevor sie sich mit Milch füllen können. Die Milch würde in diesen Vertiefungen ansonsten schneller erhitzt als der Rest und hätte somit eine gute Chance, anzubrennen. Andere glauben, es würde ein »Puffer« aus Wasser, eine Art »Wasserfilm« zwischen Topfboden und Milch verbleiben.

Ich habe selbst sehr lange an diesen Tipp geglaubt, weil ich mir gut vorstellen konnte, wie die mit Wasser ausgefüllten Kratzer im Topfboden nicht mehr mit Milch in

Kontakt kommen können. Wasser brennt nicht an, also alles wunderbar. Leider war meine Laienvorstellung von der Wunderwirkung des Wassers so wirklichkeitsfremd wie die von Herrn Witzigmann und meiner Oma. Die wenigen Tropfen Wasser, die beim Ausspülen auf dem Topfboden verbleiben, bilden nämlich keineswegs eine Pufferschicht. Sie vermischen sich unmittelbar mit der Milch, sobald diese in den Topf gegossen wird. Das wenige Wasser bildet keinen Schutzfilm und deshalb kann man sich die ganze Prozedur auch sparen. Um das Anbrennen von Milch zu verhindern, hilft nichts außer ständigem Rühren und Aufpassen und auch nicht die Zauberei, die ich jetzt schildern werde.

Milch brennt nicht an, wenn man eine Glaskugel in den Topf legt

Eine zauberhafte Methode, für deren vollendete Wirkung man die richtigen Formeln kennen und sprechen sollte. Dabei geht es angeblich nicht einmal um Zauberei. Die Glaskugel (Murmel), so die Verfechter dieser Methode, müsse nicht besprochen werden, es zeigten sich in ihr weder Vergangenheit noch Zukunft und sie rolle auch nicht in die Richtung einer zuvor auf den Topfboden eingezeichneten Schicksalszone. Es handele sich schlicht um reine Physik. »Lamagoes«, das Internet-Pseudonym eines Ratgebers, der gerne anonym bleiben möchte, gibt für diesen Anti-Anbrenn-Tipp sogar eine Garantie: »So, nach dem Lesen aller tollen Hinweise hier meiner und darauf gebe ich Garantie, denn es ist ein physikalisches Gesetz. Lege in deinen Milchtopf eine Kugel (Glaskugel, die es damals als Murmeln gab, geht auch), sie sollte schon 1–2 Daumenkuppen groß sein. Die Kugel wird durch die Wärme in Bewegung gesetzt und dadurch das Anbrennen der Milch verhindert. Hey, das hat schon mein Opa gemacht und es klappt.«[144] Hey, das habe ich dann auch einmal gemacht und es klappt überhaupt nicht! Andere empfehlen, ein »Kläpperle« auf den Topfboden zu legen. Das ist eine kleine Porzellan- oder Tonscherbe auf dem Boden des Topfs. Die verhindert zwar nicht, dass die Milch anbrennt, aber man hört (wenn man nicht von vielen anderen Geräuschen abgelenkt wird), dass die Milch zu sieden anfängt, und kann sie vom Herd nehmen. Wer es partout nicht schafft, Milch zu erhitzen, ohne dass sie anbrennt, der besorge sich einen doppelwandigen Milchkochtopf. Darin brennt, weil das Wasser im Zwischenraum nicht heißer als hundert Grad werden kann, garantiert nichts an.

Milch kocht nicht über, wenn man verschiedene Zauberregeln befolgt

Nach dem Anbrennen ist das Überkochen von Milch und wie man es verhindert ein weiterer Dauerbrenner unter den Küchentipps. Der Autor Heinz Strunk hat eine hervorragende Technik auf Lager, um seinen öden Alltag aufzupeppen: »Wenn mir langweilig ist, lass ich manchmal die Milch überkochen.«[145] Langweilig wird seinem Protagonisten Jürgen Dose vor allem deshalb nicht, weil es scheußlich riecht, wenn die Milch überkocht und auf dem Herd verdampft. Eine mühsame Reinigungsprozedur ist die notwendige Folge. Auch dazu, wie diese Reinigung effektiv durchzuführen ist, gibt es zahlreiche Tipps, etwa mit oder ohne Spülmittel (also einer Lauge), mit oder ohne Essig (also einer Säure), mit oder ohne Natron (einer etwas stärkeren Lauge), mit Mineralwasser (einer schwachen Säure) oder Salz (einer schwachen Lauge).

Viel häufiger aber wird von Küchenprofis und Alltagsköchen darüber gefachsimpelt, wie das Überkochen von Milch überhaupt zu vermeiden ist. Wenn ich es nicht selbst im Bekanntenkreis, in Kochbüchern und Internetforen recherchiert hätte, würde ich die folgenden Emp-

fehlungen als skurrile Fantasien dieses Ludger Fischer abtun, zum Beispiel diese, die garantiert nicht funktioniert: »Damit die Milch nicht überkocht, legen Sie einen silbernen Löffel über den Topf.« Alternativ dazu hilft auch ein Holzlöffel nicht. Wirkungslos ist auch

Wenn Ihnen langweilig ist, können Sie ja einmal Milch überkochen lassen. Dann haben Sie jede Menge Arbeit.

folgende Prozedur: »Bestreichen Sie den Boden des Topfs mit Butter.« Sehr unnötig auch diese rituelle Beigabe: »Geben Sie einfach einen Teelöffel Zucker zur Milch, dann kocht sie nicht über.«[146]

Gehen wir stattdessen der Frage nach, warum die Milch überhaupt überkocht. Ursache dafür ist die Haut, die sich auf der erhitzten Milch bildet. Milch ist eine natürliche Emulsion. Emulsionen bestehen aus zwei Phasen, nämlich Wasser und Fett, die normalerweise untereinander nicht mischbar sind. Bei Milch hat es die Natur geschafft, diese beiden Phasen in Brust oder Euter trotzdem zu dispergieren, das heißt, sie sind eben *doch* miteinander vermischt. Beim Kochen trennen sich die vermischten (dispergierten) Phasen teilweise wieder. Das Fett steigt, weil es leichter ist, mit seinen Eiweißen (Proteinen) an die Oberfläche. Diese Eiweißschicht verklumpt (koaguliert) schon bei 74 Grad. Es bildet sich die vielfach gehasste Haut. Die darunter abgeschlossene Milch erhitzt sich um so schneller und hebt diese Haut plötzlich an. Der Vorgang geht so schnell, dass man genau in dieser Sekunde den Topf vom Herd ziehen oder die Bildung der Haut durch fortgesetztes Schlagen mit dem Schneebesen verhindern muss.

Auch gegen das Überkochen von Milch gibt es, außer

den bereits genannten, zahlreiche weitere Zaubertricks, die, wenn man wirklich an sie glaubt, funktionieren – sonst aber nicht:

a) Eine Porzellan- oder Tonscherbe oder einen leichten Teelöffel mit in den Kochtopf geben. Der Trick wird auch gegen das Anbrennen von Milch empfohlen und verhindert beides nicht.

b) Den Deckel eines Schraubglases mit in den Topf geben. Eine Variation des Porzellanscherben-Tricks und genauso wirkungslos.

c) Wenn der Topf oben breiter ist als unten (also konisch), kocht die Milch nicht über. Ich kenne kaum Töpfe, die nach oben hin deutlich breiter werden. Ein deutscher Topfhersteller bewirbt seine leicht konischen Töpfe lediglich mit dem Argument, dass sie bei gleicher Bodengröße ideal stapelbar seien. Ich bin sicher, er würde den Vorteil der nicht überschäumenden Milch nennen, wenn es ihn wirklich gäbe. Die Vorstellung geht offensichtlich davon aus, dass die Haut, während sie sich hebt, am Rand jeweils von einer kleinen hautfreien Zone umgeben ist, die ein Ansteigen der Milch verhindert.

d) Einen Teelöffel Zucker mitkochen. Auch dieser Trick taucht im Zusammenhang mit dem Anbrennen auf und verhindert beides nicht.

e) Eine Prise Salz in die Milch geben. Chemisch-physikalische Begründung: keine.

Was gegen das Überkochen der Milch *tatsächlich* und ohne daran zu glauben hilft (wenn auch nicht lange), ist das Einreiben des Topfrands mit Butter. Der Grund: Die Butter bildet eine zusätzliche Caseinreserve. Die Milchhaut muss vor weiterem Ansteigen erst einmal die Fette der Butter integrieren. Es funktioniert, wie gesagt, aber es funktioniert nicht gut. Den »ganz besonderen Stoff« Milch erforscht seit 2003 das ZIEL, das Zentralinstitut für Ernährungs- und Lebensmittelforschung[147].

Milch riecht und schmeckt nach Milch

Leider nicht. Angebrannte Milch riecht nach verschiedenen Schwefelverbindungen, die den typischen Geruch übergekochter Milch hervorrufen. Was aber noch gravierender ist: Auch nicht angebrannte Milch schmeckt nicht nach Milch! Helene Karmasin führte ein Experiment zur Beurteilung des Geschmacks von Milch durch, das alle Naturfreunde vor den Kopf stoßen dürfte. Der Versuchsaufbau: Es wurden drei verschiedene Sorten Milch blind gereicht und dazu ein Geschmacksurteil erbeten. Es handelte sich dabei um

A) Supermarktmilch,

B) Biomilch vom Bauernhof,

C) Supermarktmilch mit erhöhter Fettstufe.

»Signifikant bevorzugt wurde die Milch C [...]. Dies, so erklärte man, sei die echte und natürliche Milch, so schmecke Natur, wenn man sie überhaupt nicht bearbeitet. Es folgte Milch A, die Normalmilch des Supermarkts. Weit abgeschlagen landete Milch B, die Milch vom Bauernhof. Diese Milch, so erklärte man, sei eine typisch industriell behandelte Milch, sie habe einen fremden und störenden Beigeschmack, der bei einer unbehandelten Milch vom Bauernhof niemals auftreten würde.«[148] So kann man sich irren. Seit einigen Jahren gibt es auch noch ESL-Milch. Das ist keine Eselsmilch, sondern eine Milch mit verlängerter Haltbarkeit, vom Englischen »extended shelf live«. Sie kann einfach länger im Kühlregal stehen und auch im Kühlschrank, weil sie mit einer speziellen Wärmetechnik behandelt wurde. Die Temperatur, mit der ESL-Milch behandelt wird, ist höher als beim Pasteurisieren und geringer als beim Ultrahocherhitzen. Sie wird wenige Sekunden auf bis zu 127 Grad erhitzt oder, in einem anderen Verfahren, mikrofein filtriert und anschließend bei den üblichen 72 Grad pasteurisiert. Mit beiden Verfahren wird der Keimgehalt erheblich reduziert. Die Milch bleibt teilweise bis zu vier

Wochen haltbar. Der größte Vorteil der ESL-Milch gegenüber der klassischen, auf 135 Grad erhitzten H-Milch: Sie schmeckt eher wie Frischmilch, abhängig natürlich vom jeweiligen Fettgehalt. Man erkennt ESL-Milch deutlich an den werbenden (und zutreffenden) Aufdrucken »länger frisch«, »maxifrisch« oder »extra langer Frischegenuss«. Etwas Besseres ist den kreativen Werbern bisher noch nicht eingefallen.

Mülltrennung im Haushalt ist gut für die Umwelt

Haben Sie auch drei Mülleimer? Einen für Biomüll, einen für Kunststoffe, Metalle und Verbundstoffe und einen für sogenannten Restmüll, den Müll, für den sich keine Kategorie finden lässt? Wir haben so etwas. Außerdem haben wir noch eine Kiste, in der wir Papier sammeln, und zwei Leinensäcke, in denen sich erstaunlich schnell Flaschen und Konservengläser sammeln. Wo kommen die eigentlich alle her? Wir kochen doch meistens frisch! Dann haben wir natürlich noch die Sammelbox für alte Batterien und die Plastiktüte mit den abgelaufenen Arzneimitteln, in die eigentlich alles hineinmüsste, was unser Arzneischrank so hergibt – was aber nicht geht, weil das maximale Anwendungsdatum zwar längst überschritten ist, die Medikamente wahrscheinlich aber doch noch wirksam und im Notfall schnell verfügbar sind und man ja nie weiß, ob man sie doch mal …

Ein Millionärskandidat (aus dem beliebten Fernsehquiz) wurde am 22. Februar 2010 für 64 000 Euro gefragt: »Wo spielt die sogenannte Fehlwurfquote eine wichtige Rolle?« Das Publikum empfahl zu drei Prozent A, Fliegenfischen, zu 56 Prozent B, Tierreich (was immer da die Fehlwurfquote sein soll), zu 35 Prozent C, Leichtathletik und lediglich zu sechs Prozent D, Abfallentsorgung. Der Kandidat sicherte seine gleichlautende Vermutung nach intensivem Zureden mit dem 50:50 Joker ab, A und D blieben als Alternative übrig und der Kandidat war baff. Zu seinem Glück konnte er noch einen Einzelzuschauer befragen, der zufällig einmal in einem Müllentsorgungsbetrieb gearbeitet hatte und die richtige Antwort, nämlich D, wusste.

Was lehrt uns das Trivialstück? Die meisten Menschen wissen gar nicht, dass sie »Fehlwerfer« sind. »Deutschland«, so berichtete noch 2007 die *Tagesschau*, »ist Weltmeister beim Mülltrennen. Die Einführung des Grünen Punkts im Jahr 1990 galt als zukunftsweisend und umweltpolitisch vorbildlich.« Klaus Wiemer, Leiter des Fachgebiets für Abfallwirtschaft und Altlasten der Universität Kassel, wurde mit den Worten zitiert: »Damals gab es zu wenig Deponien und zu wenig Verbrennungskapazitäten. Das Duale System wurde geschaffen, als wir einen Müllnotstand hatten. Und das war damals ein richtiger Schritt. Heute ist man allerdings technisch viel weiter. Und das ganze System ist reformbedürftig.«[149]

Gerissene Plastikeimer und Schüsseln sollen nicht in den gelben Sack beziehungsweise in die gelbe Tonne, sondern in den Restmüll. Zahnbürsten, Videokassetten, CDs, DVDs, Einwegrasierer? Restmüll. Deren Verpackungen? Gelber Sack. Auch wenn die Verpackung für irgendein chinesisches Elektrogerät (mit deutschem Markenaufdruck) aus exakt demselben Material besteht wie der Joghurtbecher, soll

»Kehrichttonnen, Schwarzblech, fein lackirt, 50 cm hoch, 35 cm Durchm.« Sie konnten sich aussuchen, ob Sie den Kehricht in eine Tonne der Version »hell- oder alt-Eiche mit schwarzer Schrift«, »neublau mit Goldschrift« oder »grün, holzartig mit modern. Silberdecor und Aufschrift« schütten wollten. Mülltrennung war aber 1903 kein ernsthaftes Thema und wird es wohl auch künftig nicht mehr sein.

sie nicht in den gelben Sack. Nur Abfall, auf den ein grüner Punkt aufgedruckt ist, soll da rein. Auf dem Eimer steht PP und auf der Verpackung für CDs steht auch PP. Es handelt sich also in beiden Fällen um Polypropylen. Büroutensilien, Küchengeräte, Baustoffe aus Polypropylen? Restmüll. Verpackungen aus demselben Material? Wertstofftonne. Was soll das denn? Der Hintergrund dieser absurden Regelung ist kein umwelttechnischer, sondern ein rein kommerzieller. Für die Entsorgung der Verpackungen haben die Herstellerfirmen eine Lizenzgebühr bezahlt (und natürlich von ihren Kunden über den Verkaufspreis eingefordert), für die Entsorgung der vielen darin verpackten Produkte jedoch nicht. In den gelben Sack oder die gelbe Tonne kommen nicht die Sachen, die wiederverwertet werden können, sondern die, für die eine Wiederverwertungsgebühr entrichtet wurde. Die Idee war von Anfang an nicht ausgereift und ist mittlerweile so überholt wie das Laufrad ohne Pedale. Wenn der gesamte Müll nur in eine Tonne käme, wäre durch die mittlerweile in Deutschland arbeitenden 130 Mülltrennungsanlagen alles viel schneller und perfekter getrennt. Infrarotdetektoren, Wirbelstromscheider, Siebe und Magnete, unterstützt von Förderbändern und Hochdruck-Luftdüsen machen die Arbeit in Sekundenbruchteilen.

Die notwendige Reform wurde inzwischen durchgeführt. Anfang des Jahres 2008 nahm die »Fünfte Verordnung zur Änderung der Verpackungsverordnung« (ein fürchterlicher Juristenjargon!) die letzten parlamentarischen Hürden und trat am 1. Januar 2009 in Kraft. Die Einbindung der Novellierungsverordnung in die bisherige Gesetzeslage hört sich wie ein Scherz an und den will ich Ihnen nicht vorenthalten: »Auf Grund des § 6 Abs. 1 Satz 4, des § 23 Nr. 1, 2 und 6, des § 24 Abs. 1 Nr. 2, 3 und 4 und Abs. 2 Nr. 1 und des § 57, jeweils in Verbindung mit § 59 des Kreislaufwirtschafts- und Abfallgesetzes vom 27. September 1994 (BGBl. I S. 2705) und auf Grund des § 7 Abs. 1 Nr. 3, Abs. 3 Satz 1 Nr. 1 und Abs. 5 sowie des § 12 Abs. 1 des Kreislaufwirtschafts- und Abfallgesetzes, von denen § 7 Abs. 3 und 5 durch Artikel 1 Nr. 2 Buchstabe b und § 12 Abs. 1 durch Artikel 1 Nr. 4 des Gesetzes vom 15. Juli 2006 (BGBl. I S. 1619) geändert worden sind, verordnet die Bundesregierung nach Anhörung der beteiligten Kreise und unter Wahrung der Rechte des Bundestages: ...« So kompliziert verordnet die Bundesregierung. Politiker arbeiten so. Man will ja nichts falsch machen. Jedenfalls nicht *schon* wieder. Aber zurück zum Ziel der neuen Verordnung: »[...] der steigenden Zahl derjenigen Unternehmen entgegen [zu treten], die zuletzt die Kosten für die Sammlung und Verwertung von Verkaufsverpackungen auf ihre rechtstreuen Wettbewerber oder die öffentliche Hand abgewälzt hatten, obwohl sie selbst Hersteller oder Vertreiber dieser Verpackungen waren.«[150] Das Duale System (was war daran eigentlich »dual«?) hatte dringend reformiert werden müssen. Das Ziel der Abfallreduzierung und Wiederverwertung wurde nur teilweise erreicht. Händler und Hersteller finanzierten mit der Lizenzzahlung für den Grünen Punkt die Entsorgung und/oder Wiederverwertung, aber die Menschen kapierten einfach nicht, was denn nun in die gelbe Tonne oder den gelben Sack rein sollte. Viele Hersteller dachten sich außerdem, wenn sie sich als »Selbstentsorger« bezeichneten, könnten sie Lizenzgebühren sparen. Ihre Verpackungen landeten trotzdem weitgehend im gelben Sack.

Das Neue an der neuen Verordnung: Seit dem 1. Januar 2009 wird für jede Verpackung, die beim Endkunden anfällt, eine Gebühr erhoben. Die Gebühr ist vom »Erstinverkehrbringer« (ein fürchterliches Wort für jedes Unternehmen, das Waren verpackt und versendet) zu entrichten. Damit entkommt keiner der zusätzlichen Abfallgebühr. Die Unternehmen schlagen diese Gebühr natürlich, wo immer es geht, auf den Verkaufspreis auf. Beim gnadenlosen Preiskampf um Lebensmittel ist das aber nicht immer möglich. Da jetzt für jede Verpackung eine Gebühr erhoben wird, kommen viele Verbraucher aber zu der falschen Annahme, dass sie getrost Müll verursachen könnten, da ohnehin alles verwertet werde. Dabei entsteht ein Großteil des Haushaltsmülls nicht einmal in der Küche. Der schlecht beleumundete Joghurtbecher, der ohnehin aus dem Anwendungsbereich der Verordnung ausgenommen wurde, könnte eigentlich rehabilitiert werden. Von den in Deutschland produzierten zwölf Millionen Tonnen Kunststoffen machen nur zwei Millionen Tonnen sämtliche Verpackungen aus.[151] Nur ein Bruchteil davon wird wiederum für Lebensmittelverpackungen verwendet. Ein großer Teil des normalen Haushaltsabfalls entsteht bei Renovierungen und Umzügen. Bodenbeläge aus PVC, Teppichböden, Vorhänge, Rollos – in die neue Wohnung kann man das meiste nicht mitnehmen oder es passt einfach nicht mehr zum neuen Lebensumfeld. Also weg damit.[152]

Maschinen können Müll exakter sortieren als Verbraucher. Angeblich landet die Hälfte aller Abfälle in der falschen Tonne. »Es gibt Untersuchungen, die zeigen, dass im Restmüll mehr Verpackungen mit Grünem Punkt gefunden wurden als in der gelben Tonne«, sagt Gunnar Sohn, ehemaliger Pressesprecher des Dualen Systems Deutschland.[153] Das Duale System Deutschland hatte sich selbst überflüssig gemacht. Außerdem waren die brav einzahlenden Firmen sauer, weil in den gelben Tonnen immer mehr unbezahlter Müll landete. Der landet jetzt zwar auch noch da, aber es wird auf jeden Fall dafür bezahlt.

N

Nudeln müssen »al dente« gekocht werden

Ein weit verbreiteter Irrtum! Geben Sie's getrost zu: Sie waren bisher auch dieser Meinung. Dieser Irrtum wird in Deutschland seit etwa dreißig Jahren verbreitet. Seitdem üben sich Genießer und solche, die dafür gehalten werden möchten, in Disziplin. Sie verspeisen Nudeln, die noch nicht gar sind. Dabei schwärmen sie, diese nicht ausreichend gegarten Nudeln hätten wenigstens noch Biss und seien nicht so ekelhaft weichgekocht, wie man es hierzulande bisher gemacht habe. »Al dente« übersetzen sie mit »bissfest« und meinen doch nur »halbgar«. Der Begriff macht, so ähnlich wie der Irrtum der angeblich eierfreien italienischen Nudeln, vor allem in Deutschland die Runde. Google gibt hier derzeit über 2150000 Fundstellen für »al dente« an. Wechselt man zur italienischen Version der Suchmaschine, werden gerade einmal 646000 Einträge angekündigt. Die Erklärung dafür ist leicht: «Al dente« heißt im Italienischen eher so etwas wie »gar« und keineswegs »bissfest«. Was sollte das auch bedeuten, wenn man von frisch zubereiteter Pasta ausgeht? Aber auch Italiener kochen selbstverständlich vorwiegend Trockennudeln – und das in den skurrilsten Varianten. Ich kenne viele Italiener, aber keiner versucht, wie es in Deutschland mittlerweile üblich ist, diese Trockennudeln halbgar zu verspeisen. Kinder machen sich einen Spaß daraus, rohe Spaghetti in den Mund zu nehmen, an ihrer Nase zu drehen und gleichzeitig auf den Spaghetti zu kauen. Ein fürchterliches Geräusch, zumal man seine Ursache im Nasedrehen vermutet. Das und nur das ist wirklich »al dente«!

Nudeln schmecken am besten selbst gemacht

Was halten Sie denn von so einer schicken Nudelmaschine? Ich finde die prima! Hochglänzend, formschön, zu nichts anderem zu gebrauchen als zum Nudelteigwalzen und – ganz wichtig für den Kultstatus – mit einer Kurbel dran. Ohne Kurbel dran haben Nudelmaschinen nämlich einen Elektromotor und werden im professionellen Rahmen eingesetzt. Das verringert den Kulteffekt erheblich. Wenn Sie selbst keine Nudelmaschine haben, fragen Sie mal ein bisschen rum. Irgendjemand in Ihrem Bekanntenkreis hat doch sicher so eine Handkurbel-Nudelmaschine in der Küche stehen. Haben Sie mal gewagt zu fragen, wie oft die Bekannten oder Freunde dieses Gerät bisher verwendet haben? Wahrscheinlich haben Sie ausweichende Antworten erhalten: »Du, immer mal wieder, einfach wenn wir Lust drauf haben, weißt du«, oder »Na ja, in letzter Zeit eigentlich weniger, wir kommen kaum noch dazu.« Ihren Zweck erfüllt die Nudelmaschine bei diesen Bekannten trotzdem. So eine Nudelmaschine sieht einfach enorm gut aus. Deshalb ist ihr eigentlicher Zweck auch der, ihre Besitzer als Feinschmecker auszuweisen. Sie hat eher eine symbolische Funktion. Tatsächlich wird so ein Gerät nach meiner Erfahrung maximal zwei- bis dreimal benutzt. Einmal hatte der Teig sogar die richtige Konsistenz und ist nicht durchgeflossen und nicht an den Walzen kleben geblieben. Nach diesen wenigen Experimenten verstaubt und verfettet das Maschinchen in der Küchenluft. Das liegt daran, dass die Herstellung von Nudeln mit so einer Maschine etwa ein Viertel der Zeit kostet, die man für das Saubermachen der Maschine braucht. Das hat die Nudelmaschine mit vielen anderen »enorm praktischen« Küchengeräten gemeinsam.

Und mit dem Geschmack der damit zubereiteten Nudeln ist es auch so eine Sache. Wahrscheinlich schmecken sie sogar besser als Trockennudeln. Das liegt aber sehr wahrscheinlich daran, dass solche frisch zubereiteten Nudeln viel Ei enthalten. Alle Rezepte, wirklich alle, sehen pro 100 Gramm Mehl beziehungsweise Grieß ein Ei vor. Trockennudeln, die aus dem kleberreichen Hartweizengrieß bestehen, enthalten normalerweise kein Ei. Wenn man aber Trocken-Frischeinudeln verwendet, ist alles wieder ausgeglichen und man hat wesentlich weniger Arbeit. In einer schönen kreuzweisen Argumentation werden selbst gemachte Eiernudeln vorwiegend von den Menschen bevorzugt, die bei Trockennudeln auf eierfreiem Hartweizengrieß bestehen. Seltsam, nicht? Mit dieser Beobachtung mache ich mir sicher nicht viele Freunde, besonders nicht unter Menschen, die für Feinschmecker gehalten werden möchten.

O

Obst ist gut, wenn es der Handelsklasse 1 angehört

Ein Irrtum, der sich folgenschwer auf die Zubereitung in der Küche auswirken kann. Sie denken, Sie hätten einen 1a-Apfel gekauft, und übersehen, dass es auch eine Klasse »extra« gibt oder zumindest gab. Noch weniger informiert sind einige Spitzenpolitiker: Da stellte sich der dänische Ministerpräsident Anders Fogh Rasmussen 1992 beim sogenannten Gipfeltreffen in Birmingham vor das staunende Kameravolk und behauptete, die EU würde den Verkauf des traditionellen dänischen Apfels Ingrid-Marie verbieten. Große Empörung beim dänischen Volk. Dabei entstand diese Sorte gerade einmal 1910 als Zufallssämling in der Gartenbauschule Flemløse auf der Insel Fünen. Rasmussen wusste es sicher besser oder er hätte es zumindest besser wissen können, aber so ließ sich mit einem eingängigen Symbol, einem scheinbar urdänischen Kleinstapfel, gegen die angeblich wildgewordene Brüsseler Bürokratie polemisieren – eine beliebte Methode nationaler Regierungen, Verantwortung auf »die in Brüssel« abzuwälzen.

Die EU hatte in ihrer auch mit den Stimmen der dänischen Vertreter angenommenen Verordnung lediglich geregelt, dass Äpfel einer bestimmten Handelsklasse eine bestimmte Größe und Farbe aufzuweisen haben und keine äußerlichen Makel haben dürfen. Was die Verordnung beschrieb, war eine Art Heidi-Klum-Apfel: schön und groß, und für innere Werte braucht man sich nicht zu interessieren. Qualität wurde – im angeblichen Interesse von Verbrauchern – ausschließlich über die Schale definiert. Konsistenz und Geschmack, ob ein Apfel saftig oder mehlig, sauer oder süß ist, interessierte in diesem Zusammenhang nicht. Eine Klassifizierung von Äpfeln nach roten, gemischt roten, gestreiften und »anderen« wirkt wie eine Satire von Jonathan Swift, war aber doch die Wirklichkeit des europäischen Gesetzgebers. Ihm waren Schalenfehler, fehlende Stiele, exakte prozentuale Farbverteilung und ein millimetergenauer Durchmesser wichtiger als alles andere. Natürlich durften auch alle anderen Apfelsorten in Europa verkauft werden, auch die vom dänischen Ministerpräsidenten verteidigte Ingrid-Marie, allerdings nicht mit dem werbenden Zusatz einer möglichst niedrigen Handelklasse.

Gut zu wissen: Handelsklasse ist nicht gleich Güteklasse.[154] Außerdem: Handelsklasse 1 war die zweitbeste, denn über ihr gab es noch die Handelsklasse »Extra«.

Hier die Definitionen:

Handelsklasse Extra

Höchste Qualität; das Obst muss frei von Schmutz, Rückständen und jeglichen Fehlern sein (ganz, glatt, fest, prall, gut geformt), es muss eine einheitliche Farbbeschaffenheit haben, alle Früchte müssen die gleiche Größe aufweisen und einen unverletzten Stiel haben.

Handelsklasse I

Gute Qualität; leichte Form- und Entwicklungsfehler sind erlaubt, ebenso leichte Farb- und Schalenfehler sowie sehr leichte Quetschungen. Es muss gutes Fruchtfleisch mit einer ausreichenden Festigkeit haben, kleinere Früchte sind erlaubt, der Stiel darf verletzt sein.

Handelsklasse II

Mittlere Qualität; gröbere Fehler und Farbabweichungen sind zugelassen, ebenso geringe Mängel im Fruchtfleisch.

Diese Qualitätsnormen wurden durch die Verordnung (EG) Nr. 2200/96 des Rates vom 28.10.1996 über die gemeinsame Marktorganisation für Obst und Gemüse veranlasst.[155] Man war damals der Meinung, eine Einstufung von Obst und Gemüse nach gemeinschaftlichen verbindlichen Normen fördere den innergemeinschaftlichen Handel und die Ausfuhr in Drittländer und es würden so ein lauterer Handel und Markttransparenz sichergestellt. Außerdem sollten auf diese Weise vom Markt Erzeugnisse ferngehalten werden, deren Qualität unzureichend ist: »Die Einhaltung dieser Normen leistet somit einen Beitrag zur Steigerung der Rentabilität der Erzeugung.« Das war, wie sich schon wenig später herausstellte, falsch. Die Rentabilität der Erzeugung blieb so gut oder so schlecht wie zuvor. Als hätte die EU-Kommission nichts Besseres zu tun, legte sie fast jedes Jahr neue Normen für einzelne Früchte fest: 1981 für Auberginen und Zucchini, 1983 für Chicoree, 1987 für Kirschen, Kopfkohl, Rosenkohl, Bleichsellerie und Spinat, 1988 für Gurken[156]. Es ging 1990 weiter mit Verordnungen für Kiwis, 1997 für Avocados, Wassermelonen und Knoblauch, 1998 für Blumenkohl und Artischocken, 1999 (ein sehr effektives Verordnungsjahr) für Möhren, Pflaumen, Gemüsepaprika, Pfirsiche, Nektarinen, Spargel, Erbsen und Tafeltrauben, 2000 für Tomaten und Aprikosen, 2001 für Walnüsse in der Schale, Bohnen, Zwiebeln, Salate, krause Endivie und Eskariol, Melonen, Äpfel und Birnen, Zitrusfrüchte, Porree, 2002 für Erdbeeren, Kulturchampignons und Haselnüsse in der Schale.

Zusätzlich zu den EU-Vermarktungsnormen gab es noch deutsche Handelsklassen für einige im internationalen Warenaustausch weniger bedeutende Obst- und Gemüsearten: Brombeeren, Heidelbeeren, Himbeeren, Preiselbeeren, Johannisbeeren, Stachelbeeren, dicke Bohnen, Feldsalat, Knollensellerie, Kohlrabi, Kulturchampignons, Meerrettich, Radies, Rettich, Rote Bete und Schwarzwurzeln.[157] Diese Handelsklassen wurden, was kaum in die Öffentlichkeit drang, zum 1. Januar 2007 *abgeschafft*. Es fiel deswegen nicht so auf, weil eine entsprechende »wirtschaftseigene Norm« dieselbe Form der Kennzeichnung fortsetzte. Fast alle in Europa heimischen Obst- und Gemüsearten sind in der seit dem 1.1.2008 geltenden gemeinsamen Marktordnung für Obst und Gemüse erfasst, festgelegt in Verordnung (EG) Nr. 1182/2007 in Verbindung mit der Verordnung (EG) Nr. 2200/1996.[158] Superprickelnder Lesestoff für den Urlaub!

Obst sollte man mit der Schale essen

»Die Vitamine sitzen unter der Schale«, doziert meine Mutter noch immer. Ich kam mir als Kind ungeheuer klug vor, wenn ich ihr erklärte, dass das gesamte Fruchtfleisch unter der Schale liegt. Anders geht's ja gar nicht. Peinlich, solche klugscheißenden Kinder! Was meine Mutter meint, ist natürlich *direkt* unter der Schale.

Die Bundesforschungsanstalt für Ernährung hat meiner Mutter jetzt recht gegeben. Sie hat das bei Äpfeln, Birnen und Kartoffeln überprüft. Alle Früchte wurden gewaschen, getrocknet und geschält.[159] Der Eiweiß-, Mineral- und Vitamingehalt von Fruchtfleisch und Schalen wurde getrennt ermittelt, allerdings nur der Gehalt an Vitamin C. Bei den Apfelschalen war der Unterschied besonders deutlich. Ihr Vitamin-C-Gehalt pro Gramm war sieben Mal höher als der des Fruchtfleischs. Bei Birnen sah es ähnlich aus. Tatsächlich befinden sich also besonders viele Vitamine in und direkt unter der Schale. Jetzt kommt aber der Punkt, warum man Äpfel trotzdem schälen sollte: Für die Ernährung von Kindern wird nämlich empfohlen, das Obst zu schälen, um die Aufnahme von Spritzmitteln zu verringern. Hier widerspricht sich die Bundesanstalt leider. Wenn Lebensmittel unbedenklich sind – und das müssen sie sein, um vermarktet werden zu dürfen –, müssen sie auch für Kinder unbedenklich sein. Weniger Spritzmittel aufzunehmen, ist kein Ziel an sich. Faules, von Maden zernagtes und mit unsichtbaren Schimmelpilzen übersätes Obst zu essen, ist sicher nicht gesünder.

Soll man nun die Schale von Obst mitessen oder soll man es schälen? Die Empfehlung der Bundesforschungsanstalt für Ernährung ist so schwankend, wie das nur Wissenschaftler formulieren können: »Die derzeitige Datenlage lässt die Aussage zu, dass die Menge an Rückständen in der Regel die gesetzlich festgelegten Höchstmengen nicht überschreitet beziehungsweise weit darunter liegt. Allerdings ist nichts bekannt über die synergistischen Wirkungen von Rückständen in sehr geringen Konzentrationen. Eine Reduktion von auf der Oberfläche vorhandenen Rückständen durch Waschen mit Wasser ist anzunehmen, jedoch liegen wenig quantitative Untersuchungen hierzu vor. Dem gegenüber steht der hohe Gehalt an physiologisch bedeutenden sekundären Pflanzenstoffen in den äußeren Randschichten der verschiedenen Obstarten. Auf Grund epidemiologischer Daten kann gefolgert werden, dass mit Steigerung des Obstverzehrs das Risiko für Herz-Kreislauf-Erkrankungen und Krebs signifikant abnimmt. Ungeschälte Äpfel und Birnen sind nährstoff- und vitaminreicher als geschälte. Ein Mitverzehr der Schale ist somit aus ernährungsphysiologischen Gründen zu empfehlen, unter der Voraussetzung, dass das Obst vor dem Verzehr gründlich gewaschen wird.«[160] Halten wir fest: Im Hinblick auf den Verzehr der Obstschalen ist von *fast* keinen negativen Auswirkungen die Rede (»in der Regel«), von *möglichen* positiven Wirkungen (»kann«), von einer *möglichen* Verringerung von Schadstoffen durch Waschen (»ist anzunehmen«) und von einem *möglichen* positiven Effekt der Randschichten auf Herz-Kreislauf-Erkrankungen und Krebs (»kann gefolgert werden«). Na danke, Wissenschaft! Schwammiger geht's wohl nicht.

Zum Schluss deshalb die extrem klare und gute Nachricht für Kartoffelliebhaber: Ob man die Kartoffeln schält oder pellt oder die Schale mitisst, hat keinen Einfluss auf den Nährwert. Im Gegenteil. Man entfernt durchs und beim Schälen mögliche Konzentrationen an Solanin und das sollte man auf jeden Fall tun. »Solanin« heißt das Gift übrigens nach der Pflanze, die es entwickelt, »Solanum Tuberosum«, das ist die Kartoffelpflanze. Das müssen Sie nicht unbedingt wissen, aber ich wollte das hier einmal hinschreiben.

Orangensaft aus Konzentrat ist weniger aromatisch

Ich habe das zuerst auch nicht verstanden. Wieso sollte es vorgeschrieben sein, Orangensaft aus Orangensaftkonzentrat zu aromatisieren? Soll doch jeder so machen, wie er es will! Und wieso sollte Orangensaft aus Orangensaftkonzentrat, also Saft, dem zuerst das Wasser entzogen und dann, nach dem Transport, wieder zugesetzt wird, anders schmecken als frisch gepresster Orangensaft? Pressen – konzentrieren – transportieren – mit Wasser auffüllen – alles wieder beim Alten. Und dabei jede Menge Transportkosten gespart! Wo ist das Problem? Wer schippert schon gern Wasser übers Meer? Da ist die Erfindung des Saftkonzentrierens doch sehr kosten- und auch umweltfreundlich. Ach wenn's doch bloß so einfach wäre!

Das Verfahren, in dem Orangensaft aus Orangensaftkonzentrat hergestellt wird, ist nämlich etwas komplizierter. Beim Konzentrieren, also beim Entzug von Wasser durch Erwärmen, gehen auch wertvolle Aromen verloren. Würden diese Aromen dem Saft später nicht wieder zugesetzt, erhielte man eine wenig schmackhafte Plörre. Deshalb schreibt die Fruchtsaftrichtlinie der EU vor, dass Konzentratsaft nur dann verkauft werden darf, wenn nicht nur das entzogene Wasser, sondern auch die verloren gegangenen und rückgewonnenen Aromen wieder zugesetzt werden. So weit, so gut.

Richtig kompliziert wird's erst, seitdem die EU-Kommission sich vorgenommen hat, einmal etwas wirklich gut und fehlerfrei und für alle Beteiligten zufriedenstellend zu machen. Sie möchte die Re-Aromatisierung von Fruchtsäften der freien Entscheidung der Fruchtsafthersteller überlassen. Wer aromatisieren möchte, soll es tun, wer nicht, soll es lassen. Klingt einfach, ist es aber nicht. Vor allem die kleinen Hersteller von Fruchtsäften fürchten die Konkurrenz der Billiganbieter, die aufs Re-Aromatisieren verzichten. »Das regelt der Markt«, hofft die EU-Kommission, und meint damit, dass Verbraucher dem etwas teureren, re-aromatisierten Saft auch weiterhin den Vorzug geben würden. Wenn die Verbraucher den Unterschied aber nicht schmecken würden, meint die EU-Kommission, sei es sowieso egal. Das aber können die kleinen Fruchtsafthersteller überhaupt nicht nachvollziehen. Wenn Verbraucher einmal einen nicht aromatisierten Saft getrunken hätten, auf dem dasselbe Etikett prangt wie auf einem re-aromatisierten – nämlich »Fruchtsaft aus Fruchtsaftkonzentrat« –, verlören sie das gesamte Vertrauen in die Konzentratsäfte, kauften fürderhin nur noch die teureren Direktsäfte, die vor allem von Großbetrieben angeboten werden, und sie, die kleinen Hersteller, schauten wieder einmal in die Röhre. Sind aber Direktsäfte, das heißt zum Transport nicht konzentrierte und deshalb sehr aufwendig hergestellte Säfte, auch wirklich besser? Im Test der Stiftung Warentest schnitt keiner der drei getesteten Direktsäfte mit »gut« ab. Von den 20 Konzentrat- beziehungsweise Mischungssäften waren es immerhin sechs![161] Wenn ein Saft »sensorisch fehlerhaft« ist, also irgendwie falsch oder ungewohnt schmeckt, wird das nicht nur von Verbrauchern (durch Nichtkaufen), sondern auch von der Stiftung Warentest heftig angemeckert. Und das ist gut so. Dann gibt es neben den aus Fruchtsaftkonzentrat hergestellten und den Direktsäften auch noch die angeblich frisch gepressten Säfte im Kühlregal. Natürlich sind auch die nicht frisch gepresst, sondern wurden einige Tage zuvor hergestellt. Man muss sie kurzzeitig erhitzen, damit sie nicht gären. Durch dieses »Pasteurisieren«, ein kurzzeitiges Erhitzen auf 75 Grad, verlieren sie natürlich etwas von ihrem Aroma. Obwohl sie auf diese Weise länger haltbar gemacht wurden, werden diese »Frischsäfte« auch noch im Kühlregal aufbewahrt. Das ist teuer, soll aber zusätzlich etwas Aroma erhalten. Die Stiftung Warentest konnte das nicht bestätigen.[162]

Verbraucher lassen sich aber durch die Präsentation im Kühlregal eine größere Frische suggerieren. Verbraucher lassen sich auch durch viel und grobes Fruchtfleisch überzeugen, einen Saft gut zu finden. Verbraucher sind sehr leicht an der Nase herumzuführen. Ich fürchte, ich bin ein typischer Verbraucher. »Mit einem frisch gepressten Saft«, befindet die Stiftung Warentest, »kann kulinarisch aber kein Industrieprodukt mithalten.«[163] Wen wundert's? (Vgl. auch den Eintrag »Zitrusfrüchte müssen vor dem Pressen gerollt werden«.)

Orangensaft enthält statt »Fruchtfleisch« Baumwollfäden

Kennen Sie die Mär, dass das »Fruchtfleisch« im Orangensaft in Wahrheit Baumwollfasern sind? Und das glauben Sie? Sie gehen aber auch jeder Urban Legend auf den Leim. Sie glauben auch das mit dem Blut in der Schokolade, oder? Oder die Wahnsinnsgeschichte mit dem Rattenurin auf Getränkedosen? Aber was hat es nun mit den Baumwollfäden auf sich? Das mit dem falschen Fruchtfleisch stimmt schon deswegen nicht, weil Baumwollfasern als Inhaltsstoffe angegeben werden müssten. Haben Sie auf einer Saftpackung schon mal irgendwo etwas von Baumwollfäden, kleingehäckselten Hühnerfedern, Kartoffelraspeln oder Sägemehl gelesen? Welcher Hersteller würde sich schon in die Situation begeben, seinem Saft einen an sich unbedenklichen, aber schlecht verkaufbaren Inhaltsstoff zuzufügen? Beim Konzentrieren des Safts werden die festen Fruchtfleischanteile ausgesiebt und getrennt vom Saft eingefroren. Im Verbrauchsland wird das Konzentrat wieder auf sein ursprüngliches Volumen aufgefüllt. Die EU-Fruchtsaftrichtlinie[164] legt fest, dass dabei nur a) Wasser, b) die beim Konzentrieren verloren gegangenen Aromastoffe und c) das bei der Herstellung gewonnene Fruchtfleisch zugesetzt werden dürfen. Baumwollfäden, kleingehäckselte Hühnerfedern, Kartoffelraspeln, Sägemehl: Hätten Sie noch was auf Lager, mit dem man Fruchtfleisch in Orangensaft vortäuschen könnte? Ich fand noch Sauerkraut und Stroh. Ihrer Fantasie sind keine Grenzen gesetzt. Oder der Fantasie von Horrorgeschichtenerzählern. Lesen Sie stattdessen doch einmal ein so interessantes Schriftstück wie die EU-Fruchtsaftrichtlinie. Da steht alles drin, was rein darf in den Orangensaft.[165] Ganz Schlaue lesen tatsächlich dort nach und finden in Anlage 4 (zu § 2 Abs. 3 und 5), dass Zellulose als Hilfsstoff zugelassen ist. Sie lesen aber nicht genau genug und behaupten, durch eine DNA-Analyse lasse sich in vielen Orangensäften eine Spur von Baumwolle nachweisen. Als Herkunft dieser Behauptung werden dann aber die eigenwilligsten Quellen angegeben. Aus zuverlässiger Quelle, nämlich vom Verband der deutschen Fruchtsaftindustrie, weiß ich aber, dass auch das Quatsch ist. Zellulose ist als inertes, das heißt unbeteiligtes, untätiges Filterhilfsmittel bei der Herstellung von Säften zugelassen. Sie findet aber nur bei klaren Säften Verwendung. Nicht einmal ein Rest davon lässt sich also in Orangensaft finden.

P

Panade hebt sich, wenn sie ständig mit heißem Fett begossen wird

Wissen Sie, dass ich mir noch nie Gedanken über die Herkunft des Wortes »panieren« gemacht hatte? Geben Sie's zu: Sie auch nicht. Panieren ist eine Ummantelung oder Umhüllung von Fleisch, Fisch oder Gemüse mit Krümeln, vorwiegend Brotkrümeln. Und weil Brot im Lateinischen »pane« und im Französischen »pain« heißt, bedeutet »paner« so viel wie »mit Brotkrümeln bestreuen«. So einfach ist das. Ja, ja, das wussten Sie angeblich sowieso schon. Sie können einfach nicht zugeben, mal etwas nicht gewusst zu haben! Das hier wissen Sie wahrscheinlich auch schon längst: Streng genommen heißt nur das Bindemittel für Füllungen Panade, die Umhüllung für Fleischstücke und anderes aber nennt man die Panierung, in Österreich die Panier. Das kann man beachten oder, wie die Mehrheit aller Kochbuchautoren, eben nicht. Ich hab's selbst bisher auch nicht gewusst. Google verzeichnet für »Panierung« 27 800 Einträge, für »Panade« aber 170 000. Das spricht für eine deutliche Sprachtradition der zweiten Variante. Der Mehrheit eine Chance!

Weniger einfach ist die Zubereitung eines perfekten Bratergebnisses. Butter, Pflanzenfett, Schmalz? Jede Mutter lobt ihre Methode. Heiß anbraten, sehr heiß, extrem heiß, mirwirdganzheiß. Vor allem beim Panieren von Fleisch oder Fisch gibt es zwei unbefriedigende Ergebnisse, die Köche auf jeden Fall verhindern möchten. Entweder löst sich die Panade vom panierten Stück ab oder sie klebt daran wie das Pech an der nach ihm benannten Marie. Im Idealfall hebt sich die Panade an vielen Stellen, bleibt aber trotzdem weitgehend mit ihrem Untergrund verbunden. Darüber, warum sich die Panade manchmal von Fleisch oder Fisch abhebt (erwünscht), manchmal nicht (unerwünscht), gibt es die unterschiedlichsten Theorien und dementsprechend die unterschiedlichsten Tipps.

Ein Tipp lautet, das Fett immer wieder mit einem Löffel über das Schnitzel zu schöpfen. Dann klebe die Panade nicht am Schnitzel oder am Fisch, sondern hebe sich luftig von ihrem Untergrund ab.

Hier ein Suuupertipp aus Österreich: Man füge dem verquirlten Ei kohlensäurehaltiges Mineralwasser hinzu. Dadurch werde die Panier knusprig und hebe sich leichter vom Panierten – in diesem Fall natürlich einem Schnitzel – ab. Ein anderer Tipp lautet, man solle das frisch panierte Bratgut erst einmal ein paar Minütchen trocknen lassen. Dann halte das Fett etwas länger, weil weniger Brösel abfielen, die verkohlen und das Fett verunreinigen könnten. Bitte. Nur zu! Sie werden ja sehen, ob's wirkt.

Panade verhindert das Austrocknen des Fleischs

Es wäre so schön: Man paniert sein Fleisch und es bleibt saftig und es trocknet nicht aus und es wird zart und es entwickelt Aroma und es schmeckt wunderbar. Die seit 1960 wechselnden Autoren des *Dr. Oetker Schulkochbuchs* glauben jedenfalls fest daran: »Paniertes Bratgut wird durch eine Hülle (Panade) vor dem Austrocknen beim Braten geschützt.« In der Pfanne können laut diesem Kochbuch Fleischstücke »unpaniert oder paniert zubereitet werden. Durch das Panieren schafft man jedoch eine Schutzschicht, die verhindert, dass Fleischsaft verloren geht.«[166] Und weiter heißt es dort: »Das kalt abgespülte, trocken getupfte, gewürzte (salzen erst nach dem Braten) Bratgut in das heiße Fett legen, die Poren schließen sich schnell und das Fleisch bleibt saftig.«[167] Merken Sie was? *Poren* schließen. Salzen erst *nach* dem Braten. Wenn solche falschen Tipps gegeben werden, kann ja auch beim Panieren etwas physikalisch völlig Falsches empfohlen werden. Oder es wird etwas Richtiges empfohlen, aber aus einem falschen Grund. Und so ist es auch. Zahlreiche andere Kochschulen empfehlen ebenfalls das Panieren als Methode gegen einen Verlust von Fleischsaft, aber das sollte uns nicht weiter irritieren, sondern eher in unserem Forscherdrang bestärken.

Ich werde Ihnen jetzt meine völlig neue und überraschende Theorie darüber mitteilen, was beim Braten eines panierten Schnitzels *wirklich* passiert. Falls Sie nachher behaupten sollten, das hätten Sie alles schon längst gewusst, werde ich den schlimmsten Fluch aussprechen, den Sie mir wert sind, nämlich »Pah!«. Wie aber komme ich zu meiner völlig neuen und überraschenden Theorie? Durch messerscharfes Überlegen und haarkleine Beobachtung. Die Frage ist doch, wieso die ihrerseits wie Löschpapier saugfähige Panade überhaupt ein Austrocknen des Schnitzels verhindern soll. Die Panade bildet nämlich keineswegs eine wasserundurchlässige Hülle um das Schnitzel herum. Weder das Mehl noch das Eigelb noch die Semmelbrösel und auch nicht alle drei Komponenten zusammen bilden eine dampfdichte Hülle. Was sie allerdings bilden, ist ein Puffer zwischen Bratfett und Fleisch. Die Bräunungsaromen (Maillard-Reaktion) entstehen daher nicht durch das Erhitzen der obersten Fleischschicht (wie beim Steak), sondern durch das Erhitzen der Panade, vorwiegend des Eigelbs darin. Von dort aus nach innen wird das Schnitzel praktisch nicht gebraten, sondern nur gekocht. Wenn Ihr Schnitzel richtig paniert wurde, können Sie das selbst beobachten. Die Panade löst sich dann leicht vom Schnitzel ab, das seinerseits kein bisschen gebräunt, sondern schlicht grau ist. Die Bräunungsaromen entstehen also ausschließlich in der Panade. Das Schnitzel selbst erhält seinen Geschmack durch das zu Gelatine umgewandelte Kollagen des Bindegewebes. Diese Umwandlung findet auch schon bei niedrigen Temperaturen ab 50 Grad statt. Fleischsaft tritt dabei genauso viel aus wie bei einem nicht panierten Schnitzel oder bei einem Steak. Der austretende Fleischsaft wird allerdings in der Panade gebunden und trägt zu deren Aroma bei.

Jetzt sagen Sie nicht, das hätten Sie schon gewusst!

Pfannen darf man nicht spülen

Meine Oma hat die beiden Pfannen, in denen sie uns die leckersten Sachen brutzelte, immer gespült. Damit hat sie sich, wie bei vielen anderen Küchenempfehlungen, über ein damals geltendes Gebot hinweggesetzt. So hat sie auch das Gebot, Schnitzel mit einem Pfannenwender zu wenden, ignoriert und ihre hitzeunempfindlichen Finger dazu benutzt. Beschichtete Pfannen nehmen eine Säuberung mit einem Stahlschwamm krumm. Das dürfte niemanden wundern. Das Saubermachen solcher Pfannen ist auch weitgehend unproblematisch. Spülen, ob in Spülmaschine oder von Hand, oder das Auswischen mit einem Papiertuch, alle Methoden führen zu einem fast identischen Ergebnis: Die Pfanne ist sauber. Großen Wert legen Küchenfreunde aber auf die richtige Reinigung gussstählerner Pfannen oder geschmiedeter Eisenpfannen. Gusstahlpfannen haben katastrophale Wärmeleiteigenschaften. Das freut Hobby- und Profiköche. Es zieeeeeeht sich, bis sie heiß sind, dann aber halten sie die Hitze auch lange und verteilen sie sehr gleichmäßig über den Pfannenboden. Profiköche schätzen das. Sie schätzen es außerdem, dass man Gussstahlpfannen und auch die etwas besser wärmeleitfähigen geschmiedeten

Varianten nach Gebrauch – anders als die empfindlichen beschichteten »Pfännchen« – ineinander stapeln kann.

Was Profiköche seltsamerweise nur selten in Verbindung mit ihren schweren Pfannen bringen, ist die in ihrem Berufsstand weit verbreitete Sehnenscheidenentzündung des Handgelenks. Ich möchte Ihnen das mal kurz vorrechnen: Immerhin wiegt eine drei Millimeter starke geschmiedete Eisenpfanne schon bei 20 Zentimeter Durchmesser 1000 Gramm, bei 24 Zentimeter 1500 Gramm, bei 28 Zentimeter 1800 Gramm und wenn man die in Profiküchen gern verwendete 32-Zentimeter-Variante in der Hand hat, sind das ohne Inhalt und Bewegung schon einmal 2400 Gramm. Dann gibt es noch Riesenpfannen von 40 Zentimeter Durchmesser und 3500 Gramm Gewicht. Gussstahl-Pfannen fangen in dieser Gewichtsklasse erst an! Eine Gusstahlpfanne mit einem Bodendurchmesser von 21 Zentimeter wiegt allein schon 2900 Gramm. Bei 28 Zentimeter Durchmesser sind wir schon bei bis zu 3500 Gramm und bei 36 Zentimeter bei stolzen 5100 Gramm. Okay, ich höre ja schon auf.

Zum Pfannen-Leergewicht kommen beim Gebrauch noch Pfanneninhalt, Hebelwirkung und Bewegungsenergie vom Schwenken und Schleudern hinzu. Ich hoffe, dass wenigstens die Riesenpfannen zum Wenden der Bratkartoffeln auf dem Herd stehen gelassen werden.

Aber zurück zum Säubern: Ich ignoriere hier Pfannen aus Aluminiumguss, aus Edelstahl und emaillierte Pfannen. Deren Reinigung ist nämlich genau so leicht wie die von beschichteten Pfannen: Ab damit in die Spülmaschine!

Bei Gussstahl oder schmiedeeisernen Pfannen gehen die Empfehlungen bis heute dahin, sie nicht zu spülen, sondern nur auszuwischen. Die Empfehlungen beruhen auf der Wirkung des Fetts, das eine Schutzschicht gegen Rost bilden soll, der sich ansonsten zwangsläufig in der Pfanne entwickele. Das ständig in der Pfanne verbleibende Fett werde nicht ranzig, sagen die Nichtspüler, weil es nur eine dünne Schicht sei und man es ständig erhitze.

Dazu ist zu sagen: 1. Pfannen aus Gussstahl rosten sehr, sehr wenig; eine hauchdünne Fettschicht schützt sie aber tatsächlich; 2. Fett wird unabhängig von seiner Menge ranzig. Die erwünschte Schutzschicht gegen Rost wird also bei Befolgung der alten Regel durch nichts anderes gebildet als durch altes Fett und Rückstände der zubereiteten Speisen. Bevor Sie jetzt die Nase rümpfen oder laut igittigitt rufen: Die in solchen Pfannen zubereiteten Speisen schmecken nicht trotz, sondern *wegen* dieser Rückstände besonders gut. Vom aromatechnischen Standpunkt betrachtet werden sie nämlich durch die winzige Zugabe von älterem Fett entschieden verbessert. Das Phänomen ist von der belgischen Frittenbude her

»Messingpfannen, Ulmer Form mit Drahteinlage, mit oder ohne verzinnte Griffe.« Ob Sie diese »Pfannen« nun mit oder ohne Griffe verwenden: Spülen sollten Sie sie gelegentlich schon.

bekannt: Nicht aus Sparsamkeitsgründen und ohne gegen geltende Gesetze zu verstoßen tauschen belgische Fritteure das Fett in ihren Fritteusen zwar regelmäßig, nicht aber vollständig aus. Das verbleibende Altfett wird zur Bildung aromatischer polarer »Seifen« benötigt, die den unverwechselbaren Geschmack der Frites und der Frikandel ausmachen. Das ist ähnlich wie beim Sauerteig, der auch nie völlig neu angesetzt werden darf, wenn er wirklich gut sein soll.

Ich habe mir sagen lassen, es handele sich bei den »Seifen« im Frittenfett um polare Substanzen wie Aldehyde und Ketone. Diese Stoffe schaffen es, dass die wasserhaltige Kartoffel und das sie umgebende Öl überhaupt in Kontakt miteinander treten können. Der Hagener Lebensmittelchemiker Christian Gertz meint dazu: »Immer wieder höre und lese ich, man dürfe das Ölbad in einer Fritteuse maximal 20 Stunden lang nutzen, dann sei es verdorben. Es müsse dann komplett weggeworfen werden. Man solle es ja nicht mit einer Portion unverbrauchtem Öl auffrischen, dann werde es schneller schlecht. Reiner Aberglaube – total falsch! Leider ist das sogar die Ansicht mancher Lebensmittel-Untersuchungsämter.«[168] Die polaren Seifen und die von der Maillard-Reaktion verbliebenen aromatischen Bestandteile der schon einmal erhitzten Fette nutzt man natürlich gerne, um dem nächsten in der Pfanne zubereiteten Gericht zusätzlich Geschmack zu geben. Andererseits: Ich bin kein Reinlichkeitsfanatiker (was mir oft zum Vorwurf gereicht), aber wenn Ihr Fleisch nicht nach Fisch und die Bolognese nicht nach Curry schmecken soll, wäre es vielleicht doch angebracht, die Pfanne zwischendurch schön sauber zu spülen.

Dann gibt es noch einen angeblichen »Profitrick«, sowohl zum Reinigen als auch zur Behandlung von Pfannen vor dem Erstgebrauch: Man solle in der zu reinigenden oder neu gekauften Pfanne Salz erhitzen und das heiße Salz mit einem trockenen Küchentuch auswischen. Das Salz, wird sogar behauptet, bilde danach eine Antihaftschicht! So etwas macht mich beinahe schwermütig. Aber nur beinahe. Ich wundere mich jedenfalls, dass noch keiner auf die Idee gekommen ist, zum Säubern von Pfannen getrockneten Tee, Instantkaffee oder sonst einen Unsinn zu empfehlen. Die Salzaktion wird empfohlen, um den vom Hersteller aufgebrachten Korrosionsschutz zu entfernen. Da Salz beim Erhitzen ohne Flüssigkeit überhaupt keine, wirklich nicht die geringste Reaktion erfährt, kann sein »Reinigungs«-Effekt nur auf mechanischer Reibung beruhen. Diese Reibung wurde früher oft durch Scheuersand bewirkt, der auch noch in einigen Putzmitteln enthalten ist. Reinen Scheuersand verwendet, soweit ich weiß, niemand mehr. Die Hersteller von Pfannen selbst empfehlen zur Erstreinigung allerdings nichts anderes als Waschpulver, kein Spülmittel. Ich nehme an, dass sie Spülmitteln, die fast ausschließlich aus Wasser und Tensiden bestehen, nicht genügend Reinigungswirkung zutrauen. In Waschmitteln befinden sich zusätzlich nämlich sogenannte »Buildersubstanzen«. Dabei handelt es sich um Karbonate, Zeolithe, Phosphate und Enzyme. Vor allem die Zeolithe dürften die erwünschte leichte Scheuerwirkung erzielen.

Pfeffermühlen können ein schlechtes Mahlwerk haben

Wenn die Firma Peugeot keine Autos und keine Fahrräder mehr verkaufen kann, wird sie sich mühelos mit ihrem Ursprungsgeschäft, der Herstellung und dem Verkauf von Pfeffermühlen, über Wasser halten können. In Restaurants, die meinen, mit großen Showeffekten aufwarten zu müssen, drehen die Kellner an beingroßen Mühlen und wünschen einen guten Appetit. Kenner machen um Pfeffermühlen ein riesiges Bohei. Kenner drehen bei Pfeffermühlen nicht nur an der Mühle, sie drehen die Mühle auch um. Kenner inspizieren dabei das Mahlwerk und schieben anerkennend die Unterlippe vor: »Peugeot, gut.« Andere sagen »Zassenhaus, auch gut«, wieder andere »Stoha, prima« oder »Stelton, nichts anderes«, »Alessi, todschick«, »WMF, solide«, »Kesper, nie gehört«, »Ah, Strässler, Schweizer Präzisionsmechanik«, »Monopol, nichts anderes«, »AdHoc, klasse«, »Cole & Mason, englisch, aber gut«. Oha, jetzt habe ich Cilio vergessen. Alle Hersteller geben auf ihre Produkte eine Garantie, die länger währt als eine Generationsfolge. Pfeffermühlen soll man offensichtlich vererben. Der Unterschied der Konstruktionsweisen liegt darin, dass die Feinmechaniker ihr Mahlwerk aus Edelstahl schmieden, während es die Keramikbrenner aus Keramik formen. Beides funktioniert, beides ist nahezu unverwüstlich.

Dass der Feinheitsgrad der gemahlenen Pfefferkörner überhaupt verschieden eingestellt werden kann, habe ich lange Zeit nicht gewusst. Offensichtlich habe ich zwar eine billige, aber gute Pfeffermühle, deren Feinheitseinstellung sich durch Gebrauch nicht verstellt. Ich habe bis heute noch nie von einer Pfeffermühle gehört, die ein derart schlechtes Mahlwerk hatte, dass es nach einer gewissen Zeit nicht mehr funktionierte. Das Aroma, das frisch gemahlener Pfeffer anders als vorgemahlener Pfeffer entfaltet, ist unvergleichlich. Meine Empfehlung zu Pfeffermühlen lautet daher: Ob Designmühle oder Traditions-Drechselschaft, Acryl, Holz, Edelstahl oder eine Kombination von allem, Stahl- oder Keramik-Mahlwerk, elektrisch oder handbetrieben – alles reine Geschmackssache. Werfen Sie aber auf jeden Fall alle Pfefferstreuer, die Sie auf dem Tisch und in der Küche stehen haben, in den Müll! Verwenden Sie nur noch Pfeffermühlen, egal welcher Konstruktionsart und Größe. So wenig Aroma, wie es das bittere Pulver aus einem Pfefferstreuer hat, können Sie auch mit dem schlechtesten Mahlwerk nicht erzeugen. Die Hersteller von Pfeffermühlen bieten fast alle auch Salzmühlen an. Kein Mensch braucht eine Salzmühle. Die Hersteller von Pfeffermühlen werden Ihnen das nicht sagen. Deswegen sage ich's Ihnen. Investieren Sie das für die Salzmühle vorgesehene Geld besser in eine besonders gute Pfeffermühle, aber, wie gesagt, eine wirklich schlechte können Sie in Mitteleuropa eigentlich gar nicht kaufen.

Pizza ist von der EU genormt

Hier tritt das Kölsche Grundgesetz, Artikel 9, in Kraft: Stelle immer erst die Universalfrage. Zu Kölsch: »Wat soll der Quatsch?« Im Februar 2008 versuchte ein italienischer Verband im Rahmen der Sicherung traditioneller

Spezialitäten eine bestimmte Größe und Belegungsweise für die »Pizza Napoletana« festzulegen und von der EU-Kommission als »Geschützte traditionelle Spezialität« (GTS) eintragen zu lassen.[169] Das ist kein Scherz, auch wenn sich das so anhören könnte. Und es kommt häufig vor. Man möchte sich durch Festlegung der Besonderheiten einer tatsächlichen oder angeblichen regionaltypischen Verarbeitungsmethode eines Lebensmittels Marktanteile sichern, mit dem Ziel, den entsprechenden Markt einer kleinen Herstellergemeinschaft vorzubehalten. Für die »Pizza Napoletana« wurde akribisch definiert, wie sie zuzubereiten sei. Die Methode der Teigzubereitung, die Konsistenz des Teigs, die Gärtemperatur, der ph-Wert, die Dichte des Teigs, seine Ruhezeit, die Teigmenge für eine Pizza, die Technik der Ausformung (Teigroller sind streng verboten), der Maximaldurchmesser der Pizza (35 Zentimeter), ihre Maximaldicke (0,4 Zentimeter), die Dicke des Rands (der »cornicione«), die Konsistenz des Teigs, in welcher Reihenfolge die einzelnen Beläge aufgetragen werden müssen, die Methode des Auftragens (spiralförmig), die Anteile und die Verteilung des Belags, die Garzeit, die Mindestbacktemperatur (Backtemperatur an der Ofensohle: etwa 485 Grad Celsius, Temperatur des Ofenraums: etwa 430 Grad Celsius, Backzeit: 60 bis 90 Sekunden, erreichte Teigtemperatur: 60 bis 65 Grad Celsius, erreichte Temperatur der Tomaten: 75 bis 80 Grad Celsius, erreichte Temperatur des Öls: 75 bis 85 Grad Celsius, erreichte Temperatur des Mozzarellas: 65 bis 70 Grad Celsius), die Art des Ofens (ein Holzofen einer ganz bestimmten Mauertechnik), das Material des Schiebers, ein Verbot des Tiefkühlens: An alles hatten die Antragsteller gedacht und eine entsprechende Reglementierung vorgesehen. Obwohl die EU-Kommission seit einigen Jahren den dringenden Wunsch verspürt, sich nicht mehr über Gebühr lächerlich zu machen, ist sie dem aggressiven Werben des italienischen Konsortiums erlegen.

Für mich war das ein Schock: Seit Anfang 2010 gibt es die »Verordnung (EU) Nr. 97/2010 der Kommission vom 4. Februar 2010 zur Eintragung einer Bezeichnung in das Register der garantiert traditionellen Spezialitäten (Pizza Napoletana [g.t.S.])«. Das ganze Bohei um die Wiedererkennbarkeit dieser einen Pizzabelegungsmethode inklusive des fürchterlichen Bildchens hat es also tatsächlich bis zum Eintragungsstatus geschafft.[170]

Das offensichtlich von einem Amateurgrafiker entworfene, peinlich genau definierte Logo dieser geschützten traditionellen Spezialität sieht so aus:

Die bei diesem Bild zu verwendenden Farben sind genau festgelegt, außerdem auch die Geschmacksverirrung an Schriften. Drei private Institute, zwei aus Mailand, eines aus Neapel, werden europaweit Kontrollen zur Einhaltung der Vorschrift durchführen. Man kennt das ja, es ist nichts Persönliches, aber die Familie verlangt nun einmal die Einhaltung der Traditionen. Der Schutz der Herstellungsmethode bezieht sich also nicht auf Pizza allgemein, sondern nur auf die als »Pizza Napoletana« bezeichnete Sonderform. Wenn Sie eine Pizza machen wollen, die ähnliche Zutaten enthält, nennen Sie sie einfach »Pizza Napoli« und Sie sind aus dem Schneider!

Viele Lebensmittel sind in der EU entsprechend »geschützt«, jedenfalls im Hinblick auf ihre Vermarktung. Da gibt es eine »geschützte Ursprungsbezeichnung (g. U.)«: »Erzeugung, Verarbeitung und Herstellung eines Erzeugnisses in einem bestimmten geografischen Gebiet nach einem anerkannten und festgelegten Verfahren«.

Als Zweites die »geschützte geografische Angabe (g. g. A.)«: »Enge Verbindung der landwirtschaftlichen Erzeugnisse und Lebensmittel mit dem Herkunftsgebiet.

Mindestens eine der Produktionsstufen – also Erzeugung, Verarbeitung oder Herstellung – wird im Herkunftsgebiet durchlaufen.«

Und dann die Königskategorie: die »garantiert traditionelle Spezialität (g. t. S.)«, unter die auch die »Pizza Napoletana« fällt: »Traditionelle Zusammensetzung des Erzeugnisses oder traditionelles Herstellungs- und/oder Verarbeitungsverfahren.« Wenn Sie sich darüber informieren wollen, welches Herstellerkonsortium es wieder einmal geschafft hat, seinem Produkt einen geschützten Status zu verpassen, sehen Sie nach in der DOOR-Datenbank[171]. Da finden Sie Produkte wie die schwäbische Maultasche und die Spreewaldgurke. Schon im Juli 2007 waren die Spanier auf die Idee gekommen, Paella nicht nur als regionale oder nationale Besonderheit, sondern, jetzt halten Sie sich fest, als Weltkulturerbe eintragen zu lassen! In Brüssel wurde der Vorschlag der spanischen Landwirtschaftsministerin Elena Espinosa zuerst für einen Scherz gehalten, aber Frau Espinosa meinte das vollkommen ernst. »Gehaltvoll, vielseitig, ausgeglichen, gesund und schmackhaft« sei die Mittelmeerküche, außerdem ebenso hochwertig wie schützenswert.[172] Dann ließ die Spanierin noch verlauten: »Wir setzen große Hoffnungen in dieses Vorhaben und glauben, dass die Eigenschaften der vorbildlichen mediterranen Ernährungsweise ihre Ehrung voll rechtfertigen.«[173] So groß das mediale Interesse bei der Antragstellung auch war, von einer endgültigen Eintragung der Paella in die Liste des Weltkulturerbes hat man nie wieder etwas gehört. Die Spanier werden sich deshalb gewundert haben, dass am 30. September 2009 dann der Tango als Weltkulturerbe akzeptiert wurde. Tango ist noch weniger materiell als eine Paella, dafür aber ganz sicher ein »Meisterwerk der menschlichen Schöpferkraft« oder zumindest ein »außergewöhnliches Zeugnis einer kulturellen Tradition«. Das steht doch wohl außer Frage! In der Liste des immateriellen oder flüchtigen Weltkulturerbes hätte sich die Paella aber auch zusammen mit dem chinesischen Drachenbootfestival, der Heilig-Blut-Prozession im belgischen Brügge und der indonesischen Batiktechnik befunden. Ob den Spaniern das recht gewesen wäre?[174]

Wen wundert es, dass der französische Premierminister Nicolas Sarkozy der spanischen Ministerin nicht nachstehen wollte und im Februar 2008 nachlegte. Er wollte mit ähnlichen Argumenten gleich die gesamte französische Küche zum Weltkulturerbe erklären lassen.[175] Peinlich!

Pizza schmeckt am besten selbst gemacht

Schon wieder so ein Selbstmach-Mythos. Nie und nimmer würde ich jemandem davon abraten, Marmelade, Nudeln, Pizza oder wasauchimmer selbst zu machen! Keine Häme sei deshalb gestattet über die tapfere Italienerin »cucina-anna«, die uns in einem Internetforum in durchaus akzeptablem Deutsch ihr Pizzateigrezept verrät: »Ich bin eine gebürtin Italienerin, und weiss wie man eine echte Italienische Pizza macht! Der Teig wird verarbeitet IMMER mit der Hände, nicht mit der Hacken, oder sonst mit welchen Maschinen! Zutaten Mehl, Olivenöl, frische Hefe, Salz.« Na also, was soll daran so schwer sein? Jetzt noch Folgendes: »In eine grosse Plastick Schüsseln den Hefe mit warme Wasser auflösen, dann Mehl hinein geben, Öl und Salz, alles gut mischen und verarbeiten mit der Hände, der Teig soll schön weich sein eine Stunde ruhe lassen in der gleiche Schüsseln zugedecht mit eine Tuch! Dann auf eine Backhofebleck Öl mit Küchenpapier gleichmässig verteilen, danach der Teig schön überall verteilen mit gehölte Hände damit dass ganze nicht klebt, danach belegen mit geschälte Tomaten die vorher mit eine Gabeln in eine Schüsseln zerdrückt worden und mit Salz und Pfeffer abgeschmeckt!«

Wer sich hier über die eigenwillige Ausdrucksweise

mokiert, den lade ich ein, einen kleinen Vortrag zur Knödelherstellung in seinem Ristorante-Italienisch zu halten. Also bitte! Auch in Deutschland gibt es zahlreiche Hausmänner und Hausfrauen, die frische Hefe in lauwarmes Zuckerwasser bröckeln, daraus mit Mehl und Salz und Öl einen Hefeteig rühren und ihn dann gut eine Stunde gehen lassen. Anschließend kneten sie ihn noch einmal ordentlich durch, schnippeln Pilze und braten Zwiebeln, dünsten Artischocken und reduzieren Tomaten, rebeln frischen wilden Majoran und schneiden Mozzarellakäse. Dann heizen sie den Ofen vor, bis er glüht, breiten den Teig auf einem gefetteten Blech aus, bestreichen und belegen ihn mit den vorbereiteten Zutaten und dann, ja dann hoffen sie, dass ihre Lieben von dieser hausgemachten Pizza so schwärmen wie von der, die Giovanni und Pietro und Luigi in der Pizzeria machen. Und wenn sie das schon nicht zu hören bekommen, dann hoffen die engagierten Hausmänner und Hausfrauen doch wenigstens, dass ihre Lieben die selbst gemachte Pizza der Tiefkühlvariante vorziehen. Das tun sie aber nachweislich nicht. Hausmann und Hausfrau schwören sich deshalb, dass sie sich den ganzen Aufwand demnächst auch sparen werden. Das Banausenpack, das sich die eigene Familie nennt, ist ja nicht einmal bereit, Begeisterung zu heucheln. Beim nächsten Mal nehmen sie auch tiefgekühlte Pizze, wärmen sie auf und werfen sie den Ihren zum Fraß vor.

In den 1960er Jahren in den USA entwickelt, sind solche Fertiggerichte in Deutschland seit 1966 auf dem Markt. Den genauen Weg der Markteinführung verfolgte der *Tiefkühl-Report*[176]. Ob mit oder ohne Aluminiumbackform, im Stahl- oder im Steinofen vorgebacken: Die Tiefkühlpizza entwickelte sich zu »dem« Fertiggericht der deutschen Küche. 1973 wurden schon 2800 Tonnen davon verzehrt, 1975 waren es 3200 Tonnen, 1980 schon 23 000 Tonnen und im Jahr 2000, das ist jetzt kein

Tippfehler, 160 000 Tonnen. Letzter angegebener Stand: 2007 – 253 000 Tonnen![177] Das sind insgesamt 768 Millionen Pizze. Jährlich verzehrt ein Deutscher also 3,1625 Kilo Pizza – Säuglinge und zahnlose Greise mitgerechnet. Diese Hunderttausende Tonnen Tiefkühlpizza können nicht nur von kommunikationsgestörten Computerfritzen verdrückt werden. Ganz normale Menschen müssen ihnen dabei helfen.

Bei einer Tiefkühlpizza wird der Teig zuerst ohne Zutaten vorgebacken, dann mit Tomatensauce bestrichen und mit den Zutaten belegt. Danach wird er schockgefroren. Erst zu Hause wird die Komposition dann fertig ausgebacken. Bei den haushaltsüblichen Temperaturen von 200 bis 250 Grad dauert dieser Vorgang 12 bis 14 Minuten. Das ist auch der Grund, warum weder selbst gemachte noch Tiefkühlpizza je so schmecken kann wie die von Giovanni und Pietro und Luigi in der Pizzeria zubereitete: Die Profis arbeiten mit einem (Holz-)Ofen, der auf 430 Grad im Ofenraum und 485 Grad am Ofenboden aufgeheizt ist. Damit ist die Pizza innerhalb einer Minute, maximal in zwei Minuten gar. Sie hat, auch ohne europäische Norm (siehe oben), die exakt richtige Konsistenz, ist dünn und knusprig und saftig zugleich. Versuchen Sie das mal mit Ihrem Herd! Da bestelle ich doch lieber beim Pizza-Taxi ein »Love-Menü«. Das gibt's in meinem Städtchen. Zwei Pizze, dazu eine Flasche Wein und eine Kerze zu einem unschlagbar günstigen Preis. Das Wichtigste ist natürlich die Kerze.

R

Reines Bier wird nur durch das deutsche Reinheitsgebot für Bier garantiert

Was meinen Sie eigentlich, wenn ich Sie das mal fragen darf, mit »reinem Bier«? Meinen Sie »ohne Chemie«? Oder meinen Sie »ohne jegliche Zusatzstoffe«? Oder meinen Sie »ohne bierfremde Aromen«? Oder denken Sie dabei an das Sprichwort »Iss, was gar ist, trink, was klar ist, sprich, was wahr ist!«? Da sind Sie als Rohkost bevorzugender Politiker mit einem Glas Federweißen schon ganz schön angeschmiert.

Das häufig als »deutsches Reinheitsgebot« bezeichnete Lebensmittelgesetz für die Herstellung von Bier war zwar das erste, das schriftlich überliefert ist, aber es war kein deutsches, sondern ein bayerisches Gesetz und es bezog sich auch nicht auf Bier allgemein, sondern nur auf Gerstenbier. Kein Wort darin zu Hirse, Bohnen oder Erbsen. Am 23. April 1516 erließ Wilhelm IV., Herzog von Bayern, ein Gebot: »... dass forthin allenthalben in unseren Städten, Märkten und auf dem Lande zu keinem Bier mehr Stücke als allein Gerste, Hopfen und Wasser verwendet und gebraucht werden sollen ...«. Im Originalton, einem kaum noch verständlichen Renaissancedeutsch: »Wir wollen auch sonderlichhen dass füran allenthalben in unsern stetten märckthen un auf dem lannde zu kainem pier merer stüchh dan allain gersten, hopfen un wasser genommen un gepraucht solle werdn.«[178] Das richtete sich offensichtlich gegen die weit verbreitete Sitte, Weizen zu vergären, der zum Backen dringend benötigt wurde. Da von Weizen nicht die Rede war, war seine Verwendung automatisch ausgeschlossen. Heute wird die Formulierung anders interpretiert: Biere, die aus Weizen hergestellt wurden und werden, fallen einfach nicht in den Geltungsbereich dieses »Reinheitsgebots«. Jetzt kommt aber schon nach den ersten beiden Definitionseinschränkungen (Bayern, Gerste) eine weitere: Wodurch soll die Gärung bewirkt werden? Natürlich auch durch Hefe. Im Reinheitsgebot ist von Hefe aber nichts zu lesen. Sollte sie also auch nicht zugelassen sein? Bayerische Weißbierbrauereien scheuen sich außerdem nicht, damit zu werben, ihr Bier sei nach dem Bayerischen Reinheitsgebot von 1516 gebraut, obwohl es Weizen und Hefe enthält.[179]

Obergärige Biere, also Kölsch und Alt, können auch aus Malz gebraut werden, dessen Grundlage nicht Gerste ist. Was dann? Eine Kölsch-Brauerei wirbt für sich: »Dat Malz Mühlen Kölsch – fööjer hees et noch nur Mühlen Kölsch – ess e Bier dat weed en dä Malzmöll aam Südrand fum Heumaad en Kölle jebroud un eß eijn fun de bäßte Zoote Kölsch di mer han.« Was soll *das* denn heißen? Steht da etwa irgendwas darüber, dass Kölsch (und auch Alt) Zucker zugesetzt werden darf? Ich meine einfachen Rübenzucker. Das steht da nicht. Das steht dafür aber in der Kölsch-Konvention von 1985. Kölsch darf das EU-Siegel »geschützte geografische Angabe« gemäß Verordnung (EWG) Nr. 628/2008 tragen. Toll! Und für Bier, das in den Export geht, gilt ohnehin kein Reinheitsgebot. Dann darf aber auf dem Etikett auch nicht stehen »gebraut nach dem bayerischen/deutschen Reinheitsgebot«.

Und das »Stabilisierungsmittel« Polyvinylpolypyrrolidon (PVPP bzw. Crospovidon, E 1202), mit dem unerwünschte Polyphenole aus dem Bier entfernt werden können? Es darf bei allen Bieren ebenfalls verwendet werden. Was das angeht, kann ich Sie aber beruhigen:

Die mit diesem Mittel gebundenen Polyphenole werden am Schluss herausgefiltert, befinden sich also beim Verlassen der Brauerei *nicht* mehr im Bier. Sowohl Kieselgur als auch PVPP verbleiben im Filter, sind also nur Filterhilfsmittel.

Und was ist mit Gärungsstoppern? Gärung stoppt bei 12,5 Prozent Alkohol. Bier hat aber, zumindest in Deutschland, nur ein Drittel bis die Hälfte dieses Alkoholgehalts. Wie wird die Gärung gestoppt? Dazu schrieb mir Odin Paul, Braumeister in Goslar: »Die Gärung wird dadurch gestoppt, dass das Jungbier im Tank (oder später im Lagerkeller) heruntergekühlt wird. Dabei lässt die Gäraktivität nach. Bei Lagertemperaturen von ca. 0 bis 4 °C gärt das Bier gar nicht mehr. Die Hefe setzt sich dann auch ab.« Und was ist mit Farbstoffen und Raucharomen? Die sind sehr beliebt, etwa bei einer Bamberger Bierspezialität. Ich habe nichts dagegen, finde sie, gelegentlich genossen, angenehm und schmackhaft, aber dem »Reinheitsgebot« entsprechen sie natürlich nicht.

Deutsche Biertrinker leben jetzt schon seit über dreißig Jahren mit einer Entscheidung des Europäischen Gerichtshofs, der Biere auch in Deutschland zum Verkauf erlaubt, die nicht dem Bayerischen Reinheitsgebot entsprechen. 1984 klagte die EU-Kommission gegen das deutsche Vermarktungsverbot und schwups, schon am 12. März 1987, entschied der Europäische Gerichtshof, dass das Vermarktungsverbot für ausländische Biere, die nicht nach den deutschen Regeln hergestellt wurden, gegen die Warenverkehrsfreiheit des EWG-Vertrages verstoße (EuGH, Rs. 178/84, Slg. 1987, 1227). Angeblicher Verbraucherschutz ade! Seitdem dürfen Biere auch mit Zusatzstoffen versehen werden. Der EU-GH fand die deutsche Regelung unverhältnismäßig und auch nicht durch zwingende Gründe des Gemeinwohls gerechtfertigt. Auch davon ist die Welt nicht untergegangen, es gibt in Deutschland noch immer Bier, alle Biere sind »rein«

und die Vielfalt der angebotenen Biere ist erheblich gestiegen.

Dazu nochmals Braumeister Odin Paul: »Generell muss ich sagen, dass es zwar auch unter dem ›Reinheitsgebot‹ möglich ist, viele verschiedene Biere mit unterschiedlichen Farben und Geschmäckern herzustellen, aber ich stehe dem ›Reinheitsgebot‹ sehr skeptisch gegenüber; es ist eine Marketingmaßnahme der deutschen Brauereien. Und man kann tolle Biere herstellen, auch wenn man sich nicht an das ›Reinheitsgebot‹ hält. Ich habe für die Gose eine Sondergenehmigung vom Niedersächsischen Amt für Verbraucherschutz und Lebensmittelsicherheit, um das Getränk ›Bier‹ nennen zu dürfen.«[180]

Rotweinflecken sind kein Problem

Das Gegenteil ist der Fall. Rotweinflecken sind ein *riesiges* Problem. Das liegt daran, dass die Koordination von Bewegungen nach reichlichem Rotweingenuss erheblich erschwert ist. Bei Ihnen kommt das sicher gar nicht oder eher selten vor, bei mir aber alle zwei bis drei Jahre. Die Rotweinflecken, die ich durch mein umgekipptes Glas auf Tischtuch, Polstermöbeln und Kleidung verursache, erinnern mich die nächsten Jahre daran, dass ich ein rechter Trunkenbold bin, eigentlich überhaupt keinen Alkohol mehr trinken sollte und wenn, dann wenigstens so wenig, dass ich meine Bewegungen unter Kontrolle habe, und wenn nicht, dass ich dann wenigstens so clever bin, mit den entstandenen Flecken sofort fachgerecht umzugehen. Aber wie war das noch gleich mit dem Salz und dem Weißwein und dem Wasser und den anderen ungeheuer praktischen Mittelchen? Vergessen! Erst mal drüber schlafen.

Eingetrocknete Rotweinflecken sind natürlich die hartnäckigsten. Die intensiv dunkelroten Pigmente färben Kleidung und sonstige Textilien dauerhaft ein. Die Pigmente heißen vorwiegend »Anthocyane«. Ich habe nachgeschlagen, dass es sich dabei um Flavonoide handelt, die sich in zuckerfreie Anthocyanidine (Aglykone) und Anthocyane (Glykoside) unterteilen lassen. Dann wusste ich nicht, was ich mit dieser Information anfangen soll. Interessant fand ich nur, dass sie unter der E-Nummer 163 als Lebensmittelzusatzstoff zugelassen sind.

Jedenfalls lasse ich nach den neuesten wissenschaftlichen Erkenntnissen das Salzfass in der Küche. Hektische Aktionen mit kleinen Salzhäufchen, die der Faser wenigstens den noch nicht tief eingedrungenen Wein entziehen sollen: Vergessen Sie's! Andrew L. Waterhouse ist Önologe am »Foods for Health Institute« der Universität Kalifornien in Davis. Dort untersucht er als Lebensmittelchemiker sowohl die geschmacklichen als auch die gesundheitsrelevanten Inhaltsstoffe von Wein. Wahrscheinlich vergießt Herr Waterhouse bei seinen Versuchen auch gelegentlich Rotwein auf seinen Laborkittel. Acht Methoden, Rotweinflecken aus Textilien zu entfernen, hat er untersucht, und zwar auf ihre Wirkung bei Flecken in Baumwolle, einer Polyester-Baumwollmischung, Seide und Nylon, jeweils nach zwei Minuten und nach vierundzwanzig Stunden. Nach der Fleckenbehandlung, zusätzlichem Auswaschen und Trocknen wurden die Flecken mit einem Photometer auf ihre verbliebene Farbintensität hin untersucht. Das Ergebnis von Andrew L. Waterhouse ist enttäuschend: Alle mit Salz bestreuten und dann ausgewaschenen Textilien zeigten keine geringere Färbung als die bloß ausgewaschenen. Dazu mein Gewährschemiker Wolfgang Lortz: »Amerikanische Waschmittel taugen nichts.« (Der Mann arbeitet für einen europäischen Waschmittelhersteller.) Sie enthielten mehr Enzyme und mehr waschzerstörende Bleiche, europäische Waschmittel enthielten dagegen schonende Bleiche, Bleichaktivatoren und Natriumperkarbonate. Damit gehe der Fleck weg. Immer. Es gibt noch eine leicht

abergläubische Reinigungsmethode, die von der Vorstellung von Komplementärreaktionen in dieser Welt ausgeht: Das Auswaschen von Rotweinflecken mit Weißwein. Hier zeigt sich allerdings tatsächlich ein schwach erkennbarer Effekt, jedoch nur bei Nylontextilien.[181]

»Korkenzieher, Stahl, vernickelt, selbstthätig, mit Spindelgewinde und in der Spindel beweglichem Griff.« Ist die Flasche Rotwein erst einmal geöffnet, ist die Gefahr groß, vom Inhalt etwas zu verkleckern. Dann haben Sie, so wie ich, gelegentlich ein Problem.

Ich will aber nicht nur Irrtümer nennen und entkräften. Sie sollen auch erfahren, womit Sie das Malheur weitgehend ungeschehen machen können. Hier eine völlig ungefährliche, dafür aber gut funktionierende Methode, Rotweinflecken weitgehend zu beseitigen: Nehmen Sie eine Babywindel. Entweder Sie haben ein Baby und immer Windeln im Haus oder Ihre Kinder sind »aus dem Gröbsten raus«, machen jetzt anderen Ärger, aber die halbe Packung Windeln steht noch irgendwo herum, oder Sie sind schon wieder in dem Alter, in dem Sie selbst auf die moderne Technik vertrauen müssen. Nehmen Sie also die Windel, drücken Sie sie, natürlich mit der Innenseite, auf den Fleck, stellen Sie sich wenn's sein muss noch drauf und Sie werden feststellen, dass fast die gesamte Flüssigkeit von der Windel aufgesaugt wurde. In der Windel steckt ein »Superabsorber«, eine lange Kette aus Acrylsäure, nämlich Natriumpolyacrylat. Diese Kette verknäult sich zu einem Netz. Bei Kontakt mit Flüssigkeit quillt dieses Netz und hält die Wassermoleküle in den Hohlräumen fest, wie ein Schwamm. Dabei bildet sich ein Gel. Superabsorber können bis zum Dreihundertfachen ihres Gewichts (nein, nicht *Ihres* Gewichts!) an Flüssigkeit aufnehmen. Der Nachteil des Superabsorbers:

Er nimmt nur Wasser auf (H_2O), kein Ethanol (CH_3-CH_2-OH). Die am Ethanol des Weins gebundenen Farbstoffe kriegen Sie nur mit etwas mehr »Chemie« entfernt. Etwa mit Javelwasser, nach dessen Herkunftsörtchen bei Paris auch »Eau de Javel« genannt.

Dieses Bleichmittel soll auch Hygiene und Sauberkeit befördern, enthält aber als Hauptwirkstoff vorwiegend Natriumhypochlorit (NaOCl). Die Schwierigkeit mit diesem Wässerchen, das es in Deutschland nur in Apotheken oder über dubiose Vertriebswege zu kaufen gibt: Es entwickelt bei Berührung mit Säure (etwa Essig) Chlorgas und das ist *extrem* gesundheitsschädlich, im Volksmund »giftig«. Es greift Schleimhäute und Atemwege an. Darüber, dass es entsprechende Gefahrenhinweise tragen müsste, setzen sich die dubiosen Anbieter souverän hinweg. Viele Franzosen und Schweizer setzen sich auch souverän über die Gefahrenhinweise hinweg, die dort korrekt auf jeder Flasche des billigen Mittelchens zu lesen sind. Sie verwenden es ausgiebig und immer. Nur dadurch, das denken viele, ließen sich hygienische Zustände erreichen. Eau de Javel findet sich in diesen Ländern in Toiletten, auf Türklinken, im Spülbecken, und mit Dakinwasser, verdünntem Eau de Javel, desinfizieren Franzosen sogar Wunden. In der Schweiz ist die Situation – wie zu erwarten – komplizierter. In der italienischsprachigen Schweiz wird das Javelwasser auch als Aufwischwasser genutzt. In der französischsprachigen Schweiz wird Eau de Javel so exzessiv eingesetzt wie in Frankreich. In der deutschsprachigen Schweiz wird Eau de Javel kaum verwendet.

Sandro Bedin, der beste Lebensmittelentwickler, den ich kenne, schrieb mir zur Verwendung dieses Gefahrstoffs in der Schweiz: »Wir brauchen das Javelwasser zu Hause auch für das Reinigen der Duschkabinen und der Plattenböden, das riecht nämlich danach so toll. Hat aber auch den Hintergrund, dass ich ja ein halber Italiener bin und meine Frau gerne und viel in Frankreich war. In der Migros gibt es sogar ein Javelwasser mit Minzgeschmack!«[182] Dass die »sauberen« Deutschen so gut wie kein Eau de Javel verwenden, findet der Schweizer putzig. Zum Umgang mit diesem und anderen Stoffen, die zur Wäschereinigung verwendet werden, gibt es eine eigene EU-Verordnung, die sogenannte »Detergenzienverordnung«[183]. Ich hab's für Sie nachgeschlagen: Detergenzien kommt vom Lateinischen *detergere* und bedeutet »abwischen«.

Dann gibt es zur Bereinigung von Rotweinflecken noch ein Mittelchen aus dem Chemiebaukasten, das auch funktioniert und auch gefährlich ist. Es ist eine Mischung aus Flüssigseife und Wasserstoffperoxid (H_2O_2), die wirklich funktioniert. Die Seife dient dazu, dass das Wasserstoffperoxid tatsächlich tief in die Faser eindringt, um dort seine Bleichwirkung zu entfalten. Die Farbstoffe bleiben weiterhin im Stoff, sind aber so stark gebleicht, dass wir sie nicht mehr sehen können. Was wollen wir mehr? Die Methode funktioniert natürlich nur bei rein weißen Stoffen. Farbige Stoffe sind an den behandelten Stellen nachher nämlich auch weiß. Achtung! Wasserstoffperoxid muss in über 60-prozentiger Konzentration gemäß europäischer Richtlinie 67/548/EWG Anhang I mit gleich zwei Gefahrstoffkennzeichnungssymbolen versehen sein, mit einem für »brandfördernd« und einem für »ätzend«.[184] Besonders das zweite Zeichen sollten Sie sich vor Gebrauch einmal ansehen. Es zeigt ein Werkstück und eine Hand, auf die aus Reagenzgläsern jeweils eine Flüssigkeit tropft. Werkstück und Hand haben beide keine vollkommen unbeschädigte Oberfläche mehr. Es sieht übel aus! Trotzdem ist diese Mittel noch relativ »harmlos«, verglichen mit Natriumhypochlorit (Eau de Javel).

S

Salat darf man nur in kaltem Wasser waschen

Gemüse und Salat verlieren beim Waschen Vitamine. Das liest man überall. Unter anderem stand es in der *Handelszeitung*, die ihren Lesern prophezeite, dass sie »nach einem langen Bad einen Teil der wasserlöslichen Vitamine und Mineralstoffe sicher in den Ausguss gespült«[185] hätten. Da ist bestimmt was dran, dachte ich, aber hier war doch ausdrücklich von wasserlöslichen Vitaminen die Rede. Es muss also unterschieden werden zwischen Vitaminen, die wasserlöslich sind, solchen, die hitzeempfindlich sind, und solchen, denen das alles nichts ausmacht.

Vitamine, hergeleitet aus der Formulierung »vitale Aminosäuren«, können vom Körper nicht hergestellt werden. Biochemiker nennen das »Synthetisieren«. Deshalb muss man sie dem Körper zuführen, meist in Form von Pflanzen und deren Früchten (Obst, Gemüse, Getreide), Fleisch oder zur Not in Tablettenform. Darüber, welche chemischen Stoffe als »Vitamin« zu bezeichnen sind und welche nicht, ist sich die Wissenschaft nicht einmal einig. Es gibt prinzipiell fettlösliche (lipophile) und wasserlösliche (hydrophile) Vitamine. Die fettlöslichen Vitamine A, D, E und K können also schon einmal nicht beim Waschen verloren gehen. Eine Unterversorgung mit Vitaminen ist, abgesehen von Folsäure (Vitamin B_9), in Deutschland so gut wie ausgeschlossen. Jeder, der überhaupt etwas isst, bekommt normalerweise alle Vitamine in ausreichender Menge ab.

Manche Pressemeldungen sind nicht nur falsch, sondern auch gefährlich. Ich halte diese hier für gefährlich: »Bonn (dpa/tmn) – Salat sollte immer so kalt wie möglich gewaschen werden – aus zwei Gründen: ›Durch warmes Wasser würde er matschig werden‹, sagt Ute Gomm vom Verbraucherinformationsdienst aid in Bonn. Das beeinträchtigt Optik und Geschmack. Zum anderen mögen dem Salat anhaftende Mikroorganismen keine Kälte. ›Diese Sporenbilder keimen erst bei etwa handwarmem Wasser aus‹, erläutert die Hauswirtschaftsexpertin. Und das könne bedenklich für die Gesundheit werden.«[186] Diese Meldung wurde im Mai 2009 verbreitet, und weil sie von dpa verbreitet wurde, landete sie in zahlreichen deutschen Zeitungen. Der Hamburger Hotelkoch Jost Pullich findet das empfohlene Waschen in kaltem Wasser unnötig und im Gegenteil sogar gefährlich.[187] Ich auch.

Wir sprechen von Kopfsalat (*Lactuca sativa var. capitata,* auch in seiner Variation als Eisbergsalat, *Lactuca sativa Capitata-Gruppe, Eisberg-Typ*) sowie von Rauke (Rukola) und anderen roh verspeisten Blättern wie etwa Feldsalat (*Valerianella*), einem Baldriangewächs. Bei den als Salat verwendeten und als Rukola oder Rucola bezeichneten Blättern handelt es sich tatsächlich um drei verschiedene Pflanzenarten aus zwei verschiedenen Gattungen. Alle gehören aber zur Familie der Kreuzblütengewächse (*Brassicaceae*), als da sind die Garten-Senfrauke (*Eruca sativa*), die Schmalblättrige Doppelsame *(Diplotaxis tenuifolia)* und die Mauer-Doppelsame (*Diplotaxis muralis*). Biologen haben ein sehr eigenwilliges Weltbild. Anders verhält es sich bei Endiviensalat (*Cichorium endivia*). Bei der Endivie wird sogar in Kochbüchern ausdrücklich darauf hingewiesen, dass die geschnittenen Blätter eine Minute in gut handwarmem Wasser von den Bitterstoffen befreit werden sollen. Das klappt natürlich nicht, aber Koch und Köchin beruhigen mit diesem Ritual ihr Gewissen. Warum eine Verringerung der Bitterstoffe durch Waschen in lauwarmem Wasser unmöglich ist, wird schon durch den Namen des Endiviensalats deutlich: Es handelt sich um ein Gewächs aus der Familie der Cichorien. Zu denen Cichorien gehört auch Chicorée. Welche erfolglosen Zaubertricks angewendet werden, um Chicorée von seinen Bitterstoffen zu befreien, dazu hatte ich mich schon an anderer Stelle geäußert.[188] Für den Endiviensalat gilt aber dasselbe wie für den Chicorée: Echten Freunden kann diese Speise gar nicht bitter genug sein.

Jetzt aber zum Punkt, warum das Salatwaschen in »möglichst kaltem Wasser« so gefährlich ist: Salmonellen, Kolibakterien oder Listerien leben nicht nur in Eiern, Fleisch und Fisch. Sie leben auch auf Salatblättern.

»Salatseiher mit Seitenlochung, prima Qualität, Weissblech mit Fuss und gelochtem Boden.« Bevor Sie Ihren Salat in so einem Seiher trocknen, sollten Sie ihn nicht eiskalt waschen. Bakterien und Pilzen macht kaltes Wasser fast gar nichts aus.

Außerdem leben sie, wie erst seit 2008 bekannt ist, auch *in* Salatblättern![189] Hinzu kommen zahlreiche weniger gefährliche Bakterien und Pilze. Ein EU-finanziertes Forschungsprojekt grenzte die Risikofaktoren ein und entwickelte Kontrollmethoden, um die Lebensmittelsicherheit von Obst, Salat und Gemüse zu erhöhen.[190]

Dabei ergab sich ein unerwartetes Ergebnis im Hinblick auf Bio-Lebensmittel: »Bio-Lebensmittel könnten sogar ein erhöhtes Risiko bergen, da anstatt chemischer Düngemittel vermehrt organischer Dünger eingesetzt wird. Kolibakterien oder andere Krankheitskeime könnten so über den Boden oder durch verunreinigtes Wasser von Tieren auf Pflanzen übertragen werden.«[191] Diese Keime aber hätte ich gerne reduziert, jedenfalls so weit, dass sie mir, meiner Familie und meinen Gästen nicht mehr schaden können. Die geschwätzige Internetgemeinschaft kann mir dabei nicht helfen. Ein Chat zum Thema Salatwaschen kommt schon einmal locker auf mehrere Hundert Einträge: einer wertloser als der andere. Und was halten Sie von der Empfehlung des Bundesinstituts für Risikobewertung: »Das BfR rät zu besonderer Sorgfalt bei der Ernte und der Zubereitung von Salat, Blattgemüse und Kräutern. Verbraucher sollten diese vor dem Verzehr gut putzen und waschen sowie Pflanzenteile aussortieren, die keinen essbaren Pflanzen zugeordnet werden können«.[192]

Hilft in der täglichen Praxis wenig. Mehr hilft da schon die Empfehlung des Leiters des BfR, Salat lieber in der Kloschüssel zu waschen als im Spülbecken. Lesen Sie dazu bitte den Eintrag zu dem gefährlichen Küchenirrtum »Spülbecken sind sauber«. Warum wird Salat überhaupt nach zwei, drei Tagen schlaff? Es liegt nicht am Wasserverlust, es liegt an den Bakterien, die auf und von ihm leben. Sie saugen den Salat praktisch aus. Außerdem scheiden sie Polysacharide aus. Das sind längere Zuckermoleküle und mit denen kleben die Bakterien so hartnäckig am Salat fest, dass sie mit kaltem Wasser keinesfalls abgewaschen werden können. Kaltes Wasser ist ein sehr schlechtes Lösungsmittel für sie. Ab 50 Grad können sich die unliebsamen Mitesser aber nicht mehr halten, sterben ab und der Salat lässt sich, wenn man ihn in Eiswasser abschreckt, über mehrere Tage gefahrlos essen. Meine Empfehlung zum Salatwaschen lautet also: Verwenden Sie warmes Wasser. Nicht die 40 Grad, die Sie gerade noch als Badewasser ertragen können, sondern richtig warmes Wasser, zwischen 50 und 55 Grad. Bei diesen Temperaturen, das empfiehlt auch der Physiker Thomas Vilgis, sollten Sie Ihren Salat blanchieren.[193] Sie denken, er würde dabei weich und schlaff? Das stimmt, aber es trifft nur auf Kopfsalat zu. Salate mit krauser und damit riesiger Oberfläche wie Lollo Rosso, Lollo Bianco, Eichblatt, Frisée vertragen die Prozedur problemlos. Wenn Sie unter 55 Grad bleiben, tritt auch kein Garprozess ein. Die 75 Grad, die Sie etwa zum Abtöten von Salmonellen benötigen würden, können Sie dabei sicherlich nicht erreichen. Fast alle anderen zwangsläufig und auf jeden Fall anhaftenden Bakterien reduzieren Sie damit aber wesentlich. Auf jeden Fall wesentlich besser als mit eiskaltem Wasser. Und jede Bakterie weniger ist es wert, von Ihnen ermordet zu werden. Tun Sie's, sonst tut sie's mit Ihnen und das ohne Skrupel. Oder Sie kaufen sich eine professionelle Salatwaschmaschine, die Salat (auch Kopfsalat) selbst mit kaltem Wasser so sauber wäscht, dass er in Krankenhäusern und Großküchen aufgetischt werden kann. Listenpreis ist derzeit 11 240 Euro inklusive Mehrwertsteuer. Die Maschine kriegen Sie gebraucht aber schon zwischen 4800 und 8400 Euro.

Salzaufnahme erhöht den Blutdruck

Nein und ja und keineswegs ein Irrtum! Oder doch? Oder nur zum Teil? Zu Salz hat Walter Moers den ultimativen pseudoreligiösen Rat parat: »Wo nun das Salz dumm wird, womit soll man's salzen? Es ist hinfort zu nichts nütze, denn dass man es hinausschütte und lasse es die Leute zertreten.«[194]

Aber nun zurück zur angeblichen Wirkung von (zu viel) Salz. Wenn ich so etwas lese wie die Behauptung, Salz erhöhe immer und bei jedem Menschen den Blutdruck, kratze ich mich am Kinn. Ist das wirklich so? Kann es sein, dass sich Ernährungswissenschaftler, Ärzte und selbst die Europäische Kommission dermaßen irren? Kann es sein, dass sie die Mär vom blutdruckerhöhenden Salz weiterhin und gegen besseres Wissen verbreiten? Warum sollten sie das tun? Sie tun es, fand ich heraus, und das auch noch mit gutem Gewissen und den besten

Absichten, um die dem Salz angelasteten Schäden zu verringern. Schließlich sind Herz- und Kreislauferkrankungen die häufigsten in Totenscheine hineingeschriebenen Todesursachen. Dabei mag ein guter Teil Faulheit und Desinteresse mitspielen. Welcher Arzt macht sich schon die Mühe, bei einer Neunzigjährigen nachzuweisen, dass ihr Herzversagen ursächlich doch auf eine Virusinfektion oder eine lähmende Substanz zurückzuführen ist? Krimiautoren lieben so etwas. Stirbt ein Mensch, versagt sein Herz. Als Todesursache könnte genauso gut angegeben werden, er sei »gestorben«.

Das Statistische Bundesamt »Destatis« macht sich jedenfalls nicht die Mühe, echte und falsche Herz-Kreislauf-Tote zu trennen. Sie werden in einen Topf geworfen. Nicht einmal eine statistisch wahrscheinliche Fehlerquote wird herausgerechnet. So kommt die amt-

»Salztonne, Weissblech, mit hellem Glaseinsatz, doppelwandigem Griff und innen vernirtem Deckel. Aussen fein lackirt mit Aufschrift ›Salz‹«. Noch immer hat mich niemand darüber aufgeklärt, was »vernirt« heißen soll. Ihr Blutdruck wird jedenfalls, sofern Sie nicht unter einer deutlichen Fehlfunktion leiden, durch Salzkonsum nicht erhöht.

liche Aussage zustande, 43 Prozent aller Verstorbenen (151 904 Männer und 211 881 Frauen) seien im Jahr 2008 einem Herz-Kreislauf-Leiden erlegen. Dieser statistische Irrtum wiederum ist Grundlage medizinischer Forschung über die Ursachen dieser hohen Zahl. Was haben die 43 Prozent aller Verstorbenen vor ihrem Ableben gemacht? Sie haben gelebt. Und wovon haben sie gelebt? Speziell in Deutschland von großen Mengen an Brot. Aber nicht von Brot allein, denn im Brot ist auch ein Bestandteil, der durch einen logischen Kurzschluss wie ein Gefahrstoff angesehen wird: Salz. Die Europäische Kommission bemüht sich schon seit Jahren, die Verwendung von Salz in Backwerk und selbst bei Tisch zu verringern. Salzstreuer sollen von den Tischen verbannt werden, Kräuter sollen Salz als Geschmacksgeber ersetzen.[195] Lukullus hilf! Der logische Kurzschluss beruht auf einer Wirkung, die Salz tatsächlich entfaltet. Es erleichtert die Osmose, die Durchlässigkeit von Zellwänden. (Der Vorgang wurde hier im Zusammenhang mit dem Eintrag »Fleisch darf vor dem Anbraten nicht gesalzen werden« erläutert.)

Durch solche »Argumente« ließ ich mich natürlich nicht einschüchtern. Ich meldete Zweifel an der wissenschaftlichen Begründung der EU-Kampagne an. Meine Zweifel wurden vom zuständigen Direktor der EU-Kommission versehentlich so interpretiert, dass ich begriffsstutzig sei. Außerdem, schäumte er in der öffentlichen Debatte[196], würde ich damit dem Argumentationsmuster der Tabaklobby folgen. Ich fühlte mich geschmeichelt. Und außerdem: Wenn das von der EU-Kommission empfohlene Austauschen von Salz durch Kräuter tatsächlich möglich wäre, gäbe es die ganze Diskussion nicht. In der Mitte des 19. Jahrhunderts empfahl Katharina Prato dagegen: »Der Gebrauch von Kräutern und Gewürzen, durch deren Beigabe der Geschmack der Speisen vielfach verändert wird, soll immer ein mäßiger sein.«[197] Wenn auch heutzutage eher ein reichlicher Gebrauch von Kräutern und Gewürzen empfohlen wird: Der einzigartige Geschmack von Salz, nämlich *salzig*, lässt sich dadurch niemals erreichen.

Scharfes Essen macht scharf

Ich bitte um Entschuldigung für die reißerische Überschrift. Was ich meine, ist, wie soll ich es ausdrücken, dass stark gewürztes Essen, nun ja, den sexuellen Appetit wecken soll.[198]

Scharfes Essen, das wurde vor allem im 19. Jahrhundert behauptet, sei deswegen für Dienstboten ungeeignet. Dienstboten seien »in dieser Hinsicht« doch ohnehin zügellos! Und hier der unwiderlegbare Beweis dafür, dass es stimmt: »Die Juliska, die Juliska aus Buda-Budapest, die hat ein Herz voll Paprika, das kein' in Ruhe lässt. Joi-joi Mama, was die alles kann, die zieht genau wie ein Magnet die Männerherzen an.«[199] Da haben wir's doch! Marika Rökk alias Juliska futtert Paprika, natürlich »erös« (scharf), nicht »édes« (süß), und lässt die Männer nicht in Ruhe. Der Gleichlaut von »erös« und »Eros« wird ja wohl nicht von ungefähr kommen. Ich gebe Ihnen hier einen guten Tipp: Suchen Sie im Internet nicht nach dem Stichwort »scharf« in Kombination mit »sexueller Appetit«. Sachen gibt's da! Extrem unseriöse Anbieter locken mit haltlosen Behauptungen wie dieser: »Wenn man etwas Scharfes kocht, kann man sich fast sicher sein, dass daraufhin etwas Scharfes passiert«, gefolgt von dem werbenden Hinweis: »Und wenn nicht, können Sie auch mit unserem Aphrodisiakum Abhilfe schaffen.«[200] Alles klar.

Etwas seriöser wird's schon, wenn Sie »Aphrodisiaka« und »Gewürze« kombinieren. Zwei Frauen, die es offensichtlich wissen, teilen in einer Männerfachzeitschrift fachkundig mit, wie man mit dem Paprikawirkstoff Capsaicin seine Süße scharf machen kann: »... die Wirkung des Capsaicin steigert die Lust und das körperliche Wohlbefinden. Tipp: Wenn Sie etwas zu viel Chili erwischt haben, hilft nur noch Milch oder Käse (Fett löst das Capsaicin).«[201] Tatsächlich ist Capsaicin lipophil, das heißt fettliebend. Ähnliches zur anregenden Wirkung scharfen Essens schreibt eine Kollegin in einem Konkurrenzblättchen, in dem noch einmal referiert wird, wie Mickey Rourke mittels allerlei Leckereien Kim Basinger rumkriegt. Scharfes bringe den Kreislauf in Schwung, heißt es da, rege dadurch die Durchblutung des Beckens und demzufolge der Sexualorgane an. Das ist natürlich Unfug! Eine Durchblutungssteigerung macht sich zuallerletzt im Becken bemerkbar, es sei denn, man verwendet eine capsaicinhaltige Rheumasalbe im Beckenbereich. Ich würde das nicht empfehlen! Außerdem erfährt man: »Besonders Chili mit seinem

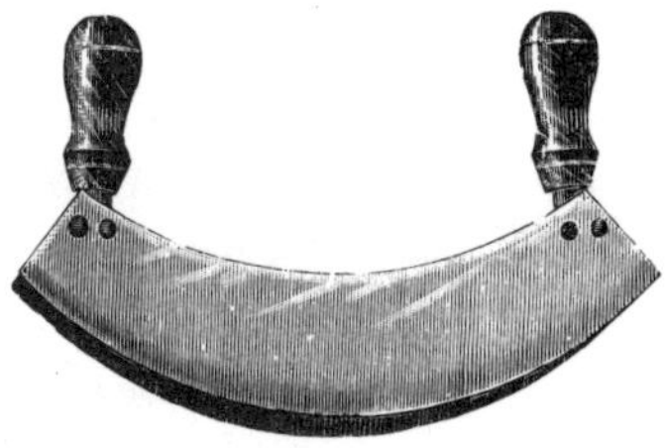

»Wiegemesser, doppelt, prima Qualität, scharf geschliffen.« Wenn dieses Wiegemesser auch noch so scharf geschliffen ist, die damit gewiegten Gewürze »machen« Sie nur scharf, wenn Sie fest daran glauben.

blutverdünnenden Wirkstoff Capsaicin heizt dem Körper ein.« Das Autorinnenduo, auf das sich die Journalistin beruft, klärt auch nur scheinbar medizinisch auf.[202] Die Wirkung des Capsaicin soll andererseits darauf beruhen, dass es einfach Schmerz verursacht. Capsaicin ist ein Alkaloid, wie unter anderem auch Morphin, Cocain (Kokain) und Mescalin. Hu-hu, das klingt ja wunderbar nach Verbotenem! Der Schmerz führe dann wieder zur Ausschüttung körpereigener Morphine, der Endorphine, die euphorische Reaktionen auslösten. Man habe schon rauschähnliche Zustände beobachtet. Sie merken, ich schreibe schon die ganze Zeit im Konjunktiv. Auch die lange Jahre, vor allem von Joggern erhobene Behauptung, sie fühlten sich nach einem Lauf richtig »high«, was ganz bestimmt auf die vom Körper produzierten Endorphine zurückzuführen sei, lässt sich medizinisch nicht mehr halten.[203] Ähnliches vermute ich vom angeblich betörenden Effekt des scharfen Paprika. Eine Luststeigerung tritt offensichtlich nur dann ein, wenn beim Chili-Esser eine deutliche masochistische Veranlagung vorliegt. Wie scharfes Chili, richtig scharfes Chili tatsächlich wirkt, erfahren wir aus einer im Internet weit verbreiteten Geschichte, in der ein unvorbereiteter »Jens« (manchmal auch »Edgar«) zu einem Chili-con-Carne-Test in Texas eingeladen wird. »Chiliheads« treffen sich dort tatsächlich zu solchen Wettbewerben. Seine Bewertung des ersten Chiligerichts fällt noch recht harmlos aus: »Richter 1: etwas zu tomatenbetont; amüsanter Kick. Richter 2: angenehmes, geschmeidiges Tomatenaroma. Sehr mild. Jens: Aua! Was ist das für Zeug!? Damit kann man getrocknete Farbe von der Autobahn lösen!! Brauchte zwei Bier, um die Flammen zu löschen. Ich hoffe, das war das übelste.« Zum vierten Chili geben die Tester folgende Bewertungen ab: »Richter 1: Chili mit schwarzen Bohnen und fast ungewürzt. Enttäuschend. Richter 2: ein Touch von Limonen in den schwarzen Bohnen. Gute Beilage für Fisch und andere milde Gerichte, eigentlich kein richtiges Chili. Jens: Irgendetwas ist über meine Zunge gekratzt, aber ich konnte nichts schmecken. Ist es möglich, einen Tester auszubrennen? Sally, die Barfrau, stand hinter mir mit Biernachschub; die hässliche Schlampe fängt langsam an HEISS auszusehen; genau wie dieser radioaktive Müll, den ich hier esse. Kann Chili ein Aphrodisiakum sein?«

Die Geschichte geht noch weiter. Es werden mit jeweils gesteigerter Schärfe insgesamt acht Chilizubereitungen getestet, obwohl »Jens« schon nach der ersten rein gar nichts mehr schmecken kann. Wie er bezweifele auch ich, dass nach den starken Schmerzempfindungen, die durch scharfes Chili hervorgerufen werden, überhaupt noch jemand andere Gedanken haben kann als: »Das war's dann, ich sterbe.«

Die aphrodisierende Wirkung von Artischocken, Auberginen, Austern, Avocados, Chili, Erdbeeren, Eiern, Ginseng, Granatapfel, Ingwer, Kardamom, Knabenkraut, Kaviar, Knoblauch, Lachs, Lychee, Marihuana, Morcheln, Muskat, Nelken, Petersilie, Rettich, Safran, Schokolade, Sellerie, Spargel, Trüffel und Zimt möchte ich weder bezweifeln noch bestätigen. Die Liste ist natürlich unvollständig, aber Sie können sie aufs Leichteste ergänzen, wenn Sie wollen. Probieren Sie's doch selbst aus. Schreiben Sie einfach irgendeiner Speise aphrodisierende

Wirkung zu und hoffen Sie das Beste. Die Römer waren der Ansicht, Fisch würde sowohl die Libido als auch die Fruchtbarkeit anregen. Freitag war für sie der Tag der Venus. Irgendetwas müssen die Kirchenväter dann falsch verstanden haben. Sie nahmen im Gegenteil an, der Genuss von Fleisch fördere die Wollust. Fisch dagegen kühle, weil selbst kalt, auch die Leidenschaften. Wenn man lange genug argumentiert, und die Kirchenväter hatten Jahrhunderte Zeit, kriegt man offensichtlich alles passend. Michele Savonarola behauptete im 16. Jahrhundert, gebratene Tauben »erwärmen die Lenden und regen so zum Beischlaf an«.[204] Ähnliches galt für appetitlich zubereitete Spatzen: Sie seien »dem Beischlaf förderlich [...] und stacheln die Begierde an.«[205] Während, wie wir wissen, im 19. Jahrhundert den Dienstboten eine übergroße Lüsternheit unterstellt wurde, galten zur Renaissancezeit vor allem die Damen der Oberschicht als lasterhaft. Beschreibungen ihres wollüstigen Verhaltens bilden die Grundlage der erfolgreichsten Novellen. Das ganze Treiben machte natürlich viele Hilfsmittel nötig, vor allem, um den Damen eine ausreichende Befriedigung zu verschaffen.

Wie die Renaissance-Ärzte war auch Brillat-Savarin überzeugt, dass Trüffel eine erotisierende Wirkung hätten: »Die Trüffel ist kein absolutes Liebesmittel, aber sie kann bei gewissen Gelegenheiten die Frauen nachgiebiger und die Männer liebenswürdiger machen.«[206] Und damit ist schließlich allen gedient.

Schimmel auf Marmelade ist nicht so schlimm

Ist er nämlich doch! Viele Leute, die Schimmel auf ihrer Marmelade entdecken, entfernen ihn großzügig und essen dann den Rest ungerührt auf. Das ist aber nicht ganz ungefährlich. Schimmel wächst zwar nicht, wie beim Brot, unsichtbar durch die ganze Marmelade. Beim Ent-

fernen streut der Schimmel allerdings seine Sporen, ohne dass man es bemerken kann. Dann wächst er ungestört weiter. Was dieser Schimmel vor allem produziert, sind Mykotoxine. Dazu zählen unter anderem Aflatoxin und Zearalenon. Insgesamt gibt es etwa 200 derzeit bekannte Myko-

So dicht wie dieses Marmeladenglas aus Omas Küche sind auch moderne Schraubgläser. Nach dem Öffnen kann sich trotzdem Schimmel bilden und dessen Sporen verteilen sich, wenn Sie ihn abnehmen, in der ganzen Wohnung.

toxine von 300 Schimmelarten. Sie können zu erheblichen Leber- und Nierenschäden führen (hepatotoxisch bzw. nephrotoxisch), außerdem wirken sie krebserregend (karzinogen), schädigen das Zentralnervensystem (neurotoxisch) und das Immunsystem (immunsuppressiv), das Erbgut (mutagen) und Embryonen (teratogen). Sie können Hautschäden verursachen (Nekrosen), Stoffwechselprozesse hemmen und allergische Reaktionen auslösen. Das halten Sie alles für »halb so wild«? Bitte sehr, aber ich habe Sie gewarnt. Gewarnt sein sollten Sie auch durch die seit 1. Juli 2006 EU-weit geltenden Höchstmengen. Wenn Sie an einem furchtbaren Gesetzeswust interessiert sind, finden Sie unter *dieser Fußnote*[207] eine Fundgrube für Ihre Forschungen. Werfen Sie schimmelige Marmelade also auf jeden Fall weg, wenn Sie's entdeckt haben, am besten, ohne das Glas erneut zu öffnen! Eine schöne Liste der bei Biologen beliebtesten Schimmelarten finden Sie beim Eintrag »Brot darf man nicht im Kühlschrank aufbewahren«.

Sekt wird nicht schal, wenn man einen Silberlöffel in die Flasche steckt

Das wäre ja noch schöner! Wollen Sie etwa mit Sekt geizen? Löschen Sie auch Wunderkerzen auf halber Strecke und brennen sie bei nächster Gelegenheit neu an? Lassen Sie nach dem Kindergeburtstag die Luft aus den Ballons und heben sie fürs nächste Jahr auf? Sekt genießt man nicht wegen seines zweifellos angenehmen Geschmacks und der noch viel angenehmeren Blubberbläschen, sondern man zelebriert mit ihm einen symbolischen Verbrauch, reinen Luxus. Sekt ist nicht teuer, weil er teuer herzustellen ist, sondern weil er teuer sein soll. Eine Flasche Sekt öffnet man zu einer besonderen Gelegenheit. Man ist wenigstens zu zweit, meist sind noch mehr Personen anwesend und da sollte man es nicht schaffen, eine Flasche vollständig zu leeren, den Rest, vielleicht ein Glas, stattdessen aufheben und am nächsten Tag einsam austrinken?

Machen Sie das ruhig, Sie werden an dem schalen Tropfen wenig Freude haben, vor allem dann nicht, wenn Sie den längst widerlegten Trick mit dem Silberlöffel im offenen Flaschenhals anwenden. Ein chemischer Vorgang findet dabei nämlich nicht statt. Der Löffel – ob nun aus Silber oder aus einem anderen Material ist nicht von Bedeutung – hat lediglich die Wirkung, die Kälte des Kühlschranks um wenige Minuten schneller in die Flasche zu leiten – ein extrem schwacher physikalischer Effekt. In kalten Flüssigkeiten aber bleibt Kohlensäure tatsächlich länger gelöst. Sektflaschenverschlüsse, die unter den Flaschenrand geklemmt werden, um dem Druck standzuhalten, haben auch eine schwache Wirkung beim Zurückhalten der Kohlensäure. Aber sagen Sie mal ehrlich: Hat Ihnen der einsam und allein getrunkene Sekt am Tag nach dem besonderen Tag jemals wirklich gut geschmeckt?

Senf macht dumm

Alternativ dazu: Maggi macht dumm[208] oder Mohn macht dumm. Was so alles dumm macht! Ich habe schon jede Menge Senf und Maggi und Mohn zu mir genommen. Meinen Sie, es liege daran, dass ich dieses, Dings, na, was wollte ich gerade noch sagen …?

Friedrich Hoppichler kann wenigstens erklären, wie es zu dieser dummen Behauptung in Bezug auf Senf gekommen ist: »Es gibt sogenannte cyanogene Senföle, die giftige Blausäure bilden und vor allem in Bittermandeln und Bambussprösslingen vorkommen. Im Übermaß genossen, führen diese cyanogenen Senföle tatsächlich zu Schwachsinnigkeit. Diese haben aber mit den Senfölen, die im Senf enthalten sind, gar nichts zu tun.«[209] Eine schlichte Verwechslung also!

Und wie verhält es sich mit Mohn? Die in Gebäcken verwendeten Mohnsamen stammen vom Schlafmohn (Papaver somniferum). Das ist dieselbe Pflanze, aus der auch Opium gewonnen wird. Auch der für Speisezwecke verwendete Mohn enthält Morphin in deutlich messbaren Mengen. Es lässt sich sogar im Urin nachweisen. Der Anbau von Papaver somniferum ist deshalb in Deutschland durch das Betäubungsmittelgesetz geregelt.[210] Eine Ausnahmegenehmigung zum Anbau erhielt nur die morphinarme Schlafmohnsorte »Przemko«. Der Morphiumgehalt in Speisemohn schwankt allerdings enorm. Ein Gramm Mohn besitzt die gleiche pharmakologische Wirkung wie 2 bis 251 Mikrogramm Morphium (1 Mikrogramm = 1 Millionstel Gramm). Man geht von einem mittleren Gehalt von 60 Mikrogramm Morphium pro Gramm aus. Allerdings müsste ein Kind 4 bis 8 Mohnbrötchen oder 30 Gramm puren Mohn, das sind 200 Gramm Mohnkuchen essen, bevor eine messbare Wirkung eintreten würde. Deshalb ist der Verzehr von Speisemohn selbst für Kinder völlig unbedenklich. So viel, dass der Mohn ihnen etwas ausmachen könnte, können die Kurzen gar nicht essen.[211] Trotzdem hält das Bundesinstitut für Risikobewertung gezielte Anstrengungen für notwendig, »die Gehalte pharmakologisch aktiver Opiumalkaloide, insbesondere von Morphin, auf das technologisch erreichbare Mindestmaß zu senken«[212]. Risikoforscher sind eben von Natur aus vorsichtig.

Und was ist mit Maggi? Macht dumm, klar. Wollen Sie hier wirklich eine haarkleine Widerlegung dieses Schwachsinns lesen? Na also, wollen Sie nicht! Oder kennen Sie den Spruch »Ein Tropfen Essig nimmt zehn Tropfen Blut«? Man nennt ihn auch »zehrend« oder »blutverdünnend«. Wer denkt sich nur so einen Blödsinn aus?!

Silberbesteck läuft nicht an, wenn man es auf Alufolie lagert

In Bezug auf angelaufenes Silberbesteck geben sich unter anderem Hans Peter Matkowitz und Juliana Raskin-Schmitz folgender Hoffnung hin: »Die Lagerung auf Aluminiumfolie verhindert das vorzeitige Anlaufen der Bestecke.«[213] Wenn die beiden Autoren im Chemieunterricht aufgepasst hätten (ich weiß, er ist normalerweise stinklangweilig), wüssten sie, dass der Trick mit der Alufolie nur dann funktioniert, wenn sich beide Metalle in einer salzigen Lösung befinden. Dann nämlich, und nur dann, wandern die Ionen des Silbersulfids (Ag_2S) – denn darum handelt es sich bei den angelaufenen Stellen – zum weniger edlen Aluminium. Das Aluminium löst sich auf und wird zu Al^{3+}. Dabei werden Elektronen freigesetzt. Diese Elektronen fließen durch die Metalle und kommen zum Silbersulfid. Dort reduzieren sie das Silbersulfid zurück zu Silber. Das Silber ist wieder silbern. Das Sulfid-Anion (S^{2-}) bleibt unverändert, jedoch entwickelt sich in saurer Lösung daraus Schwefelwasserstoff (H_2S). Sauer wird die Lösung auch durch die sich bildenden Aluminiumsalze. Der Schwefelwasserstoff war zuvor teilweise aus der Luft, aber mehr wohl aus Eiweiß von Fettfingern im Silbersulfid gebunden. Schwefelwasserstoff riecht nicht gut. Bei einer schlichten Lagerung auf Alufolie kann dieser chemische Vorgang aber gar nicht stattfinden.

»Ute«, eine Frau, die ich nicht kenne, außer von einer »Hausfrauenseite«, behauptet: »Silber läuft nicht mehr an, wenn man einige Stücke Schulkreide mit in die Schublade legt. Der Tipp stammt von meiner Oma (und Omas haben immer recht). Ich weiß auch nicht warum,

»Martinstahl-Löffel, starke Qualität, fein verzinnt.« Wenn das Rohmaterial Ihres Bestecks im Siemens-Martin-Verfahren hergestellt wurde, haben Sie sowieso kein Problem mit Anlaufen. Das Material oxidiert ohnehin so stark, dass man es »Rost« nennt.

aber es funktioniert!«[214] Der Trick funktioniert natürlich nicht, selbst wenn »Ute« und ihre Oma das behaupten. Wie sollte auch zwischen angelaufenem Silber (Silbersulfid, Ag_2S) und Kreide (Kalziumkarbonat, $CaCO_3$) ohne vermittelnden Stoff eine chemische Reaktion stattfinden?

Slow Food wird langsam gegessen

Bei Slow Food handelt es sich nicht um das Verspeisen von Schnecken und lahmen Enten. Das Symbol der Slow-Food-Bewegung, eine stilisierte Schnecke, führt da auf eine völlig falsche Kriechspur. Wahr ist dagegen: Das Feindbild der Liebhaber »langsamer« Lebensmittel sind Fast Food und Lebensmittelkonzerne. Wahr ist außerdem: Slow Food wird langsam serviert. Ich habe einmal in einem Slow-Food-Restaurant in Braunschweig gesessen, in dem die Rechnung noch eher serviert wurde als der erste Gang, ach was, ich hatte den Eindruck, sie käme sogar noch vor den Getränken. Dafür war das Bier offensichtlich am selben Abend, noch während wir darauf warteten, gebraut worden, der Wein wurde bestimmt frisch gekeltert, die Gemüse frisch geerntet und das Fleisch musste sehr wahrscheinlich noch etwas abhängen. Bis zur Anlieferung der Speisen schrieb ich noch ein Ratgeberbuch. Wenn ich gewusst hätte, dass Slow Food ein Marketinggag für lahme Köche ist, hätte ich doch vorher etwas gegessen! Meine Versuche, dem Bedienpersonal Dampf zu machen – »Entschuldigung, wir hatten vor geraumer Zeit …« –, wurden von meiner Frau klug gedämpft: »Mach jetzt hier keinen Aufstand!«

Einige Bemühungen der Bewegung, etwa die, »unseren Alltag freudiger zu gestalten«[215], kann ich vollkommen gutheißen. Slow-Food-Gründer Carlo Petrini will aber mehr. Er will Lebensmittelqualität für alle und lokale Produzenten unterstützen und die Natur schützen und saisonale Produkte einsetzen und Bioprodukte verwenden und zu bewusstem Essen anregen. Das sind politisch so korrekte Ziele, dass ich skeptisch wurde. Gegen Fast Food und Konzerne, die als Übel an sich betrachtet werden, stellen die Slow-Food-Bewegten »traditionelles Essen«, »herkömmliche Methoden« der Essenszubereitung und lokale Vermarktung. Darin klingt schon eine generelle Fortschrittsfeindlichkeit an. Und richtig: Slow-Food-Freunden ist die gesamte »moderne Lebensweise« abhold. »Langsame Nahrung« wird dagegen mit gutem, sauberem und fairem Essen gleichgesetzt.

Wenn die Welt doch nur so einfach gestrickt wäre wie dieses Weltbild! Schließlich gibt es zwischen den Konzernen und den Hofläden ja auch noch Millionen kleiner und mittelgroßer Betriebe, Bäcker, Konditoren, Metzger, die mit hervorragenden Produkten um Marktanteile und ums Überleben kämpfen. Im Dezember 2009 feierte die Slow-Food-Bewegung ihr zwanzigjähriges Bestehen. Derzeit gehören ihr 2000 lokale »Lebensmittelbündnisse« an. Petrini startete das Slow-Food-Gegenimperium 1986 mit Protestaktionen gegen ein Fast-Food-Lokal an der Spanischen Treppe in Rom. In seinen Augen ging mit dessen Einrichtung ein schlimmer Kulturverlust einher. Man muss kein Freund des schnellen Essens und erst recht keiner von Lebensmittelkonzernen sein, um auch in dieser kulturpessimistischen Bewegung eine politische Gefahr zu erkennen.[216] Slow Food ist eine bewusst elitäre Bewegung. Sie ist getragen von der Idee, ihren Anhängern durch das peinlich genaue Einhalten der politisch korrekten Produktionsmethoden eine gesellschaftlich hervorgehobene Stellung zu suggerieren. Würden sich viele Menschen den Slow-Food-Idealen verpflichten, käme die Bewegung auch ohne scharfes Bremsen schnell zum Stillstand.

Spülbecken sind sauber

Das sind sie nämlich nicht. Sie müssen jetzt sehr tapfer sein: Auch Ihres nicht! Wenn Sie Ihr Spülbecken für sauber halten, bloß weil Sie darin spülen, ist das ein gefährlicher Küchenirrtum. Es ist wahrscheinlich sogar der allergefährlichste Küchenirrtum überhaupt. Er verursacht die meisten Lebensmittelvergiftungen und von diesen Vergiftungen enden viele tödlich. Der Weltgesundheitsorganisation WHO liegen die jüngsten Zahlen aus dem Jahr 2005 vor, nicht gerade aktuell, aber erschreckend. Weltweit starben in diesem Jahr 1,8 Millionen Menschen im Zusammenhang mit Durchfällen, die meisten davon verursacht durch Lebensmittelvergiftungen.[217] Selbst in den USA, wo meistens sehr pingelig auf Sauberkeit geachtet wird, sterben jährlich 5000 Menschen daran. Genaue Todesfallstatistiken dazu gibt es in Deutschland nicht, wohl aber die gut begründete Vermutung des Bundesinstituts für Risikobewertung, dass eine Million dieser Vergiftungen jährlich auftreten.[218] Und viele dieser Infektionen haben keine andere Ursache als die Bakterien, die sich in Spülbecken tummeln. Sechzig Prozent aller vorbereitenden Tätig-

»Wasserschäffer, Spülbecken, Eisenblech, verzinkt, mit Bandeisenfuss und Griffen, oval.« Gut, die Griffe sind perspektivisch nicht vollkommen gelungen, aber in diesem Wasserschäffer sammeln sich wesentlich weniger Bakterien als in Ihrem Spülbecken mit Siphon.

keiten beim Kochen werden an und in der Spüle verrichtet. Das hat eine »Arbeitsgemeinschaft Moderne Küche« herausgefunden.[219] Machen wir uns nichts vor: Die Leute wollen Küchen verkaufen. Aber genau deshalb wissen sie auch, wo sich Menschen in der Küche am liebsten aufhalten. Die meisten halten sich aber nicht deswegen bei der Küchenarbeit an der Spüle auf, weil sie gerne spülen, sondern weil die eigentliche Arbeitsplatte mit Toaster, Wasserkocher, Mikrowelle, Pürierstab, Kaffeemaschine und sonstigem Schnickschnack vollgestellt ist. Und genau deshalb haben sich die klugen und verkaufserfahrenen Küchenausstatter für die Spülen auch allerlei teuren Firlefanz ausgedacht, etwa eine verschiebbare Abdeckung aus Schwarzglas, die sanft über die Spüle gleitet. Drumherum gruppieren sich die Bakterienzuchtstätten Armatur, Abfalltrennsystem, Abtropffläche und Multifunktionsbecken.

Dass Spülbecken nicht sauber sind, liegt nicht einmal daran, dass Hausfrauen und Hausmänner schlampig wären. Es liegt einfach in der Natur der Sache, genauer gesagt an deren Konstruktion. Spülbecken sind so konstruiert, dass täglich Teile von Lebensmitteln, Reste, gekocht oder roh, dort landen, durch das Auffangsieb rutschen oder von faulen Menschen sogar dort hindurchgedrückt werden. Unterhalb des Auffangsiebs gibt es ein für Bakterien und Pilze ideales Klima. Es ist feucht und warm. Von Zeit zu Zeit kommt sogar noch ein Schwall lauwarmen Wassers, eine leichte Lauge zwar, aber für die meisten Bakterien und erst recht für Pilze kein bisschen bedrohlich. In einem Werbespot für ein Reinigungsmittel sieht man sehr anschaulich, wie sich die dreisten Kameraden kaputtlachen. Nur vor dem beworbenen Putzmittel haben sie Angst. Dieses Putzmittel ist aber dermaßen aggressiv, dass es nicht nur für Bakterien, sondern auch für Menschen gefährlich ist. Falls Sie es verwenden, seien Sie bitte vorsichtig. Seien Sie außerdem gewiss, dass die Kollegen der soeben gekillten Bakterien deren Werk unbeeindruckt fortsetzen werden. Also: Was tun? Etwa den Salat in der Kloschüssel waschen? Eine schockierende Vorstellung, aber Ortwin Renn, Professor für Technik- und Umweltsoziologie und als solcher »Risikoforscher«, sieht das als ernsthafte und vor allem sichere Alternative zum Spülbecken. Ich bin mir sicher, dass er das noch nie gemacht hat. Er weiß, dass beim menschlichen Zusammenleben auch gesellschaftliche Konventionen einzuhalten sind. Trotzdem hätte er es – unter Missachtung aller Konventionen – durchaus machen können. In der Toilette tummeln sich nämlich wesentlich weniger Bakterien als im Spülbecken. Das wiederum weiß Herr Renn von Andreas Hensel, dem Präsidenten des Bundesinstituts für Risikobewertung. Hören Sie sich das mal an: »Ihnen fällt eine Möhre in die Toilette. Was tun Sie mit dieser Möhre? Ihnen fällt eine Möhre ins Handwaschbecken, was machen Sie mit der Möhre? Sie werden die Möhre, die ins Handwaschbecken gefallen ist, spülen und dann wahrscheinlich verzehren. Würden Sie das auch tun, wenn sie in die Toilette fällt? Wahrscheinlich werden Sie diese Frage mit nein beantworten. Aus wissenschaftlicher Sicht ist dies die falsche Reaktion.«[220]

Ich frage mich, wann der erste Spülbeckenhersteller

meine Idee verwirklicht (und honoriert!) und ein Spülbecken konstruiert, dessen Siphon bis zur Oberkante des Beckens reicht, sodass dieser keine Bakterienbrutstätte mehr ist. Bei der Toilette funktioniert's doch auch!

Vielleicht denken Sie ja: »Übertriebene Hygiene ist ungesund«; früher sagte man doch auch: »Dreck reinigt den Magen.« Vielleicht kommen Sie ja mit solchen Sprüchen prima über die Runden. Wunderbar! Dann haben wir ja jemanden gefunden, der zu den Hinterbliebenen derjenigen geht, die an Salmonellen und Listerien und Kolibakterien gestorben sind, und ihnen aufmunternd zuruft »Ein bisschen Verlust ist immer!« Das soll makaber sein? Makaber finde ich die Tatsache, dass solche Spruchweisheiten Tausende Menschen das Leben kosten.

Stilles Wasser ist gesünder

Dass ich das hier auch noch erörtern muss! Es ist doch nicht einmal ein Küchenirrtum. Manchen Menschen schmeckt Wasser besser mit Kohlensäure, manchen ohne. Das Einzige, was medizinisch sicher ist: Wasser trinken ist gesund. Zwei bis drei Liter Flüssigkeit täglich sollten es schon sein, um den Bedarf des Körpers zu decken. Kaffee, Tee und selbst alkoholische Getränke zählen da natürlich mit, auch wenn ich das hier nicht empfehlen sollte. Die Empfehlung, viel Wasser zu trinken, ist aber politisch vollkommen korrekt. Noch korrekter scheint es zu sein, zum Trinken von kohlensäurefreiem Wasser aufzufordern. Dabei ist mir nicht ganz klar, was daran gesünder sein soll als an prickeligem Sprudelwasser. Der Mineralstoffgehalt beider Versionen ist, sofern sie aus einer Quelle stammen, vollkommen gleich. In der Eifel kann man sich, ohne einen Cent dafür zu zahlen, vielerorts kohlensäurehaltiges Wasser aus einer Quelle direkt abzapfen. Da stehen keine Warnhinweise: »Dieses Wasser ist kohlensäurehaltig!« Den meisten Mineral-

und Tafelwässern wird Kohlensäure zugesetzt. Chemisch korrekt wird ihnen Kohlendioxid oder noch korrekter Kohlenstoffdioxid (CO_2) zugesetzt, das sich im Wasser sehr schnell löst und Kohlensäure (H_2CO_3) bildet. Sie macht das Wasser länger haltbar. Als Konservierungsmittel funktioniert Kohlensäure deswegen, weil sie bakterientötend wirkt. Der Vorteil ist nicht gering zu schätzen.

Dem leicht säuerlichen Geschmack wird aber von vielen Menschen mittlerweile der eher faulige eines »stillen« Wassers vorgezogen. Diesen Geschmack hat »stilles« Wasser nicht von Natur aus. Er entsteht durch längere Lagerung, ist also eigentlich eine Folge von Bakterien-, vor allem aber von Algenwachstum. Selbst diese Algen und diese geringen Mengen an Bakterien sind aber für den menschlichen Verzehr völlig unbedenklich. Manche Menschen reagieren empfindlich auf Kohlensäure im Wasser. Sie fühlen sich »aufgebläht«. Ungesund ist das aber nicht. Manche Weinliebhaber haben den Eindruck, kohlensäurehaltiges Wasser lenke sie vom Weingenuss ab. Wenn ich diese Einschätzung auch nicht teile, so akzeptiere ich sie doch. Was ich aber keinesfalls akzeptieren kann, ist die Behauptung, Wasser, das mit Sauerstoff angereichert ist, habe eine kulinarische oder physiologische Wirkung. Was soll *das* denn!? Diese Sauerstoff-Wässerchen sollen nach Herstellerbehauptung die Durchblutung steigern, das Immunsystem stärken, den Stoffwechsel optimieren und die Fettverdauung verbessern. Wenn man so einen Unsinn liest, heißt es: »Ganz tief durchatmen! Bloß nicht die Nerven verlieren!«

Dass alle diese Werbebehauptungen durch keinerlei unabhängige wissenschaftliche Studien belegt sind, liegt in der Natur der Sache. Zur Aufnahme von Sauerstoff in den Körper haben Menschen, Säugetiere, Vögel und selbst einige Fische eine Lunge. Die Lunge ist ein wahres Wunderwerk zur Versorgung des Organismus mit Sauerstoff. Zwischen 4,7 Liter Luft (beim Schlafen) und 60

Liter (bei schnellem Laufen) werden pro Minute (!) durch sie durchgepumpt. Darin befinden sich 20,942 Prozent Sauerstoff, 78,084 Prozent Stickstoff und 0,038 Prozent Kohlendioxid. Ein Liter Sauerstoff wiegt 1,42 895 Gramm. Das gilt natürlich nur bei Normalbedingungen, also 0 Grad Celsius und 1013,25 mbar. Nur bei diesen Bedingungen beträgt die Dichte 1,42 895 Gramm (273,15 Kelvin[221] = 0 °C und »Normaldruck« p0 = 101,325 Pa = 1013,25 mbar = 1013,25 hPa), also nicht während einer Hochdruck- oder Tiefdruckphase. Naturwissenschaftler halten diese korrekte Beschreibung der Bedingungen für unabdingbar. Umgerechnet auf reinen Sauerstoff bedeuten 4,7 beziehungsweise 60 Liter Luft mit 20,942 Volumenprozent Sauerstoff also eine Aufnahme von 0,984 Litern reinen Sauerstoffs in der Minute, also 59,04 Liter (= 84,365 208 Gramm) in einer Stunde beim Schlafen, und von 12,565 Litern reinen Sauerstoffs in der Minute, also 753,91 Liter = 1077 Gramm in einer Stunde beim schnellen Laufen.

Ich finde die vielen Zahlen auch lästig. Sie hindern irgendwie den Textfluss, aber, wie gesagt, Naturwissenschaftler finden das ganz wichtig. Jetzt ist es jedenfalls alles aufgeschrieben und irgendwer wird etwas damit anfangen können. Also weiter: In Wässerchen, die »mit Sauerstoff angereichert« sind, befinden sich pro Liter zwischen 24 und 226 Milliliter Sauerstoff. 24 Milliliter, das ist, weil nur etwa ein Viertel des Sauerstoffs beim Atmen aufgenommen wird, ein Zehntel der Sauerstoffmenge, die allein beim Schlafen in einer Minute durch die Lunge aufgenommen wird, und ein 615stel der Sauerstoffmenge, die beim Schlafen in der Stunde aufgenommen wird. Bei einem »hochdosierten« Wässerchen mit 226 Milliliter Sauerstoff ist es lediglich ein Viertel der beim Schlafen in der Minute aufgenommenen Sauerstoffmenge. Beim Versuch, Ihrem Körper durch solche Getränke einen zusätzlichen Kick zu geben, hätten Sie auch noch die folgende

Kleinigkeit zu berücksichtigen: Über das Verdauungssystem lässt sich so gut wie überhaupt kein Sauerstoff aufnehmen![222]

Suppenfleisch muss in kaltem Wasser angesetzt werden

Ausgekocht ist es, es war in kaltem Wasser angesetzt, hat sämtliche Nährstoffe an die umgebende Brühe abgegeben und gehört nicht auf den Tisch, sondern in den Müll. Dieser Meinung war jedenfalls der französische Küchenlehrer Brillat-Savarin, der den Verzehr von Suppenfleisch nur vier Klassen von Menschen zugestand: den Gewohnheitsmenschen, den Ungeduldigen, den Unaufmerksamen und den Fressern. Keiner dieser Gruppen rechnete er sich selbst zu und eine Gruppe der geschwätzigen Genießer beschreibt er in seinem Buch nicht. Trotzdem, ergänzte sein Übersetzer Carl Vogt, werde in Süddeutschland, das habe er selbst beobachtet, Suppenfleisch aufgetischt, »gewissermaßen als Beweis für die frische Zubereitung der Suppe«.[223] Genau! Und das ist auch ganz richtig so!

Dadurch, dass als Suppenfleisch vorwiegend langfaseriges Fleisch mit viel Bindegewebe, Fett und Sehnen verwendet wird, das teilweise auch Knochen enthält, gibt es viele Aromen und Gelatine an das Kochwasser, also die dabei entstehende Suppe ab. Nach dem Kochen ist es aber für den Verzehr durchaus geeignet und keineswegs vollkommen ausgelaugt. Es ist zart und faserig, hat weiterhin den eigentümlichen Fleischgeschmack und verschafft dem Kulinariker, da hat Carl Vogt durchaus recht, die

»Schaumlöffel, verzinnt, mit halbtiefer Schale und grosser Lochung.« Mit so einem Schaumlöffel holen Sie das Suppenfleisch aus der fertigen Suppe. Ob Sie es zuvor in kaltes oder kochendes Wasser gegeben haben, ist vollkommen egal.

Gewissheit, dass seine Suppe nicht oder jedenfalls nicht ausschließlich aus Brühwürfeln zubereitet wurde.

Und jetzt das Wichtigste: Die in *allen* Kochbüchern zu lesende Regel, Suppenfleisch sei in *kaltem* Wasser anzusetzen, ist falsch. Ein Unsinn, hervorgegangen aus der Vorstellung, die an der Oberfläche koagulierenden Proteine würden den Fleischsaft und das zu Gelatine gewordene Kollagen im Fleisch zurückhalten. Wie beim »scharfen« Anbraten bildet sich aber auch beim Kochen von Fleisch an dessen Oberfläche keine dichte Schicht. Will man möglichst viele Aromen und möglichst viel Zellflüssigkeit und Gelatine aus dem Fleischstück herausholen, reicht es, das Fleisch ohne Salz zu kochen. Salz würde nämlich den osmotischen Druck von außen erhöhen. Durch das Gefälle treten diese Stoffe aber aus und kommen in die Brühe. Das meint auch Thomas Vilgis: »Nach zwei Stunden ist es der Brühe letztlich egal, ob Fleisch und Knochen ins kalte oder warme Wasser gelegt worden sind.«[224] Man setze also munter sein Suppenfleisch in kaltem Wasser auf oder in heißem, ist doch eh wurscht. Wenn Sie aber in einer Kochausbildung sind und Ihr Kochlehrer sagt: »Suppenfleisch *muss* in kaltem Wasser angesetzt werden«, dann machen Sie das doch einfach so. Der alte Zausel lernt's wahrscheinlich sowieso nicht mehr.

T

Teflonpfannen darf man nicht mehr verwenden, wenn sie zerkratzt sind

Darf man nämlich wohl! Ich empfehle Ihnen selbstverständlich *nicht*, Ihre beschichteten Pfannen und Töpfe absichtlich zu zerkratzen. Ihre Panik, ein paar versehentlich abgekratzte Stückchen zu verschlucken, ist aber vollkommen unbegründet. Schlucken Sie das Material getrost herunter. Es wird Ihren Körper auf natürlichem Weg wieder verlassen und bis dahin keinerlei Schaden anrichten. Wirklich nicht! Nicht einmal Magensäure, eine salzsäurehaltige Lösung, kann Teflon[225] angreifen. Und Lebensmittel können mit Teflon auch keine Verbindung eingehen. Deswegen wurde es ja genau so entwickelt. Es ist einfach zu glatt. Aus diesem Grund ist es aus gesundheitlicher Sicht auch völlig unbedenklich, eine zerkratzte beschichtete Pfanne zu benutzen. Je mehr Kratzer in der Pfanne sind, desto weniger funktioniert natürlich die Antihaftfunktion der Beschichtung. Eier und Pfannkuchen und alles andere, was sie darin braten, klebt immer stärker an. Es gibt aber tatsächlich eine Möglichkeit, von Teflonpfannen gesundheitsschädliche Stoffe zu lösen. Das passiert, wenn Sie die Pfanne überhitzen. Teflon, oder auch Polytetrafluoräthylen (PTFE) genannt, ist ein Kunststoff, der sich durch Wärme verändert. Er ist bis zu einer Temperatur von 260 Grad Celsius beständig. Bei etwa 340 Grad Celsius beginnt Teflon zu schmelzen, und ab 360 Grad Celsius entstehen gasförmige Spaltprodukte. Schon ab 200 Grad werden aber fluorierte Verbindungen frei. Menschen, die diese Verbindungen einatmen, setzen sich im schlimmsten Fall einem hohen Risiko von Lungenentzündungen und Ödemen aus. Geringere Konzentrationen haben grippeähnliche Symptome zur Folge. Man nennt es auch Teflonfieber. Entsprechende Dämpfe entstehen leicht, wenn die Pfannen ohne jeglichen Inhalt erhitzt werden. Erhitzen Sie also Ihre Teflonpfanne nur mit Inhalt, dann ist alles in Butter, auch ohne Fett in der Pfanne. Und kratzen Sie nicht so idiotisch darin herum! Dann bleibt nämlich bald alles drin haften und genau das wollen Sie doch nicht.

Teflonpfannen sind ein Abfallprodukt der Raumfahrtforschung

Astronauten machen täglich Trainingsfahrten in Zentrifugen. Astronauten essen aus Tuben. Astronauten müssen makellose Zähne haben. Alles Quatsch! Das weiß man am Lehrstuhl für Raumfahrttechnik der Technischen Universität München. Man weiß außerdem, dass Teflonpfannen nichts und wirklich gar nichts mit der Raumfahrt zu tun haben. Erfolglos versucht die NASA, dieses Gerücht zu zerstören. Sie hat dafür einen guten Grund: Das Material, das bei den ersten Apollo-Flügen als Kabelisolierung verwendet wurde, erwies sich wegen seiner leichten mechanischen Zerstörbarkeit für diesen Zweck sogar als ungeeignet.[226] Das Einzige, was man weder bei der NASA noch an der TU München weiß, ist, wie es zu dem Gerücht kommen konnte, das Material sei bei der Raumfahrtforschung entwickelt worden. »Vielleicht hat der häufige Gebrauch von Teflon [...] bei den Apollo-Flügen das Gerücht ausgelöst«, vermutet Ulrich Walter, »das jedoch ist reine Spekulation und kein Mensch weiß es wirklich.«[227]

Die antihaftbeschichtete Bratpfanne wurde nämlich schon 1954, drei Jahre vor den ersten Raumflügen mit

Sputniksatelliten, patentiert, und zwar durch den französischen Chemiker Marc Grégoire. Dabei hatte er das Verfahren nicht einmal selbst erfunden, sondern angeblich seine Frau Colette. Als Küchenfee konnte sie diese Pfanne gut gebrauchen. Dafür war das Verfahren immerhin besser geeignet als zur Beschichtung von Angelschnüren, für die ihr Mann es vorgesehen hatte.[228] Ob das stimmt? Das Material selbst, chemisch benannt Polytetrafluoräthylen, wurde jedenfalls schon 1938 von Roy J. Plunkett in der amerikanischen Firma DuPont erfunden, als er nach einem Kältemittel für Kühlschränke forschte. Die Firma DuPont kann, nebenbei betrachtet, eine der frühesten Verwendungen für eine BinnenMajuskel für sich geltend machen. Mehr als 80 Prozent aller Pfannen sind heute mit diesem Material beschichtet, außerdem Backbleche, Backformen, Kasserollen, Kochlöffel, Pfannenwender, Raclettepfännchen, Schneebesen, Waffeleisen und Woks. Pfannen oder Töpfe mit Antihaftbeschichtung werden vor allem da eingesetzt, wo fettarm oder ganz ohne Fett gebraten werden soll. Genauso alt wie dieses Kochgeschirr selbst sind die Diskussionen darüber, ob und unter welchen Bedingungen die Antihaftbeschichtung gesundheitsschädlich ist.

W

Wasserfilter filtern das Wasser

Es war in den frühen 1980er Jahren. Ich musste noch sehr viel lernen und dazu musste ich noch mehr ausprobieren. Das Trinken von Tee anstelle von Kaffee gab mir die Gelegenheit, mir mit geringem Aufwand die Aura eines Kenners zu geben. Der erste Schritt zur Kennerschaft bestand darin, mich über aromatisierte Tees zu mokieren. Jasmintee, Rosenblütentee? Igitt! Kenner trinken reinen Tee. Kenner können nicht nur Assam von Ceylon, von China und von Darjeeling unterscheiden, Kenner wissen auch die feinen Aromenunterschiede der jeweiligen Plantagen zu schätzen. Ganz zu schweigen von der jeweiligen Pflücksaison: first flush, second flush, autumnal. Unter sechs Buchstaben FTGFOP (finest tippy golden flowery orange pekoe) trank ich sowieso keinen Tee.

Um dessen Nuancen nicht von fremden Stoffen überdecken zu lassen, benutzte ich damals einen Wasserfilter. Oben kam angeblich schmutziges Leitungswasser hinein und unten kam noch viel angeblicher sauberstes Wasser zur Teezubereitung heraus. Es gibt noch immer eine sehr suggestive Werbung. Sie zeigt zwei Tassen Tee. Der Tee in der einen Tasse ist deutlich dunkler als der in der anderen Tasse. Man erklärt dem Verbraucher, das Brühwasser in der Tasse mit dem helleren Tee sei zusätzlich gefiltert worden, und zwar in einem kleinen Plastikgefäß mit Filterpatrone, die mit Aktivkohle und Ionenaustauscher gefüllt ist. Ich fand das überzeugend. So einen Filter kaufte ich mir sofort. Was aus der Wasserleitung kam, war für meinen Kenner-Tee offensichtlich viel zu schmutzig. Vorher war mir das nie aufgefallen. Beim Benutzen des Wasserfilters fiel mir aber noch etwas anderes auf: Das Wasser sah vorher und nachher genau gleich aus. Von den beschriebenen Verunreinigungen, die das Leitungswasser enthalten sollte, konnte ich nichts sehen. Keine Schwebstoffe, kein Eisen, kein Chlor. Und nachher? Keine Schwebstoffe, kein Eisen, kein Chlor. Mein Tee schmeckte wunderbar. So wunderbar hätte er sicher nicht geschmeckt, wenn ich das Wasser nicht eigens gefiltert hätte. Einen Vergleichstest führte ich natürlich nicht durch. Eine Gefahr, vor der auch damals schon gewarnt wurde, hatte ich automatisch ausgeschlossen: Bakterien. Durch längeres Stehen des Wassers im Filtergerät bilden sie sich zwangsläufig. Außerdem bilden sich Algen, und die kann man sogar sehen. Durch das Kochen des Wassers zur Teezubereitung war ich in Bezug auf Bakterien aber auf der sicheren Seite. Der wunderbare Filter entfernte laut Werbeaussage auch Schwermetalle, Chlor, organische Stoffe und Nitrat. Schwermetalle waren aber schon damals nicht im Leitungswasser, mit der Ausnahme von Blei aus Rohren in älteren Häusern. Der wunderbare Filter sollte auch die Wasserhärte verringern, also Kalzium und Magnesium aus dem Wasser filtern. Das klappte. Ich hatte weniger Kalkablagerungen (Kalziumkarbonat) im Wasserkocher und das nun fehlende Kalzium und Magnesium für meinen Körper ersetzte ich durch entsprechende Tabletten. Außerdem entfernte der Filter auch Chlor. Es war mir egal, dass Chlor, das vom Wasserwerk eigens zur Desinfektion dem Leitungswasser hinzugefügt wird, sich auch durchs anschließende Kochen verflüchtigt hätte. Der wunderbare Filter entfernte sogar Nitrat, das aber nach der Novellierung der Trinkwasserverordnung vom 21. Mai 2001 ohnehin nur noch bis zu 50 Milligramm pro Liter in Trinkwasser vorhanden sein darf. Der kleine Wasserfilter lieferte mir aber auch zusätzlich zum Leitungswasser etwas, und zwar Silber. Es wird eingesetzt, um Bakterien abzutöten. Bis zu 100 Mikrogramm pro Liter sind den Herstellern solcher Zusatzwasserfilter erlaubt, dem Wasserwerk sind gerade einmal 10 Mikrogramm gestattet.

Für die Filterpatronen gab ich ein Großteil meines Stipendiums aus, bis zu 100 Mark für einen Kubikmeter Wasser. Ich trank schon damals eine Unmenge Tee. Zu diesen 100 Mark kam natürlich noch fast eine Mark, die das Wasserwerk damals für einen Kubikmeter, also 1000 Liter reinsten Wassers, verlangte. Eine Unverschämtheit![229]

Wasser ist Wasser

Es gibt zwei grundsätzliche Irrtümer über Trinkwasser: Einer besagt, dass Wasser aus der Wasserleitung sauberer sei als das aus Flaschen, der andere, Flaschenwasser sei sauberer als Leitungswasser. So einfach ist die Sache nämlich nicht! Man kann schwer die eine Aussage als Wahrheit behaupten und die andere als Irrtum entlarven. »Leitungswasser ist sauberer und besser kontrolliert als Mineralwasser.« Schön wär's und eine gute Nachricht für alle Geizhälse (Sektaufbewahrer, Wunderkerzenlöscher, Ballonluftablasser). Eine Flasche Mineralwasser kostet zwischen 5 Cent (Superbilligwässer) und 1,50 Euro (normale Markenmineralwässer). Supermodische Designerflaschenware für Angeber, die 14 Euro und mehr kosten, möchte ich nicht ernsthaft in die Berechnung einbeziehen. Ein Liter Leitungswasser kostet aber ziemlich genau 0,001 Euro. Wozu sich mit Flaschenware abschleppen, wenn aus der Leitung beste Ware fließt und das nahezu umsonst? In diesem Zusammenhang muss man unbedingt darauf hinweisen, dass aus nordeuropäischen Wasserleitungen tatsächlich beste Ware fließt, gesundheitlich vollkommen unbedenklich und zur Nahrungszubereitung jederzeit zu empfehlen. Leitungswasser hat allerdings keine Mineralwasserqualität, sondern nur beste Leitungswasserqualität. Der Unterschied ist nicht so klein, wie man denken könnte. Dafür, dass bei Mineralwasser alles mit rechten Dingen zugeht, gibt es seit Juni 2009 die jüngste Mineralwasserrichtlinie. Darin sind Höchstwerte der enthaltenen Stoffe und zugelassene Behandlungsmethoden beschrieben. Seine wichtigsten Merkmale: »Natürliches Mineralwasser unterscheidet sich von gewöhnlichem Trinkwasser deutlich durch: a) seine Eigenart, die durch seinen Gehalt an Mineralien, Spurenelementen oder sonstigen Bestandteilen und gegebenenfalls durch bestimmte Wirkungen gekennzeichnet ist, b) seine ursprüngliche Reinheit, wobei beide Merkmale aufgrund der unterirdischen Herkunft des Wassers, das vor jedem Verunreinigungsrisiko geschützt ist, unverändert erhalten sind.«[230]

Leitungswasser wird, obwohl es als Trinkwasser bezeichnet wird, nur zum geringsten Teil getrunken oder zur Zubereitung von Nahrung verwendet. Mehr als neun Zehntel der kostbaren Flüssigkeit, die aus der Wasserleitung strömt, wird in der Toilette heruntergespült, in Dusche und Wanne an den Körper gebracht, statt in ihn hinein, in Wasch- und Spülmaschine geleitet oder zum Wässern des Gartens verplempert. Gibt es noch Leute, die samstagvormittags ihr Auto waschen? Gut, also auch dazu wird Trinkwasser verwendet. In der Trinkwasserverordnung wird diese Kostbarkeit deshalb als »Wasser für den menschlichen Gebrauch« bezeichnet. Dieses Wasser darf, wie die Trinkwasserverordnung weiter ausführt, *so gut wie keine* chemischen Verunreinigungen aufweisen. So gut wie keine deshalb, weil *gar keine* chemischen Verunreinigungen technisch nicht zu gewährleisten sind: »Konzentrationen von chemischen Stoffen, die das Wasser für den menschlichen Verbrauch verunreinigen oder seine Beschaffenheit nachteilig beeinflussen können, sollen so niedrig gehalten werden, wie dies nach den allgemein anerkannten Regeln der Technik mit vertretbarem Aufwand unter Berücksichtigung der Umstände des Einzelfalls möglich ist.«[231] Man hört sehr deutlich die Wasserwerkslobby, die »sollen« statt »muss«, einen Bezug auf nicht definierte »allgemein anerkannte Regeln der Technik«, einen ebenfalls nicht definierbaren »vertretbaren Aufwand« und den allzeit beliebten Einzelfall in den Gesetzestext einarbeiten ließ.

»Wasserkrug mit Hohlhenkel und Bandeisenfuss, altblau oder neublau.« Natürlich ist Wasser ein Nahrungsmittel, und es ist das billigste Nahrungsmittel überhaupt. Ob Sie Ihrem Wasserwerk mehr vertrauen als Ihrem Mineralwasserlieferanten, ist reine Geschmacksache. Trinken können Sie Mineralwasser genauso unbedenklich wie »Wasser für den menschlichen Gebrauch«.

Die zurzeit in Deutschland geltende Trinkwasserverordnung vom 21. Mai 2001 (TrinkwV 2001) ist nichts anderes als die Umsetzung der europäischen Richtlinie 98/83/EG über die Qualität von Wasser für den menschlichen Gebrauch vom 3. November 1998 (Trinkwasserrichtlinie). Die deutsche Verordnung trat am 1. Januar 2003 in Kraft. So lange dauert's, bis europäische Richtlinien umgesetzt werden. Und was passiert als Erstes, sobald eine europäische Richtlinie umgesetzt ist? Sie wird überarbeitet! Das passiert im Moment, also in der Zeit, in der dieses Buch gedruckt wird. Wenn Sie nun denken, dieses Werk sei damit schnell veraltet, kann ich nur sagen: Weit gefehlt! Der Satz gilt automatisch auch für alle späteren Auflagen, denn europäische Richtlinien und nationale Verordnungen werden ständig überarbeitet. Damit werden sie dem aktuellen Wissens- und Wünschensstand angepasst. Ich weiß nicht, wie es Ihnen geht, aber mich beruhigt das.

Wie gut oder schlecht das deutsche Trinkwasser tatsächlich ist, steht in den jeweils alle drei Jahre publizierten Berichten des Bundesministeriums für Gesundheit und des Umweltbundesamtes an die Verbraucher und Verbraucherinnen über die Qualität von Wasser für den menschlichen Gebrauch.[232] »2007 wurden 65,49 Millionen Personen, das sind 79,9 Prozent der Bevölkerung Deutschlands, mit 4697,47 Millionen m^3 Trinkwasser aus zentralen Wasserversorgungsanlagen versorgt, die die o.g. Kriterien bezüglich ihrer Größe erfüllen. Das Rohwasser für die Aufbereitung zu Trinkwasser kam in diesen Anlagen zu 74,5 Prozent aus Grundwasser, zu 15,5 Prozent aus Oberflächenwasser und zu zehn Prozent aus sonstigen Ressourcen wie Uferfiltrat oder künstlich angereichertem Grundwasser. Das Trinkwasser aus den o.g. berichtspflichtigen, großen Wasserversorgungsanlagen besitzt eine gute bis sehr gute Qualität. Die im Rahmen der Überwachung durchgeführten Messungen belegen, dass bei den meisten mikrobiologischen und chemischen Qualitätsparametern zu über 99 Prozent die Anforderungen eingehalten und die Grenzwerte nicht überschritten werden.« Da kann man doch nicht meckern.

Weinbrandgläser müssen warm ausgespült werden

Ich weiß, Sie haben keine Hausbar. Sie haben nur diesen Schrank, in dem die nie verwendeten geschliffenen Kristallgläser verstauben und in dem der süße Likör schon über zehn Jahre vor sich hintrocknet. Im selben Schrank aber verdunstet der Cognac praktisch von selbst, sonst wäre der doch nicht immer so schnell leer. Beim Cognactrinken, dachte ich bisher, kann man praktisch keinen Fehler machen, außer zu viel zu trinken. Frank Kämmer, der Autor des wichtigsten aller Weinlexika, schrieb mir aber: »Ein Klassiker ist das Servieren eines Cognacs in einem angewärmten Glas – es gibt kaum etwas Schlimmeres! Versuchen Sie das mal selbst: Nehmen Sie zwei Gläser, das eine normal, das andere mit heißem Wasser angewärmt, und geben Sie Cognac oder Brandy hinein. Dann zuerst im normalen riechen und anschließend im angewärmten – ich verspreche Ihnen, Sie werden aufgrund des stechenden Alkohols die Nase sofort zurückziehen.« Das habe ich gemacht und ich habe, was mir zuvor nie passiert ist, die Nase wegen des stechenden Alkohols sofort zurückgezogen. Ich dachte immer, das müsse so riechen! Ich dachte immer, das Aroma komme schon noch, wenn der Alkohol weg ist. Und außerdem dachte ich noch, dieser stechende Geruch sei das, worauf es ankomme. Ich Idiot! Gut, ich bin kein Cognackenner, aber die Thekenkräfte in »guten« Gasthäusern, die ihre Cognac- oder Weinbrandgläser vor dem Befüllen mit heißem Wasser ausspülen, müssten schon wissen, was sie tun. Offensichtlich tun sie das aber nicht.

Außerdem teilte mir Frank Kämmer mit: »Der bei uns übliche Cognacschwenker ist übrigens keinesfalls das beste Glas für Cognac. Durch die Kugelform wird das eigentlich hochkomplexe Bukett indifferent. In der Cognacregion selbst verwendet man deshalb schlanke tulpenförmige Gläser. Die unterschiedlichen Aromastoffe im Bukett haben eine unterschiedliche Flüchtigkeit, und in einem solchen Glas bildet sich dann quasi ein Duftkamin, in dem die Aromen transparent übereinander ›gestaffelt‹ sind. Probieren Sie das mal aus: Wenn man die Nase fünf Zentimeter vom Glas entfernt hat, direkt am Glas und etwas ins Glas eingetaucht, wird man stets unterschiedliche Nuancen feststellen können.«[233] Ich habe auch das gemacht und wahrscheinlich werde ich das noch öfter machen. Nach dem ganzen Schnüffeln in unterschiedlicher Höhe mache ich sogar das Unvorstellbare: Ich trinke den Cognac!

Z

Zimtsterne kann man so viele essen, wie's einem schmeckt

Die Adventszeit kann kommen. Zimtsterne und Bratäpfel mit Zimt verbreiten angenehme Gerüche. Trotzdem sollte man bei der ganzen Gefühlsduselei etwas Vorsicht walten lassen. Natürliche Aromen gelten gemeinhin als gefahrlos. Das ist so weltfremd und töricht, wie Tabak und Opium für gesundheitsförderlich zu halten, bloß weil es sich um pflanzliche Stoffe handelt.

Mit echtem Zimt (Cinnamomum verum), der auch Ceylonzimt genannt wird, ist die Pflanze Zimtkassie (Cinnamomum cassia oder auch Cinnamomum aromaticum) nur entfernt verwandt. Der botanische Name des Lorbeergewächses rückt es aber in die Nähe des echten Zimts. Botaniker benennen ihre Schätze nicht immer ganz korrekt. Achtung, jetzt wird's juristisch: Cumarin, ein Stoff, der vorwiegend in Cassiazimt, also dem billigeren Ersatzstoff vorkommt, kann in höheren Konzentrationen Leberschäden hervorrufen. Außerdem verursacht es, ebenfalls in höheren Dosen, Kopfschmerzen und Schwindel.[234]

Anfang 2006 entdeckte das Chemische Veterinär- und Untersuchungsamt Münster bei Lebensmittelkontrollen insgesamt 13 Sorten Zimtgebäck mit einem Cumaringehalt zwischen 22 und 76 Milligramm pro Kilogramm. Erlaubt sind in Europa gemäß Aromenrichtlinie von 1988 gerade einmal zwei Milligramm pro Kilogramm.[235] Erstaunlich langsam reagierte das Bundeswirtschaftsministerium, das am 22. September 2006 kundtat, es müsse von einer »gesundheitlichen Gefährdung, insbesondere von Kindern, ausgegangen werden«. Noch viel seltsamer ist es, dass das Umweltministerium Nordrhein-Westfalens am 6. November 2007, fast zwei Jahre nach Bekanntwerden der erheblich überschrittenen Grenzwerte, abwiegelte: »Nachdem im letzten Jahr in Weihnachtsgebäck, insbesondere in Zimtsternen, Gehalte von über 100 mg Cumarin pro Kilogramm Gebäck nachgewiesen wurden, haben die Hersteller ihre Rezepturen nun so geändert, dass in diesem Jahr bei vielen Weihnachtskeksen Cumarin überhaupt nicht mehr nachweisbar war. Der höchste bei diesen Untersuchungen gemessene Wert betrug 6,9 mg/kg.«[236]

Habe ich da etwas falsch verstanden? Zwei Milligramm werden den Herstellern zugestanden und 6,9 Milligramm geben zu keinerlei Aktivitäten Anlass? Der Verbraucherschutzminister erläuterte: »Deutschland hat für Weihnachtsgebäck einen Wert von 20 mg/kg vorgeschlagen.«[237] Wenn Deutschland einen zehnmal so hohen Grenzwert vorschlägt, wie ihn die EU allen Europäern vorschreibt, wird damit europäisches Recht natürlich nicht außer Kraft gesetzt, sondern ganz einfach ignoriert beziehungsweise gebrochen. Schon 2004 hatte die EFSA, die Europäische Lebensmittelsicherheits-Behörde, einen Grenzwert für den Verzehr von Cumarin festgelegt. Er bezieht sich nicht auf den Cumaringehalt des Lebensmittels, sondern auf die Menschen, die zimt- beziehungsweise cumarinhaltige Lebensmittel zu sich nehmen. Unterhalb eines Werts von 0,1 Milligramm Cumarin pro Kilogramm Körpergewicht, so die Empfehlung, sei keine gesundheitsschädigende Wirkung zu befürchten. Damit könne ein Erwachsener (80 Kilogramm) täglich in Gebäck und sonstigen cumarinhaltigen Lebensmitteln wie zum Beispiel Leberwurst, Frühstücksflocken, Curry, Lebkuchen und Glühwein schadlos 8,0 Milligramm Cumarin zu sich nehmen, Kinder (40 Kilogramm) bis zu 4,0 Milligramm.[238] Bei einem stark gewürzten Lebkuchen mit Glühwein ist dieser Wert schnell erreicht. Die Empfehlung der EFSA ist bis heute nicht in die EU-Gesetzgebung eingeflossen.

Bis zum 1. November 2006 lag der Grenzwert für den Cumaringehalt noch bei 67 Milligramm pro Kilogramm. Die drastische Verringerung auf zwei Milligramm pro Kilogramm führte zu heftigen Auseinandersetzungen zwischen den politischen Parteien, die sich wechselweise Leichtfertigkeit und Panikmache vorwarfen. Am 6. November 2006 berichtete der nordrhein-westfälische Gesundheitsminister Uhlenberg: »Bis zum 2. November 06 sind mir noch zehn weitere Messergebnisse berichtet worden. (…) Die nachgewiesenen Gehalte liegen zwischen vier und 102 (!) Milligramm Cumarin pro Kilogramm Lebensmittel. (…) Von 13 im Januar untersuchten Gebäckproben haben alle diesen Grenzwert überschritten. Aktuell sind mir bisher Untersuchungsergebnisse zu 34 Lebensmittelproben mitgeteilt worden. Von diesen enthalten 29 mehr als zwei Milligramm pro Kilogramm Cumarin.«[239] Anschließende Aktivität: keine.

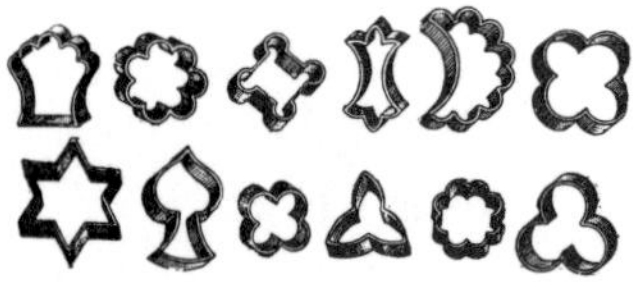

»Ausstechformen, Weissblech in über 100 verschiedenen Formen.« Natürlich können Sie Zimtgebäck in beliebiger Form backen. Traditionell wird es in Sternform ausgestochen. Ich empfehle Ihnen aber, keinen Cassiazimt, sondern echten Ceylonzimt zu verwenden. Ist einfach gesünder.

In der neuen EU-Aromenverordnung wurden differenzierte Grenzwerte für Cumarin vorgesehen, um entsprechende Ungereimtheiten zu vermeiden. Noch während dieses Gesetz erarbeitet wurde, kam das deutsche Bundesministerium für Ernährung, Landwirtschaft und Verbraucherschutz BMELV auf die Idee, dass der aktuelle Grenzwert wohl auch nicht einzuhalten sei: »Der in der nationalen [falsch, weil europäischen] Aromenverordnung seit Jahren für Cumarin festgelegte Grenzwert von zwei Milligramm pro Kilogramm Lebensmittel wird aufgrund einer neuen gesundheitlichen Bewertung des Stoffes von den Bundesländern angezweifelt. Die Zweifel werden noch gestärkt durch die Absicht der EU-Kommission, in der neuen EU-Aromenverordnung überhaupt keinen Grenzwert für Cumarin mehr vorzusehen. Insofern wird von keinem Bundesland im Einvernehmen mit dem Bund dieser Grenzwert für die Beurteilung zimthaltiger Lebensmittel herangezogen.«[240] Das sind so politische Taschenspielertricks. Irgendeiner vergisst in einem Entwurf einen Grenzwert für einen bestimmten Stoff und der Entwurf wird dann als Grundlage für nationale Entscheidungen genommen. Die deutschen Länder nahmen, wie der NRW-Minister Uhlenberg berichtet, stattdessen den ihnen genehmeren Artikel 14 der EG-Verordnung 178/2002 zur Grundlage ihrer Cumarin-Verzehrsempfehlung.[241] Ohne sich mit Grenzwerten zu beschäftigen, heißt es dort pauschal »Lebensmittel, die nicht sicher sind, dürfen nicht in Verkehr gebracht werden.« So einfach kann es sich ein Gesetzgeber auch machen.

Fazit des Bundesinstituts für Risikobewertung zum Cumarinstreit 2007: »Das BfR stellt fest, dass Verbraucher, die viel Zimt verzehren, aufgrund der ganz überwiegenden Verwendung von Cassiazimt derzeit zu hoch mit Cumarin belastet sind.«[242] Dagegen schrieb mir Michael Peschke, Geschäftsführer des Deutschen Konditorenbunds: »Das Konditorenhandwerk arbeitete damals genauso, wie es das heute tut, mit Zimt bester Qualität. Maßvoll eingesetzt ermöglicht Zimt wegen seiner aromatischen und sicher auch gesundheitlich segensreichen Wirkung eine Bereicherung des Konditorsortiments.«[243] Ab 2011 gelten EU-weit neue Höchstmengen für den Cumaringehalt von Speisen:

- traditionelle und/oder saisonale Backwaren, bei denen Zimt in der Kennzeichnung angegeben ist: 50 Milligramm pro Kilogramm
- Frühstücksgetreideerzeugnisse einschließlich Müsli: 20 Milligramm pro Kilogramm
- Backwaren, bei denen Zimt in der Kennzeichnung angegeben ist, außer traditionelle und/oder saisonale Backwaren: 15 Milligramm pro Kilogramm
- Dessertspeisen: 5 Milligramm pro Kilogramm[244]

Dann ist ja jetzt vorläufig alles geregelt.

Zitrusfrüchte müssen vor dem Pressen gerollt werden

Von dem Küchentrick haben Sie bestimmt schon gehört. »Um möglichst viel Saft zu gewinnen: Rollen Sie die Zitrusfrucht vor dem Pressen mit der Hand über einen Tisch!«

Den Tipp kennen nicht nur erfahrene Hausfrauen, sondern auch der innovative Sternekoch Eckart Witzigmann. »Rollen Sie die Zitrone auf der Arbeitsplatte kräftig hin und her. Das löst den Saft.«[245] Eckart Witzigmann hat gute Ideen. Die Idee, Südfrüchte vor dem Pressen zu rollen und zu quetschen, stammt aber nicht ursprünglich von ihm und deshalb hätte er den Tipp vorher auch ausprobieren sollen. Lässt sich aus einer gerollten Zitrone mehr Saft herausholen als aus einer ungerollten? Natürlich nicht! Es lässt sich nämlich gar nicht erklären, wovon der Fruchtsaft sich »lösen« sollte. Von den Zellen? Von der pelzigen Schale? Die Idee hinter dieser Empfehlung ist die folgende: Durch das Rollen würden die Saftschläuche, in denen sich der Fruchtsaft befindet, zerstört. Dadurch würden die Früchte leichter pressbar. Das passiert aber überhaupt nicht. Die kleinen Saftschläuche sind durch die Schale und deren weiße innere Schicht und zusätzlich durch die Häutchen der Segmente extrem gut geschützt. Außerdem sind sie selbst ungeheuer stabil und elastisch und bleiben bei der ungeöffneten Frucht vollkommen intakt, es sei denn, man wendet rohe Gewalt an. Das Rollen der

»Citronenpresse, Glas, gepresst, Schale mit Ausguss u. Griff, 14 cm Durchmesser.« Gar kein schlechtes Gerät zum Zitronenpressen. Rollen und quetschen müssen Sie die Zitronen vorher natürlich nicht.

Zitrone und der Orange ist also nichts als ein Ritual, so wie das Anstoßen und Zuprosten vor dem Trinken. Man macht es aus kommunikativen Gründen, es hat aber keinen Effekt auf den Geschmack. Beim Pressen in der Küche kommuniziert man aber nicht mit anderen Menschen. Das Zitronenrollen kann man deshalb getrost sein lassen.

Vorläufiges ENDE

Und dann gibt es noch die Gastrosophie

Große Lebensmittel-Handelsketten vertrauen auf diese abgespeckte Form von Philosophie und Gastronomie: Gastrosophie.[246] So nennt sich die Lehre vom richtigen Umgang mit Lebensmitteln, deren Herkunft und richtigem Essen. Wer sollte daran Kritik üben? Ich zuallerletzt! Genauso könnte man eine Lehre vom richtigen Umgang mit der Welt, ihrem Ursprung und dem richtigen Verhalten in ihr kritisieren. Religionen tun seit Jahrtausenden nichts anderes, als solche Lehren zu verbreiten. Über ihren Erfolg müssen Sie selbst urteilen. Prinzipielle Kritik an Religionen hält sich in Grenzen. Seit Herbst 2009 ist es in Österreich möglich, im »Interdisziplinären Zentrum für Gastrosophie« an der Universität Salzburg Gastrosophie zu studieren. Das sieht – im Gegensatz zu der auf

»richtiges« Verhalten pochenden Definition – schon eher nach Wissenschaft aus.

Der Begriff selbst stammt aus dem Jahr 1851. Baron Eugen von Vaerst gilt als Gastrosophiepionier. Er verknüpfte seine *Lehre von den Freuden der Tafel* mit der *Physiologie des Geschmacks* von Brillat-Savarin.[247] Man wähle, war sein Motto, beim Essen das Beste aus, unter Berücksichtigung der Gesundheit und der »Sittlichkeit«. Das ist ganz klar eine Frühform des heutigen politisch korrekten Verhaltens. Sollen wir in von Vaerst aber einen ernsthaften Wissenschaftler erblicken? Ich wäre da vorsichtig. Friedrich Christian Eugen Baron von Vaerst (1792–1855), Pseudonym »Chevalier de Lelly«, war preußischer Offizier, später Schriftsteller (u.a. *Handbuch für angehende Verschwender*), Weltmann, Kavalier, Zeitungsredakteur und Theaterdirektor in Breslau. Nach seiner Erblindung diktierte er dann 1851 das 600 Seiten dicke Buch über Nahrungsmittel, in dessen Titel zum ersten Mal in deutscher Sprache das Wort Gastrosophie auftaucht. Von Vaerst steht in einer Reihe von Ernährungsmissionaren, die seit der Mitte des 19. Jahrhunderts überall in der Welt predigten und deren Nachklang noch heute zu vernehmen ist.

So hat sich etwa der Kunsthistoriker Karl Friedrich von Rumohr (1785–1843) außer um die italienische Kunst der Renaissance auch um die Kochkunst verdient gemacht.[248] Sein Werk übers Kochen, das wesentlich erfolgreicher war als alle seine kunsthistorischen Schriften zusammen, hielt er selbst außerdem für sein bestes. Sollte ich da, selbst Kunsthistoriker, einen Geistesgenossen gefunden haben? Wahrscheinlich ja, denn von Rumohr ermutigte deutsche Hausfrauen dazu, ihre unprätentiöse deutsche Küche nicht zu vergessen. Ihm schmeckte das besser als alle verfeinerte Kochkunst der Welt. Man gedenkt seiner deshalb – trotz der auch von ihm verbreiteten Mär vom »Osmazom« – noch immer als des

»geistreichen Schriftstellers über Lebens- und Staatsverhältnisse der Vor- wie Mitwelt – des Begründers eines tieferen Studiums der Kunstgeschichte des Mittelalters – des vielseitigen Kenners früherer, des edelsten Förderers neuerer Kunst«.[249]

Das Nachdenken über Kochkunst scheint eine unter Kunsthistorikern verbreitete Sitte zu sein. Am 7. November 1876 hatte Jacob Burckhardt (1818–1897) in Basel einen Aulavortrag »Über die Kochkunst der spätern Griechen« gehalten. In den USA kümmerte sich darum Sylvester Graham (1794–1851), Prediger christlichen Glaubens und einer vegetarischen Reformdiät. Wahrscheinlich kennen Sie ja noch das Grahambrot, ein Vollkorn-Weizenbrot, wie es heute handelsüblich geworden ist. Die von ihm propagierte fleisch- und alkoholfreie Diät sollte nach Grahams Vorstellung vor allem sexuellen Ausschweifungen entgegenwirken. Was meinte der Mann bloß damit? Der kannte mich doch gar nicht. Wahrscheinlich so etwas wie: Fleischverzehr schafft Fleischeslust. Grahams Haltung wurde vom ebenfalls stark puritanisch geprägten Mediziner John Harvey Kellogg (1852–1943) vollkommen geteilt. Als Leiter eines Sanatoriums, in dem die eigenwilligsten Therapien praktiziert wurden, erfand er unter anderem die Erdnussbutter und die Cornflakes. T.C. Boyle schrieb 1993 über diesen Spinner die grandiose Satire *The Road to Wellville*, die unter dem deutschen Titel *Willkommen in Wellville* auch verfilmt wurde.

Nicht gerade ein Spinner, aber Vegetarier und Antialkoholiker war Johann Carl Weck (1841–1914). Auch er ein Pionier der Nahrungsmittel im 19. Jahrhundert. Weck war stark daran interessiert, eine Konservierungsmethode für Früchte zu propagieren, die ohne das Einlegen in Alkohol auskam. Die von Rudolf Rempel erfundene Einkochmethode kam ihm da sehr zupass. Nach kurzer Zeit zog er sich aber aus der von ihm mitgegründeten Firma zurück.

Auch Julius Maggi (1846–1912) und Maximilian Oskar Bircher-Benner (1867–1939) wollten die Ernährung verbessern, Bircher-Benner ähnlich wie Kellogg mit einer radikal veränderten Ernährung und Leibesertüchtigung. Anders als Kellogg dachte Bircher-Benner dabei aber nicht an Sex. Ein ernsthafter Wissenschaftler war keiner von ihnen. Über die von diesen Männern erreichte Verbesserung der Ernährung lässt sich trefflich streiten. Ich habe über diese Welt- und Ernährungsverbesserer schon so viel Material gesammelt, dass sich ein interessantes Buch darüber schreiben ließe. Wäre das dann schon Gastrosophie? Univ.-Prof. Dr. Lothar Kolmer, Leiter des erwähnten Gastrosophie-Zentrums in Salzburg, will jedenfalls mehr klären, nämlich die philosophische Frage, »was denn nun ein gutes Leben ausmacht«. Viel mehr wollen Philosophen seit dreitausend Jahren nicht in Erfahrung bringen. Deshalb fragte Fritz Nietzsche auch gewohnt provokant: »Kennt man die moralischen Wirkungen der Nahrungsmittel? Gibt es eine Philosophie der Ernährung? Der immer wieder losbrechende Lärm für und wider den Vegetarismus beweist schon, dass es noch keine solche Philosophie gibt!«[250] Also nichts wie ran!

Tatsächliches ENDE

Rechtsverbindliche Wahrheitserklärung

»Mensch, Ludger«, fragen mich viele Bekannte, »woher weißt du das eigentlich alles?«, und ich antworte ihnen wahrheitsgemäß: »Recherchiert, ausprobiert, selbst überlegt.« Andere zweifeln. »Mal ehrlich, Herr Fischer, das haben Sie wirklich prima beschrieben, aber stimmt das denn auch alles?«, und ich sage: »Aber sicher!« Außerdem wissen Menschen, die immer alles besser wissen, dass man das, was ich da geschrieben habe, sowieso schon längst weiß. Ja, was denn nun? Leute mit einem unnatürlich starken Verfolgungswahn unterstellen mir Käuflichkeit, weil ich in Brüssel die Interessen der kleinen Lebensmittelhersteller vertrete, der Bäcker, der Konditoren, der Metzger. Deren Hauptinteresse ist es, trotz europäischer Verordnungen und mit diesen zu überleben. Irgendwie verständlich, oder? Selbstverständlich *wäre* ich so käuflich wie jeder andere Mensch auch. Ich würde sogar wider besseres Wissen skrupellos und sofort schreiben »Kleine Bäcker backen besser« oder »Mein Metzger macht mein Mett mit Liebe«. Wunderbare Brüche im Stabreim. So unangreifbar, wie Werbesprüche nun einmal sind. Weil sich aber niemand bereitfindet, mich für das Verbreiten solcher Imagesprüche zu bezahlen, habe ich einfach alles nach bestem Wissen und Gewissen aufgeschrieben und hoffe, es wird Ihnen helfen.

Anmerkungen

1 Ludger Fischer: *Kleines Lexikon der Küchenirrtümer*, Frankfurt a.M. 2009.

2 Karmasin 2001, S. 168–169.

3 *Bewährte Haushaltstipps: 333 erprobte Retter in der Not von A bis Z*, Erftstadt 2005.

4 Petra Sander: *365 Haushalts-Tipps*, Köln 2000.

5 *Einfach clever: 500 Haushalts-Tipps*, München 2005.

6 Lianne Bilgenroth: *555 Haushaltstipps*, Stuttgart 2004; Gabriele Lehari, Lianne Bilgenroth: *Der Fleck gehört weg: 555 weitere Haushaltstipps*, Stuttgart 2009.

7 Heike Hilbert: *666 gute Haushaltstipps*, München 2000.

8 Isa Höpken: *Rosinen im Sekt und Salz im Kaffee: 1000 Haushaltstipps, die wirklich helfen*, Augsburg 2007.

9 Sabine Kählau: *2500 Haushaltstipps: der ultimative Wegweiser durch alle großen und kleinen Katastrophen im Haushalt*, Köln 2003.

10 Cassandra Kent, Julian Cassell, Peter Parham: *Complete book of hints & tips for homes & gardens*, 2000, deutsch: *10 000 Haushaltstipps für Küche, Haus und Garten*, München 2009.

11 Petra Knorr: *Omas Haushaltstipps*, Erftstadt 2005.

12 Susanne Noll: *Großmutters beste Haushaltstipps*, Hamburg 2009; Marianne Schönhauser: *Omas beste Tipps für Haushalt, Gesundheit, Garten & Balkon*, Augsburg 2003.

13 *Omas Haushaltstipps: bewährte Hausmittel für (fast) jede Lebenslage*, Köln 2007.

14 Ingrid Merbacher-Steiner: *Neue und altbewährte Haushaltstipps*, Halle 2008.

15 Emmanuela Düsseldorfer (Hrsg.): *Omas beste Haushaltstipps: Großmutters bewährtes Wissen für Haushalt, Garten, Freizeit, Gesundheit und Wohlbefinden*, München 2008.

16 Karin Popp: *Großmutters Geheimnisse: Haushaltstipps aus den guten alten Zeiten*, München 2006.

17 *Großmutters bewährte Haushaltstipps* – Kalender 2009, Köln 2008. Ein entsprechender Kalender erschien auch für 2010.

18 Mathilda Esser: *Meine Haushaltstipps: einfach, praktisch und bewährt*, Stuttgart 2005.

19 Claudia Richter: *Geranien & Kaffeesatz: praktische und ungewöhnliche Haushaltstipps*, St. Gallen 2005.

20 Steffen Drenkelfuß: *Herrn Lopaus Haushaltstipps: durchaus ernst gemeint und ausgewählt von Jump*, Leipzig 2008. Jump ist ein MDR-Radiosender

und Herr Thomas Lopau gab in der »Morningshow« von 2001 bis 2005 Haushaltstipps.

21 http://www.1000haushaltstipps.de/

22 Paul Wolf: »Creativity and chronic disease Vincent van Gogh (1853–1890)«, in: *The Western Journal of Medicine*, November 2001, 175(5), S. 348.

23 Richtlinie 88/3888/EWG vom 22.06.1988 zur Angleichung der Rechtsvorschriften der Mitgliedsstaaten über Aromen zur Verwendung in Lebensmitteln und über die Ausgangsstoffe für ihre Herstellung. Die Richtlinie wurde mit Beschluss vom 27.09.91 (Bundesratssache 428/91) in ein deutsches Gesetz umgesetzt.

24 http://www.land-der-traeume.de/drogeninfo.php?id=6

25 Weitgehend verlässliche, also kaum durch Drogengebrauch verzerrte Informationen bietet die Internetseite www.absinthe-wiki.de

26 http://www.wer-weiss-was.de/theme96/article1215983.html

27 http://www.regio-info.ch/magazine/07_09/Beizentipp.pdf

28 Brillat-Savarin 1865, S. 245.

29 Vgl. u.a. Alexandra W. Logue: *Die Psychologie des Essens und Trinkens*, Heidelberg 1998; Volker Pudel und Joachim Westenhöfer: *Ernährungspsychologie: Eine Einführung*, Göttingen 2003 (zuerst 1998); Christoph Klotter: *Einführung in die Ernährungspsychologie*, Heidelberg 2009.

30 Pudel/Westenhöfer 2003, S. 52.

31 http://www.biomess.de/wachstumsbedingungen.html

32 Angaben der Zentralen Markt- und Preisberichtstelle für Erzeugnisse der Land-, Forst- und Ernährungswirtschaft (ZMP), Bonn.

33 http://www.kuechentipps.de/tipps/es/ist/angebrannt/reis.html

34 http://www.rezepte-und-tipps.de/Kochtipps/Kuechenpannen.html

35 Den Irrtum »Reis ohne Kochbeutel brennt an« hatte ich im *Kleinen Lexikon der Küchenirrtümer,* S. 173–174, ausführlich widerlegt.

36 Brillat-Savarin 1865, S. 136.

37 *Test* 12/2008, S. 22–27.

38 Vilgis 2007, S. 24.

39 Brillat-Savarin 1865, S. 136–137.

40 Derzeitige Beschreibung in wikipedia. Der Eintrag wird heftig diskutiert.

41 Collection Barney A. Ebsworth, Seattle.

42 http://www.snopes.com/food/origins/chopsuey.asp

43 Current Literature, October 1888, S. 318, so jedenfalls zitiert das *Oxford English Dictionary* 1889.

44 Tabelle aus: http://www.naturdarm.de/de/fakten_fuer_profis/wurst_im_naturdarm/wurst_huelle.html

45 H. Serger: »Die Bombagen bei Dosenkonserven«, in: *Zeitschrift für Untersuchung der Nahrungs- und Genussmittel sowie der Gebrauchsgegenstände*, Bd. 41, H. 3/4, 15. Februar 1921; ders.: »Verfahren der Begutachtung von Konserven und Hilfsmaterial«, in: *Jahresbericht des Laboratoriums der Versuchsstation für die Konservenindustrie*, Braunschweig 1911.

46 http://gutenberg.spiegel.de/index.php?id=5&xid=1491&kapitel 1&cHash=1&hilite=knigge#gb_found

47 von Paczensky 1976, S. 24.
48 http://www.schweizerfleisch.ch
49 Prummer 1791, S. 10–11.
50 Prato 1903, S. 26.
51 Ebd., S. 59.
52 Ebd., S. 25–26.
53 http://www.gutefrage.net/frage/stimmt-es-dass-man-fleisch-erst-nach-dem-braten-salzen-sollte
54 Zitat Wolfgang Stein, hier zit. n. dpa/tmn, 27. März 2009.
55 Vgl. Fischer 2009, S. 172.
56 http://de.wikipedia.org/wiki/Osmose
57 Albert Einstein: »Über die von der molekularkinetischen Theorie der Wärme geforderte Bewegung von in ruhenden Flüssigkeiten suspendierten Teilchen«, in: *Annalen der Physik*, Bd. 322 (17), Mai 1905, S. 549–560.
58 Jonny Behm und Elinor Goetze: *Die Kunst zu würzen*, München 1956.
59 Die Empfehlung gibt u.a. das *Dr. Oetker Schulkochbuch*, Ausgabe 2008.
60 www.rki.de
61 Brillat-Savarin 1865, S. 85.
62 Ebd., S. 86.
63 Vgl. Fischer 2009, S. 196–198.
64 Sigmund Freud: *Der Mann Moses und die monotheistische Religion. Schriften über die Religion*, Frankfurt a.M. 1974, zuerst 1939.
65 Hier zit. n. Sigmund Freud: *Studienausgabe*, Frankfurt a. M. 1974, Bd. 9, S. 577.
66 Roland Barthes: »Pour une psycho-sociologie de l'alimentation contemporaire«, in: *Annales* (16), 1961, S. 977–986, deutsch: »Für eine Psycho-Soziologie der zeitgenössischen Ernährung«, in: *Freiburger Universitätsblätter* (75), 1982, S. 65–73, hier: S. 69.
67 P. D. Dr. phil. Dipl.-Psych. Yvonne Karow in einer E-Mail vom 26. Februar 2010 an den Verfasser.
68 Karmasin 2001, S. 110.
69 http://www.weightwatchers.de/util/art/index_art.aspx?tabnum=1&art_id=122 137
70 http://www.geo.de/GEO/mensch/medizin/1837.html
71 Christian Heynk: *Kaba*, 2006. Lesen Sie die ganze Kurzgeschichte unter http://www.kurzgeschichten-verlag.de/liebesgeschichten/liebesgeschichte-061.html
72 http://www.gwf-frankenwein.de
73 Vgl. Karmasin 2001, S. 109.
74 Prof. Dr. Jürgen Krahl, Hochschule Coburg.
75 http://spar.at.spar.at/rsync_spar_at/ernaehrungswelt/gesund_leben/heft9/spar_gesund_leben_209.pdf
76 *Apotheken-Umschau*, 14. August 2001.
77 Detailliert belegt in: Udo Pollmer/Susanne Warmuth: *Lexikon der populären Ernährungsirrtümer, Missverständnisse, Fehlinterpretationen und Halbwahrheiten von Alkohol bis Zucker*, Frankfurt a.M. 2000, S. 160.

78 *Innovations-Report* 3. Juni 2009: Weniger krebsauslösende Stoffe in der Fleischkruste – Rosmarin und Salbei senken den Gehalt an HAA. Weitere Informationen dazu beim aid infodienst Ernährung, Landwirtschaft, Verbraucherschutz e.V.
79 http://www.rezepte-vegan.de/rezept-guacamole-avocado-dipp-7
80 ddp, 9. September 2008.
81 http://www.bolliskitchen.com/2007/07/insalata-di-polpo.html
82 http://www.aeppelsche-homepage.de/kochen3.htm
83 http://www.kuechentipps.de/tipps/schaelen/gurken.html
84 http://www.fug-verlag.de/cgi-bin/FuGGO.cgi?id=620
85 Michael Breckwoldt: *Kleines Lexikon der Gartenirrtümer*, Frankfurt a.M. 2010.
86 Verordnung (EWG) Nr. 1677/88 der Kommission vom 15. Juni 1988 zur Festsetzung von Qualitätsnormen für Gurken (Amtsblatt der Europäischen Gemeinschaften Nr. L 150 vom 16.06.1988), geändert durch Verordnung (EG) Nr. 888/97 der Kommission vom 16. Mai 1997 (ABl. Nr. L 126 vom 17.05.1997).
87 U.a. *Hamburger Abendblatt* am 17.11.2003; *brand eins* 1/2004.
88 Vgl. *Der Standard* (Österreich), 14.2.2006: »Das Aus für krumme Gurken?«
89 Verordnung (EG) NR. 1221/2008 der Kommission vom 5. Dezember 2008 zur Änderung der Verordnung (EG) Nr. 1580/2007 mit Durchführungsbestimmungen zu den Verordnungen (EG) Nr. 2200/96, (EG) Nr. 2201/96 und (EG) Nr. 1182/2007 des Rates im Sektor Obst und Gemüse hinsichtlich der Vermarktungsnormen.
90 Foede 2009, S. 127–130.
91 In der Fassung vom 9.9.1997 (BGBl I S. 2296), zuletzt geändert durch das Siebte Gesetz zur Änderung des Arzneimittelgesetzes vom 25.2.1998 (BGBl I S. 374), vgl. u.a. http://www.rechtliches.de/gesetze/LMBG.html
92 Gehring/Schnell/Züricher/Kucera 2000, S. 265.
93 Matkowitz/Raskin-Schmitz 2007, S. 7.
94 J. Jacob Berzelius: *Lehrbuch der Chemie.* Nach des Verfassers schwedischer Bearbeitung der Blöde-Palmstedt'schen Auflage übersetzt von F. Wöhler, Ersten Bandes erste Abtheilung. Mit drei Kupfertafeln, Dresden 1825, S. 256.
95 http://www.landwirtschaft-mlr.baden-wuerttemberg.de/servlet/PB/menu/1042745_l1/index.html
96 Vgl. Heike Bittermann: *Jodversorgung deutscher Wehrpflichtiger im Alter von 17,5 bis 21 Jahren*, Diss. Berlin 1990.
97 E-Mail vom 25. Juni 2009 von Dr. Wolfgang Lortz, Hanau, an den Verfasser.
98 Vgl. http://www.aok.de/bund/rd/180521.htm
99 U.a. von Vollborn/Georgescu 2006, S. 112–116.
100 Vgl. die Stellungnahme des Bundesinstituts für Risikobewertung (BfR) vom 9. September 2003: Natamycin als Lebensmittelzusatzstoff.
101 von Paczensky 1976, S. 51.
102 Christian Schene: Der Durchschnittsdeutsche, Kabeleins, 20. Dezember 2009.

103 Walter Burkert: »Definition von Ritual als kommunikative Handlung«, in: *Homo necans* (1972), S. 31–39.

104 Christian Schene: Der Durchschnittsdeutsche, Kabeleins, 20. Dezember 2009.

105 Pro Sieben, *Galileo*, 27. Januar 2009.

106 Mittelwert 2009 laut Destatis, Statistisches Bundesamt.

107 Bruna Simona Mutti: *Aroma frisch gekochter Kartoffeln – Einfluss von Sorte und Lagerung sowie Vergleich mit dem Aroma getrockneter Kartoffeln*, Diss., TU München 2000, Zusammenfassung unter http://dfa.leb.chemie.tu-muenchen.de/DDiss2000.html

108 Erläutert nach Gisbert Strotdrees und Gabi Cavelius: *Was brummt da auf dem Bauernhof – Technik in der Landwirtschaft für Kinder leicht erklärt*, Münster 2000.

109 Vgl. die Broschüre des Bundesinstituts für Risikobewertung: *Schutz vor Toxoplasmose*, Dezember 2009.

110 »Siebecks Sommerseminar«, in: *DIE ZEIT*, 17.07.2008, Nr. 30.

111 Ebd.

112 Vgl. Fischer 2009, S. 102–103.

113 http://www.kuechengoetter.de/rezepte/warenkunde/12535/Kartoffeln.html

114 http://www.bild.de/BTO/tipps-trends/geld-job/bams/2006/11/12/geheimtipps-haushalt/geheimtipps-haushalt.html

115 SWR (Südwestrundfunk), 25. November 2008.

116 http://www.frag-mutti.de/tipp/p/show/category_id/5/article_id/1098/Kerzen-brennen-l%C3%A4nger.html

117 Justin Warner: »Garlic wards off undead bacteria«, in: *New Scientist*, 14.5.1994.

118 http://www.bild.de/BTO/tipps-trends/bauen-wohnen/topthemen-2006/kochen/kuechentips/veweis-tips,property=Download.pdf

119 E-Mail vom 9. Dezember 2009 an den Verfasser.

120 Karmasin 2001, S. 35. Als Gegenteil des zeremoniellen, männlichen Kochens beschreibt Helene Karmasin das weibliche, alltägliche Kochen.

121 http://www.bolliskitchen.com/2007/07/insalata-di-polpo.html

122 Vgl. Fischer 2009, S. 171–172.

123 Ebd., S. 182–187.

124 Jean Claude Bourgueil: *Philosophie der großen Küche*, herausgegeben von Thomas Ruhl, Köln 2001.

125 U.a. Amalie Schneider-Schlöth: *Basler Kochschule. Eine leichtfassliche Anleitung zur bürgerlichen und feineren Kochkunst*, 1903, S. 165; Katharina Prato Edle von Scheiger, Viktorine von Leitmaier: *Die süddeutsche Küche für Anfängerinnen und praktische Köchinnen*, Graz und Wien 1903, S. 23 (zuerst 1858).

126 Jonny Behm und Elinor Goetze: *Die Kunst zu würzen*, München 1956.

127 Prato 1903, S. 306, 308.

128 Ebd., S. 123.

129 E-Mail der Maggi-Pressestelle vom 27.7.2009 an den Verfasser.

130 Karmasin 2001, S. 68.

131 Prato 1903, S. 840.

132 Aus irgendeinem Grund zählen Bond-Fans den ersten Bond-Film *Casino Royale* (1954) mit Barry Nelson nicht mit.

133 Anistatia R. Miller und Jared Mcdaniel Brown: *Shaken Not Stirred. A Celebration of the Martini*, New York (Harper Paperbacks) 1997.

134 Ian Flemming, *Casino Royale*, 1954: »A dry martini,« [Bond] said. »One. In a deep champagne goblet.«
»Oui, monsieur.« »Just a moment. Three measures of Gordon's, one of vodka, half a measure of Kina Lillet. Shake it very well until it's ice-cold, then add a large thin slice of lemon peel. Got it?« »Certainly, monsieur.« The barman seemed pleased with the idea. »Gosh, that's certainly a drink,« said Leiter. Bond laughed. »When I'm ... er... concentrating«, he explained, »I never have more than one drink before dinner. But I do like that one to be large and very strong and very cold and very well-made. I hate small portions of anything, particularly when they taste bad. This drink's my own invention. I'm going to patent it when I can think of a good name.«

135 Metin Tolan, Joachim Stolze: *Geschüttelt, nicht gerührt: James Bond und die Physik*, München 2008.

136 Interview mit dem Deutschlandradio, 22.20.2008, http://www.dradio.de/dkultur/sendungen/thema/864354/

137 Vilgis 2009, S. 29.

138 Telefonische Beratung durch Dr. Wolfgang Lortz, Hanau am 3. November 2009.

139 E-Mail vom 30. Oktober 2009 von Dr. Manfred Müller, Alfeld, an den Verfasser.

140 Matkowitz/Raskin-Schmitz 2007, S. 9.

141 http://www.aurora-mehl.de/rezepte-mehr/kochtipps/mehlschwitze.html

142 Seit März 2009 gibt die CMA auf ihrer Internetseite bekannt: »Liebe Leserin, lieber Leser, nach vierzig Jahren im Dienste der Bundesrepublik Deutschland befindet sich die CMA Centrale Marketing-Gesellschaft der deutschen Agrarwirtschaft mbH in der Liquidation. Hintergrund ist das Urteil des Bundesverfassungsgerichts vom 3. Februar 2009, in dem das Absatzfondsgesetz für verfassungswidrig und nichtig erklärt wurde. Mit dieser Entscheidung ist die gesetzliche Finanzierungsgrundlage für die CMA entfallen, das Unternehmen wird nun aufgelöst. Aus diesem Grund kann die CMA das bisherige Internetangebot nicht mehr aufrecht erhalten, darüber hinaus sind auch die CMA-Angebote außerhalb des Internets nicht mehr verfügbar. Wir bedauern dies sehr, zumal auch zahlreiche Unternehmer, Verbände, Wissenschaftler und Politiker nach wie vor eine Absatzförderung für die Land- und Ernährungswirtschaft als unverzichtbar erachten.
Mit freundlichen Grüßen, Ihre Centrale Marketing-Gesellschaft der deutschen Agrarwirtschaft mbH i.L.«

143 http://www.bild.de/BTO/tipps-trends/bauen-wohnen/topthemen-2006/kochen/kuechentips/veweis-tips,property=Download.pdf

144 http://www.gutefrage.net/frage/milch-erwaermen (hier sprachlich leicht korrigiert)

145 Vgl. Heinz Strunk: *Trittschall im Kriechkeller*, CD, München 2005.

146 Entsprechende Empfehlungen gibt »Gaby« im Forum frag-mutti.de

147 Mit Schreiben des Bayerischen Staatsministeriums für Wissenschaft, Forschung und Kunst vom 12.05.2003 wurde das Zentralinstitut für Ernährungs- und Lebensmittelforschung (ZIEL) als zentrale wissenschaftliche Einrichtung der Technischen Universität München errichtet. Das »Forschungszentrum für Milch und Lebensmittel Weihenstephan« (FML) wurde mit diesem Beschluss als zentrale Betriebseinheit aufgelöst. Die bisher dem FML zugehörigen Institute für Lebensmittelverfahrenstechnik, Mikrobiologie und Physiologie wurden dem ZIEL zugeordnet.

148 Karmasin 2001, S. 291.

149 Prof. Dr. Klaus Wiemer in: http://www.tagesschau.de/wirtschaft/meldung17180.html

150 Vgl. Pressemeldung Nr. 315/08 des Bundesministeriums für Umwelt, Naturschutz und Reaktorsicherheit vom 22. Dezember 2008.

151 www.br-online.de/download/pdf/alpha/w/wiemer.pdf

152 Vgl. auch Dirk Asendorpf: »Gegen den Trennt«, in: *Zeit-online*, 19. März 2007, http://www.zeit.de/2007/12/U-Gelber-Sack

153 *Tagesschau*, 2. Juli 2007.

154 Verordnung über gesetzliche Handelsklassen für frisches Obst und Gemüse vom 9. Oktober 1971 (BGBl. I S. 1640) in der Fassung der Berichtigung vom 7.1.1972 (BGBl. I S. 81), der Änderung durch das Rechtsbereinigungsgesetz vom 24.4.1986 (BGBl. I S. 560), der FPackV vom 25.7.1989 (BGBI. 1 51557, 1567) und des Gesetzes vom 2.8.1994 (BGBl. I S. 2018, 2043).

155 Amtsblatt Nr. L 297 vom 21/11/1996 S. 0001–0028.

156 Verordnung (EWG) Nr. 1677/88 der Kommission vom 15. Juni 1988 zur Festsetzung von Qualitätsnormen für Gurken (ABl. EG Nr. L 150 S. 21), zuletzt geändert durch: Verordnung (EG) Nr. 46/2003 der Kommission vom 10. Januar 2003 zur Änderung der Vermarktungsnormen für frisches Obst und Gemüse hinsichtlich Mischungen von frischem Obst und Gemüse unterschiedlicher Arten in einer Verkaufsverpackung (ABl. EG Nr. L 7 S. 61).

157 Verordnung über gesetzliche Handelsklassen für frisches Obst und Gemüse vom 09.10.1971, zuletzt geändert am 02.08.1994.

158 Verordnung (EG) Nr. 1182/2007 des Rates vom 26. September 2007 mit besonderen Vorschriften für den Obst- und Gemüsesektor zur Änderung der Richtlinien 2001/112/EG und 2001/113/EG sowie der Verordnungen (EWG) Nr. 827/68, (EG) Nr. 2200/96, (EG) Nr. 2201/96, (EG) Nr. 2826/2000, (EG) Nr. 1782/2003 und (EG) Nr. 318/2006 und zur Aufhebung der Verordnung (EG) Nr. 2202/96; nachzulesen unter: eur-lex.europa.eu/LexUriServ/LexUriServ.do?uri=OJ:L:2007:.73.0001:0030:DE:PDF

159 Bernhard Watzl, Antal Bognar: Interne Mitteilung vom 18.07.2000, Bundesforschungsanstalt für Ernährung, Karlsruhe (seit 2008 Teil des »Max Rubner-Instituts«), hier zit. n. Deutsche Gesellschaft für Ernährung: http://www.dge.de/modules.php?name=News&file=article&sid=365

160 Ebd.

161 *Test*, 7/2006, S. 20–25.

162 *Test*, 10/2006, S. 20–24.

163 *Test*, 7/2006, S. 20.

164 Richtlinie 2001/112/EG des Rates vom 20. Dezember 2001 über Fruchtsäfte und bestimmte gleichartige Erzeugnisse für die menschliche Ernährung. Die EU-Fruchtsaftrichtlinie wird, wie alle EU-Verordnungen, im Moment wieder einmal überarbeitet.
http://eur-lex.europa.eu/LexUriServ/LexUriServ.do?uri=OJ:L:2002:.10.0058:0066:DE:PDF

165 Vgl. Christoph Drösser: »Reine Natur«, in: *DIE ZEIT*, 13/2001.

166 *Dr. Oetker Schulkochbuch*, Bielefeld 1960/2008, S.112.
Kapitelweise im Internet nachzulesen unter http://www.oetker-verlag.de/ratgeberschulkochbuch.html

167 Ebd.

168 Dr. Christian Gertz, zit. n. Thorwald Ewe: »Ehrenrettung für die Pommes«, in: *Bild der Wissenschaft* 8/2001, S. 20–25, Zit. S. 25.

169 Eintragungsantrag nach Artikel 8 Absatz 2 der Verordnung (EG) Nr. 509/2006 des Rates über die garantiert traditionellen Spezialitäten bei Agrarerzeugnissen und Lebensmitteln, veröffentlicht im Amtsblatt der EU am 14.2.2008 und zugänglich über http://eur-lex.europa.eu/LexUriServ/LexUriServ.do?uri=OJ:C:2008:.40.0017:0025:DE:PDF

170 http://eur-lex.europa.eu/LexUriServ/LexUriServ.do?uri=OJ:L:2010:.34.0007:0016:DE:PDF

171 http://ec.europa.eu/agriculture/quality/database/index_de.htm

172 Tischvorlage 11 645/07 AGRI 224 SAN 150 für die Sitzung des Agrarministerrats am 16.7.2007.

173 Vertretung der Europäischen Kommission in Deutschland, EU-Nachrichten Nr. 26, 19.7.2007, S. 3.

174 Vgl. *Der Tagesspiegel*, 1.10.2009 http://www.tagesspiegel.de/kultur/Tango;art772 291 2895
Süddeutsche Zeitung: »Lorbeeren für die Olive. Schützenswerte Küche«, 16.07.2007.

175 22. Februar 2008. Vgl. u. a. http://www.topnews.de/sarkozy-will-franzoesische-kueche-zum-weltkulturerbe-machen-33 970

176 http://www.tiefkuehl-report.de/archiv/de/2004_10spezial1.htm

177 Die Zahlen gibt das Deutsche Tiefkühlinstitut an, und warum sollte das mehr angeben, als seine Mitglieder versteuern?

178 So zitiert in zahlreichen Internetforen. Sollte ich mir die Mühe machen, die Originalquelle herauszufinden? Bitte machen Sie das für mich.

179 Vgl. dazu die Dissertation von Karin Hackel-Stehr: *Das Brauwesen in Bayern vom 14. bis 16. Jahrhundert, insbesondere die Entstehung und Entwicklung des Reinheitsgebotes (1516)*, herausgegeben von der Gesellschaft für Öffentlichkeitsarbeit der Deutschen Brauwirtschaft e. V., Berlin 1987.

180 E-Mail vom 15. Mai 2009 an den Verfasser.

181 Waterhouse 2001, hier berichtet nach einem Hinweis von Frank Kämmer.

Vgl. Andrew L. Waterhouse & Natalie Ramirez: *Red Wine Stain Removal* unter: http://answers.google.com/answers/threadview?id=118244

182 E-Mail vom 9. Dezember 2009 an den Verfasser.

183 Verordnung (EG) Nr. 648/2004 des Europäischen Parlaments und des Rates vom 31. März 2004 über Detergenzien (ABl. EU Nr. L 104 S. 1), geändert durch Verordnung (EG) Nr. 907/2006 vom 20. Juni 2006 (ABl. EU Nr. L 168 S. 5.).

184 Die Richtlinie 67/548/EWG, leicht erkennbar aus dem Jahr 1967, wurde mittlerweile neun Mal geändert und achtundzwanzig Mal der technischen Entwicklung angepasst.

185 *Handelszeitung*, 17.7.2002, http://www.handelszeitung.at/ireds-261.html

186 dpa-Meldung, 29. Mai 2009.

187 vgl. www.erlebniskochen.de

188 Vgl. Fischer 2009, S. 30–31.

189 A. Schikora, A. Carreri, E. Charpentier, Heribert Hirt: »The dark side of salad: Salmonella typhimurium overcomes the innate immune response of Arabidopsis thaliana and shows an endopathogenic lifestyle«, in: *PLoS ONE*, 27. Mai 2008, Fonds zur Förderung der wissenschaftlichen Forschung (FWF), Wien.

190 http://pathorganic.coreportal.org/

191 »Kolibakterien im Salat? EU-Forschungsprojekt spürt Keime im Gemüse auf«, in: *scinexx, Das Wissensmagazin*, 28.08.2008.

192 Bundesinstitut für Risikobewertung: *Salatmischung mit Pyrrolizidinalkaloid-haltigem Greiskraut verunreinigt*, Stellungnahme Nr. 028/2007 vom 10. Januar 2007.

193 Vgl. Vilgis 2007, S. 56–59.

194 Walter Moers: *Schöner Denken*, Frankfurt a. M. 1996, S. 31.

195 Faltblatt der EU-Kommission aus dem Jahr 2009, bewahrt im Archiv des Verfassers.

196 Robert Madelin während einer Sitzung am 21. Oktober 2009, in der eine EU-Strategie zur Reduzierung der Salzaufnahme der europäischen Bevölkerung vorgestellt wurde.

197 Prato 1903, S. 58.

198 Vgl. Karmasin 2001, S. 70 f.

199 Fred Raymond (Raimund Friedrich Vesely): *Die Maske in Blau*. Große Operette in sechs Bildern, 1937, erfolgreich verfilmt mit Marika Rökk, 1953.

200 www.naturepower.ch

201 Anita Polzmacher und Vanessa Schwake: »Appetit-Anreger. So wird Ihre Süße scharf: Wir servieren aphrodisierendes Essen«, in: *GQ*, 25. März 2009.

202 Kirsten Segler: »Sexfood. So machen Sie sich Appetit aufs Vorspiel«, in: *Men'sHealth*, 29. September 2009. Als Referenz wird dort genannt: Gaby Miketta und Claudia Tebel-Nagy: *Liebe & Sex? Über die Biochemie leidenschaftlicher Gefühle*, Stuttgart 1996.

203 Vgl. Udo Pollmer, Gunter Frank, Susanne Warmuth: *Lexikon der Fitneß-Irrtümer. Mißverständnisse, Fehlinterpretationen und Halbwahrheiten von Aerobic bis Zerrung*, Frankfurt a. M. 2003, S. 337–340.

204 Michele Savonarola: *Trattato ultissimo di molte regole, per conservare la sanità*, Venedig 1554, hier zit. n. Camporesi 1991, S. 40.

205 Castor Durante: *Il tesoro della sanità*, Mailand 1609, hier zit. n. Camporesi 1991, S. 41.

206 Brillat-Savarin 1865, S. 116–120.

207 In der Europäischen Union gilt seit April 2001 die Verordnung (EG) Nr. 466/2001 zur Festsetzung der Höchstgehalte für bestimmte Kontaminanten in Lebensmitteln. Sie wurde im Februar 2002 durch die Verordnung (EG) Nr. 257/2002 (Aflatoxine in Lebensmitteln) und im März 2002 durch die Verordnung (EG) Nr. 472/2002 (Aflatoxine in Gewürzen sowie Ochratoxin A in bestimmten Lebensmitteln) erweitert. Weitere Änderungen der Verordnung (EG) Nr. 466/2001 erfolgten im August 2003 und im März 2004 durch die Verordnungen (EG) Nr. 1425/2003 und 455/2004 in Bezug auf Patulin, im Dezember 2003 durch die Verordnung (EG) Nr. 2174/2003 in Bezug auf Aflatoxine und im Januar 2005 durch die Verordnung (EG) Nr. 123/2005 in Bezug auf Ochratoxin A. Mit der Verordnung (EG) Nr. 856/2005 wurden in der Europäischen Union im Juni 2005 auch Höchstmengen für die Fusarientoxine Deoxynivalenol, Zearalenon und Fumonisine, jedoch nicht für T-2 und HT-2 Toxin festgelegt. Sie gilt ab 1. Juli 2006.

208 Hans-Jörg Vehlewald: »Salz meines Lebens. Ode an einen Geschmacksverstärker/Magginalien«in: *Spiegel special* 04/1996 vom 1. April 1996, Seite 66.

209 Prof. Dr. Friedrich Hoppichler, in: *Medizin populär*, 7/2007.

210 BtMG vom 28. Juli 1981, § 3.

211 Vgl. Christoph Drösser: »Brötchenrausch«, in: *DIE ZEIT*, 8. Mai 2003.

212 Gesundheitliche Bewertung Nr. 012/2006 des BfR vom 27. Dezember 2005, S. 40.

213 Matkowitz/Raskin-Schmitz 2007, S. 9.

214 http://www.hausfrauenseite.de/index.shtml?http://www.hausfrauenseite.de/haushalt/silber.html

215 Sarah Weiner: *Die Slowfood-Fibel*, 2005, S. 3. Die Broschüre erschien im Selbstverlag. http://www.slowfoodvorarlberg.at/slowfoof%20fibel%20deutsch.pdf. Die Autorin ist nicht zu verwechseln mit der Köchin Sarah Wiener!

216 Fritz Stern: *Kulturpessimismus als politische Gefahr. Eine Analyse nationaler Ideologie in Deutschland*, Bern/Stuttgart/Wien 1961.

217 WHO Fact sheet 237, März 2007.

218 Vgl. Susanne Donner: »Hygienefalle Küche«, in: *Die Welt*, 1. November 2008.

219 www.amk.de

220 Andreas Hensel: »Verstellt die Angst vor vermeintlichen den Blick auf die wirklichen Risiken?«, in: Bundesinstitut für Risikobewertung: *Was kostet eine Krise? – Fakten, Erfahrungen, Handlungsmöglichkeiten.* Tagungsband zur BfR-Status-Konferenz am 5. September 2005 im Bundespresseamt, S. 14–15.

221 K = Kelvin. Der 0-Punkt bei der Kelvin-Temperatur-Skala ist der »ab-

solute« Punkt, nichts bewegt sich mehr; das ist logischerweise bei ca. minus 273,15 °Celsius der Fall.

222 Stiftung Warentest: *test* 5/2003 »Luftnummern«. Pressemitteilung verschiedener Landesministerien für Ernährung und Landwirtschaft sowie der Verbraucherzentrale Sachsen vom 9.7.2002.

223 Brillat-Savarin 1865, S. 95–96.

224 Vilgis 2009, S. 111.

225 Der Name Teflon® ist markenrechtlich geschützt für die Firma DuPont oder eine ihrer Konzerngesellschaften.

226 http://www.nasa.gov/missions/science/f_apollo_11_spinoff.html

227 Prof. Dr. Ulrich Walter in einem Interview, vgl. http://www.lrt.mw.tum.de/de/interessierte/fs_nutzen_der_raumfahrt.phtml

228 http://www.gesundheit-report.de/in-kuerze/artikel316/bedenkenlos-braten-mit-teflon.html

229 Vgl. Stiftung Warentest: *test-Sonderheft Umweltschutz*, Oktober 1987, S. 14–17.

230 Richtlinie 2009/54/EG des Europäischen Parlaments und des Rates vom 18. Juni 2009 über die Gewinnung von und den Handel mit natürlichen Mineralwässern«, veröffentlicht im Amtsblatt der Europäischen Union L 164/45, am 26.6.2009.

231 Trinkwasserverordnung vom 21. Mai 2001 (TrinkwV 2001).

232 Jüngster Berichtszeitraum: 1. Januar 2005 bis 31. Dezember 2007. Vgl. http://www.umweltbundesamt.de/uba-info-medien/dateien/3012.htm

233 E-Mail vom 19. Mai 2009 an den Verfasser.

234 Eine krebsfördernde Wirkung bei Menschen wurde zwar vermutet, konnte aber nicht nachgewiesen werden.

235 Richtlinie 88/388/EWG des Rates vom 22. Juni 1988 zur Angleichung der Rechtsvorschriften der Mitgliedstaaten über Aromen zur Verwendung in Lebensmitteln und über Ausgangsstoffe für ihre Herstellung.

236 Ministerium für Umwelt und Naturschutz, Landwirtschaft und Verbraucherschutz des Landes Nordrhein-Westfalen, http://www.umwelt.nrw.de/ministerium/service_kontakt/archiv/presse2007/presse071106.php

237 Ebd.

238 EFSA-Empfehlung vom 6. Oktober 2004: http://www.efsa.europa.eu/EFSA/efsa_locale-1178620753824_1178620762318.htm. Das Bundesinstitut für Risikobewertung baute 2007 auf dieser Empfehlung seine »Klarstellung aus wissenschaftlich-behördlicher Sicht« zu Zimt und Kumarin auf: http://www.bfr.bund.de/cm/208/zimt_und_cumarin_eine_klarstellung_aus_wissenschaftlich_behoerdlicher_sicht.pdf

239 Bericht des Ministeriums für Umwelt und Naturschutz, Landwirtschaft und Verbraucherschutz des Landes Nordrhein-Westfalen MUNLV vom 6. November 2006 zur Vorlage bei der Sitzung des Umweltausschusses am 8. November 2006.

240 Schreiben des NRW-Ministers Eckhard Uhlenberg an die Vorsitzende des NRW-Umweltausschusses vom 6.11.2006.

241 Verordnung (EG) Nr. 178/2002 des Europäischen Parlaments und des Rates vom 28. Januar 2002 zur Festlegung der allgemeinen Grund-

sätze und Anforderungen des Lebensmittelrechts, zur Errichtung der Europäischen Behörde für Lebensmittelsicherheit und zur Festlegung von Verfahren zur Lebensmittelsicherheit.

242 http://www.bfr.bund.de/cm/208/zimt_und_cumarin_eine_klarstellung_aus_wissenschaftlich_behoerdlicher_sicht.pdf. Vgl. auch:
http://ec.europa.eu/food/fs/sfp/addit_flavor/flav09_de.pdf
http://www.gruene.landtag.nrw.de/cms/default/dokbin/175/175383.die_sache_mit_den_zimtsternen.pdf
http://www.oekotest.de/cgi/ot/otgp.cgi?doc=66250

243 Brief vom 15. Mai 2009 an den Verfasser.

244 Verordnung (EG) Nr. 1334/2008 des Europäischen Parlaments und des Rates vom 16. Dezember 2008 über Aromen und bestimmte Lebensmittelzutaten mit Aromaeigenschaften zur Verwendung in und auf Lebensmitteln sowie zur Änderung der Verordnung (EWG) Nr. 1601/91 des Rates, der Verordnungen (EG) Nr. 2232/96 und (EG) Nr. 110/2008 und der Richtlinie 2000/13/EG, Anhang III, Teil B.

245 http://www.bild.de/BTO/tipps-trends/bauen-wohnen/topthemen-2006/kochen/kuechentips/veweis-tips,property=Download.pdf

246 Zeitschrift *Gesund leben* der Spar AG, Februar 2009, Coverthema: »Der Wert der Lebensmittel«.

247 Vgl. von Vaerst 1851.

248 Vgl. Thomas M. Hauer: *Carl Friedrich von Rumohr und Der Geist der bürgerlichen Küche*, Diss. Karlsruhe 2000.

249 Inschrift auf einem Gedenkstein zu Ehren Rumohrs, gestiftet von seinem Freund Christian VIII., König von Dänemark, hier zit. n. Hauer 2000 (s.o.).

250 Friedrich Nietzsche: *Die fröhliche Wissenschaft*. 1882, S. 44.

Verwendete Literatur, leicht kommentiert

Franz Alt: *Agrarwende jetzt. Gesunde Lebensmittel für alle*, München 2001. Ein erschreckend borniertes Buch eines ideologisch festgefahrenen Journalisten.

Hannes Bertschi und Marcus Reckewitz: *Von Absinth bis Zabaione. Wie Speisen und Getränke zu ihrem Namen kamen und andere kuriose Geschichten*, Berlin 2002. Informationen, die Sie nicht unbedingt benötigen, die aber deshalb umso amüsanter sind.

Jean Anthelme Brillat-Savarin: *Physiologie des Geschmacks oder physiologische Anleitung zum Studium der Tafelgenüsse*, Braunschweig 1865, zuerst Paris 1826, hier zit. n. dem Nachdruck Leipzig 1983. Auch nach 25 Jahren, die der Autor daran gearbeitet haben soll, ist dies kein ganz fehlerfreies Buch. Ehrlich gesagt steckt es voll damit. Außerdem plappert der Autor in einer selbst für Freunde eines feuilletonistischen Stils unerträglichen Verbaldiarrhö.

Piero Camporesi: *Geheimnisse der Venus. Aphrodisiaka vergangener Zeiten*, Frankfurt 1991, zuerst Mailand 1989. Fast alle Speisen wurden irgendwann als Aphrodisiakum empfohlen, ganz zu schweigen von Körperflüssigkeiten und -sekreten, gemäß dem Motto »homo homini salus«, der Mensch dient zum Heil des Menschen.

Dr. Oetker: *Schulkochbuch*, Bielefeld 1960. Auch ein nicht ganz irrtumsfreies und trotzdem hilfreiches Kochbuch, das bis heute immer wieder aufgelegt wird, zuletzt 2008. Das gesamte Kochbuch ist kapitelweise auch im Internet nachzulesen unter http://www.oetker-verlag.de/ratgeberschulkochbuch.html. 2006 erschien außerdem ein Nachdruck der Originalausgabe. Halten Sie mich für verkitscht, aber authentischer kann man sich kaum in die Sechzigerjahre des letzten Jahrhunderts hineinversetzen. In Englisch erschien das Buch unter dem Titel *Dr. Oetker, German Cooking Today*, Bielefeld 2003.

Karl Duch: *Handlexikon der Kochkunst*, 2 Bde., Linz 2008, zuerst 1961. Eines der Standardwerke für die europäische Hotel- und Restaurantküche.

»Familienwaagen mit fein lackirten Gussgehäusen, weissem Zifferblatt und Zeiger-Regulirung und Weissblechschale.« Nicht auf jedes Buch über Ernährung ist gleich viel Wert zu legen. Deshalb hier ein paar Sätze zum inhaltlichen Gewicht des jeweiligen Werks.

Petra Foede: *Wie Bismarck auf den Hering kam. Kulinarische Legenden*, Zürich 2009. In diesem unverzichtbaren Nachschlagewerk erfahren Sie, wer das Croissant erfunden hat und warum ein Schmarrn ein Schmarrn ist.

M. Gehring, G. Schnell, E. Züricher, L. J. Kucera: »Hygienische Eigenschaften von Holz- und Kunststoffbrettern in der Nahrungsmittelverarbeitung und -präsentation: Ein Vergleich«, in: *Holz als Roh- und Werkstoff 58* (2000), Berlin/Heidelberg 2000, S. 265–269. Eine beruhigende Untersuchung über die durchaus hygienische Verwendung von Holzgeräten bei der Lebensmittelverarbeitung.

Helene Karmasin: *Die geheime Botschaft unserer Speisen. Was Essen über uns aussagt*, Bergisch Gladbach 2001, zuerst München 1999. Eine hervorragende psychologisch-soziologische Analyse des Essverhaltens.

Hans Peter Matkowitz, Juliana L. Raskin-Schmitz, *Die Tricks und Tipps der Köche. Über 4500 Profi-Tipps mit vielen Farbfotos*, Weil der Stadt 2007 (zuerst 1999). Ein sprudelnder Quell von Küchenirrtümern (u.a. das beliebte »Porenschließen« bei Fleisch) mit unzähligen unbelegten Empfehlungen und nicht funktionierenden Tricks, die auch in der Kochausbildung gelehrt werden. Darunter allerdings auch Hilfreiches!

Katharina Prato, Edle von Scheiger: *Süddeutsche Küche. Für Anfängerinnen und praktische Köchinnen. Bereichert und herausgegeben von deren Enkelin Victorine von Leitmaier,* Graz, 34. Aufl., 1903 (zuerst 1858). Das gesamte Buch ist gescannt im Internet verfügbar unter http://www.archive.org/stream/diesddeutschekc00leitgoog. Ein Kochbuchklassiker auf dem damals höchsten Niveau, was aus heutiger Perspektive so viel bedeutet wie »kaum noch zu gebrauchen«.

Gert von Paczensky: *Feinschmeckers Beschwerdebuch. Brevier wider die Sünden der Gastronomie*, Reinbek bei Hamburg 1976. Lamento eines Kartoffel- und Nudelphobikers sowie militanten Soßenverächters über die 1976 in Deutschland angeblich besonders daniederliegende Gasthauskultur. Besonders Mehlschwitzen empfindet der Autor als Zumutung. Warum eigentlich?

Ignatz Prummer: *Salz-Essenz, oder Erklärung, wie vielfältig das Salz den Menschen, Thieren und Erdfrüchten nützlich sey. Aus einigen Stellen der heiligen Schrift bewiesen, und als ein Neujahrs-Geschenk allen Salz-Nießern überreicht*, Salzburg 1791. Die 93 Seiten starke Broschüre war offensichtlich als Werbeschrift gedacht: »Salzburger Salz ist über alles«. Ihr Autor war kurpfalzbay(e)rischer Salz-Nebenanschaffer zu Hallein, Senior und Conducteur, was immer das alles heißen mag. Das ganze Buch des Salz-Lobbyisten ist nachzulesen unter http://books.google.de/books?id=53k5AAAAcAAJ&pg. Praktisch.

Reay Tannahill: *Kulturgeschichte des Essens*, Wien 1973 (Original: *Food in history*, London 1973). Die Autorin sah die Lösung des quantitativen Ernährungsproblems der Menschheit in Protein-Ersatzprodukten. So optimistisch war man noch 1973. »Nur der Gutgenährte kann es sich leisten, einmal etwas Neues auszuprobieren, denn nur er kann es sich leisten, wegzuwerfen, was ihm nicht schmeckt.«

Eugen von Vaerst: *Gastrosophie oder die Lehre von den Freuden der Tafel*, 2

Bde., Leipzig 1851, Nachdruck München 1975. Sollten wir in von Vaerst tatsächlich einen »deutschen Brillat-Savarin« entdecken dürfen? Wie dieser ist er eine Plaudertasche von ungebremster Plappermäuligkeit. Ein Vergleich ist also durchaus angebracht (vgl. Brillat-Savarin).

Thomas Vilgis: *Wissenschaft al dente. Naturwissenschaftliche Wunder in der Küche*, Freiburg 2007. Ein äußerst fundiertes Buch des Physikers und Molekulargastronomen, und doch für Laien trotz eifrigen Bemühens des Autors um Verständlichkeit nicht immer leicht zu lesen.

Thomas Vilgis, *Molekularküche. Geschmack, Aromen, Flavour*, Wiesbaden 2009. Zur Hälfte Aromentheorie, zur Hälfte Rezepte, die vor allem deshalb anregend und lehrreich sind, weil sie jeweils einen Abschnitt Aromentheorie enthalten.

Martina Vollborn, Vlad D. Georgescu: *Die Joghurt-Lüge. Die unappetitlichen Geschäfte der Lebensmittelindustrie*, Frankfurt a.M. 2006. Ein Buch zweier Journalisten, die mit dem Verängstigen von Verbrauchern ihr Geld verdienen und in dem vor vielem gewarnt und wenig erklärt wird, vor allem nicht, worum es sich bei der angeblichen »Joghurt-Lüge« handelt.

Abbildungsnachweis

Abbildungen aus dem Katalog *Illustriertes Preis-Buch für Blech-, Metall- & Lackirwaren* von Albert Frank, Lampen- & Metallwaren-Fabrik, München 1903, auf den mich Dr. Dirk Tölke (Aachen) freundlicherweise hingewiesen hat. Abbildungen auf den Seiten 14, 112, 166 aus dem Archiv des Verfassers.

Register